SF의 유령

SF의 유령

로베르토 볼라뇨 장편소설

박세형 옮김

이 책은 실로 꿰매어 제본하는 정통적인 사철 방식으로 만들어졌습니다.
사철 방식으로 제본된 책은 오랫동안 보관해도 손상되지 않습니다.

카롤리나 로페스에게

「인터뷰를 해도 괜찮을까요?」

「그럼요. 대신 짧게 부탁드립니다.」

「작가님이 최연소 수상자인 건 알고 계시죠?」

「그런가요?」

「방금 조직 위원 한 분과 이야기를 나누었어요. 주최 측은 다들 흥분한 눈치더군요.」

「무슨 말씀을 드려야 할지……. 그저 영광이고…… 매우 기쁩니다.」

「모두들 기뻐하고 있는 것 같네요. 작가님이 마시고 있는 술은 뭔가요?」

「테킬라입니다.」

「저는 보드카요. 보드카는 참 묘한 술인 거 같지 않아요? 보드카를 마시는 여자는 흔치 않거든요. 아무것도 섞지 않은 순수한 보드카요.」

「저는 여자분들이 어떤 술을 마시는지 잘 모릅니다.」

「아, 정말요? 어차피 모르셔도 상관없어요. 여자들이 마시는 술은 항상 비밀이니까요. 그러니까 여자들이 진짜

로 찾는 술, 아무리 마셔도 질리지 않는 술 말이에요. 아무
튼 이 이야기는 그만하죠. 오늘은 밤이 유난히 환한 것 같
지 않나요? 멀리 떨어져 있는 마을들과 하늘 높이 뜬 별들
이 여기서도 한눈에 보이는군요.」

「착시 현상입니다, 기자님. 자세히 보시면 창문이 이상
하다 싶을 정도로 뿌옇게 흐린 것을 알 수 있을 거예요.
테라스에 한번 나가 보시죠. 저희가 있는 곳은 숲 한가운
데일 겁니다. 사실상 눈에 보이는 거라고는 나뭇가지들뿐
이죠.」

「그럼 이건 당연히 종이 별이겠군요. 마을들의 불빛은
어떻게 된 거죠?」

「반짝이 가루입니다.」

「참 똑똑하시네요. 당선작에 대해 한 말씀 부탁드립니
다. 작가님과 작품에 대한 이야기를 듣고 싶어요.」

「머리가 약간 어지럽네요. 쉴 새 없이 노래를 부르며 춤
을 추는 사람들 틈에 있어서 그런지…….」

「파티는 별로세요?」

「한 명도 빠짐없이 다들 술에 취한 것 같아요.」

「이전의 수상자들과 최종심 후보자들이죠.」

「맙소사.」

「또 한 번의 공모전이 끝난 걸 축하하고 있는 거예요.
뭐…… 매번 있는 일이죠.」

유령들과 유령 같은 나날들이 한의 뇌리를 스치고 지나갔다. 순식간의 일이었던 것 같다. 짧은 한숨이 들리는가 싶더니 한은 맨바닥에 누워 땀범벅이 된 채로 고통에 울부짖고 있었다. 특히나 또 기억에 남는 건 녀석의 손동작이었는데 완전히 얼어붙어서 허둥대는 꼴이 천장에 무언가가 있음을 내게 알리려는 것 같았다. 뭔데? 내가 짜증 날 정도로 천천히 위아래로 검지를 움직이고 있는 녀석에게 묻자, 녀석은, 아, 젠장, 아파서 죽을 것 같아, 쥐, 지붕쥐라고, 이 멍청아, 하고 답했다. 이어서 한은 으, 으, 으, 하고 신음을 내뱉었고, 나는 한의 양쪽 어깨를 붙잡거나 몸을 일으켜 세우다가 녀석이 땀을 바다가 되도록 흘렸을 뿐 아니라 그 바다가 차갑다는 것을 깨달았다. 당장 의사를 불러와야 하는 상황임을 알았지만 녀석이 홀로 남아 있기를 원치 않는다는 느낌이 들었다. 어쩌면 내가 밖에 나가기가 무서웠던 것일 수도 있다(나는 밤이 정말로 막막하다는 걸 그날 알았다). 사실 어떻게 보면 내가 밖에 나가거나 말거나 한은 신경도 안 썼을 것이다. 하지만 녀석은 의사를 데려오는 걸 원치 않았다. 그래서 나는 한에게, 죽으면 안 돼, 너 지금 『백치』에 나오는 공작이랑 똑같이 생긴 거 알아? 거울이 있으면 네 눈으로 직접 보라고 가져왔을 텐데, 그렇지만 우리 집에는 거울이 없으니까 내 말을 믿어, 차분하게 심호흡을 해봐, 이렇게 죽으면 안 돼, 하고 말했다. 그러자 한은 노르웨이의 피오르를 채울 정도로 땀을 쏟아낸 뒤에 우리 집 천장에 돌연변이 쥐들이 득시글거린다며, 소리가 안 들려? 하고 녀석의 이마에 손을 대고 있던 내게 속삭였다. 들려, 8층짜리 건물 옥탑방에서 쥐들이 찍찍대는 소리를 듣는 건 난생처음이군. 나는 답했다. 아, 한이 탄식을 내뱉었다. 불쌍한 포사다스. 나는 기다랗고 야윈 녀석의 몸을 보며 앞으로 녀석에게 밥을 잘 챙겨 먹여야겠다고 스스로에게 다짐했다. 잠시 후에 한은 눈이 반쯤 감겨서 벽 쪽으로 고개를 돌린 채 잠이 든 것 같았다. 나는 담배에 불을 붙였다. 방에 있는 하나뿐인 창문 사이로 동살이 보이기 시작했다. 아래쪽의 거리는 인적이 끊긴 채 여전히 어둠에 잠겨 있었지만 끊이지 않고 드문드문 차들이 지나갔다. 갑자기 등 뒤에서 한이 코 고는 소리가 들렸다. 시트도 없는 매트리스에서 알몸으로 자고 있는 녀석의 모습이 눈에 들어왔다. 땀에 젖어 이마에 달라붙은 금발 머리 몇 가닥이 서서히 마르고 있었다. 나는 벽에 등을 대고 미끄러지듯이 방구석에 주저앉았다. 창틀 너머로 비행기가 지나가는 게 보였다. 빨간빛, 초록빛, 파란빛, 노란빛, 무지개의 알. 눈을 감고 지난 며칠간의 일들과 기막힐 정도로 우울한 장면

들 그리고 내가 직접 보고 만질 수 있는 것들에 대해 생각
했다. 그러다 옷을 벗고 매트리스에 누워 한을 괴롭히는
악몽들이 무엇일지 상상하다가 문득 잠들기 전에 누군가
내 귀에 대고 또박또박 말해 주듯 어떤 확신이 들었다. 그
건 그날 밤 한이 온갖 감정에 시달리는 와중에도 공포를
느끼지는 않았으리라는 것이었다.

앨리스 셸던[1] 작가님께.

작가님을 진심으로 존경한다는 말씀을 드리고 싶어요……. 저는 작가님의 책을 다 찾아 읽은 열성적인 독자입니다……. 언젠가 집에 있던 책들 — 제가 장서가는 아니었지만 그래도 권수가 꽤 되었어요 — 을 처분해야만 했을 때, 작가님의 작품은 남들한테 다 주기가 그렇더라고요……. 그래서 『세계의 장벽 위에서*Up the Walls of the Worlds*』는 아직도 소장하고 있고 때로는 그 책에서 몇몇 구절을 암송하기도 합니다……. 그냥 혼자서요……. 작가님이 쓰신 단편들도 다 읽었지만 안타깝게도 하나둘씩 어디론가 사라지고 말았어요……. 이곳에서는 선집이나 잡지에 그 단편들이 실리곤 했는데 개중에는 제가 사는 도시에서 구할 수 있는 것도 있었죠……. 희귀한 책을 빌려

1 Alice Bradley Sheldon(1915~1987). 제임스 팁트리 주니어James Tiptree Jr.라는 필명으로 활동한 미국 SF 작가. 공식 석상에는 모습을 드러내지 않고 어슐러 K. 르 귄, 조애나 러스, 필립 K. 딕, 할런 엘리슨, 로버트 실버버그 등 당대의 SF 작가들과 서신으로 교류를 했다. 이하 모든 주는 옮긴이의 주이다.

주던 친구가 한 명 있었어요……. 저는 SF 작가를 실제로 만난 적도 있습니다……. 제가 사는 나라에 있는 유일한 SF 작가라고들 하더군요……. 하지만 저는 그렇게 생각하지 않아요……. 레모가 말하기를 자기 엄마가 10년인가 15년도 더 전에 다른 SF 작가를 만난 적이 있대요……. 제 친구의 기억에 따르면 이름이 곤살레스였고, 발파라이소 병원 의무 기록 팀에서 근무하는 공무원이었답니다……. 그 사람은 레모의 어머니와 다른 여자 직원들에게 돈을 주고 자기 소설을 사라고 시켰대요……. 그것도 자비로 출판한 책을요……. 언제나 새빨간 줄무늬가 아로새겨져 있는 발파라이소의 오후…… 곤살레스는 서점 밖에서 기다렸고, 레모의 어머니는 서점에 들어가 책을 사곤 했대요……. 굳이 말씀드릴 필요도 없겠지만 의무 기록 팀 직원들 말고는 책을 산 사람이 한 명도 없었대요……. 레모는 그 직원들의 이름을 다 기억하고 있어요. 마이테, 도냐 루시아, 라바날레스, 페레이라…… 그렇지만 책 제목은 기억이 안 난다는군요……. 『화성 침공』……『안드로메다 성운으로의 비행』……『안데스의 비밀』…… 대체 뭐였을까요……. 언젠가는 제가 그 책을 구할 수도 있겠죠……. 다 읽고 나면 보내 드릴게요, 작가님께서 제게 주신 행복한 시간에 대한 소박한 감사의 표시로요…….

그럼 이만 줄입니다.

한 슈레야

「이제 수상작에 대해서 이야기를 나눠 볼까요?」

「글쎄요, 딱히 드릴 말씀이 없네요. 어떤 내용인지 줄거리라도 알려 드릴까요?」

「그래 주시면 감사하죠.」

「이야기가 시작되는 곳은 칠레 남부의 안데스 자락에 위치한 마을 산타바르바라입니다. 살풍경한 마을이라고 해야 할까요. 아무튼 제가 보기에는 여기 멕시코의 아름다운 마을들과 전혀 딴판인 곳입니다. 그렇지만 그 마을에도 나름 운치 있는 구석이 하나 있어요. 바로 모든 집들이 나무로 지어졌다는 것이죠. 솔직히 제가 거기에 직접 가본 적은 없지만 대충 머릿속에 그려지는 풍경은 이런 겁니다. 갈색 계열의 목조 주택들에 포장되지 않은 흙길이 그대로 드러나 있고 따로 구분되는 인도가 있는 게 아

2 Unknown University. 미국 SF 작가 앨프리드 베스터의 단편 「모하메드를 죽인 사람들The Men Who Murdered Mohammed」(1958)에 등장하는 대학. 예기치 못한 방식을 통해 진실을 발견하는 괴짜 천재들이 있는 곳으로 어디에 있는지도 모르고 무엇을 배우는지도 알 수 없는 대학으로 묘사된다. 볼라뇨의 시 모음집 제목이기도 하다.

니라 웨스턴 영화에 나오듯 장마철에 진흙이 집에 쳐들어오는 것을 방지하기 위해 설치한 울퉁불퉁한 나무 경사로가 있는 곳. 아무튼 이야기가 시작되는 곳은 이 악몽같이 끔찍한 마을 산타바르바라입니다. 더 정확히 말씀드리면 감자 아카데미라고 지붕에 철제 풍향계가 달린 3층짜리 곡물 창고 같은 곳이죠. 그곳은 아마도 갈바리노 거리에 있는 가장 음산한 건물이자 전 세계에 비밀스럽게 퍼져 있는 미지의 대학[2]의 수많은 학부 중 하나입니다.」

「정말 흥미로운데요? 더 이야기해 주세요.」

「1층은 방 두 개가 전부입니다. 그중 하나는 예전에 트랙터를 보관했을 정도로 엄청나게 큰 방이죠. 다른 하나는 구석에 위치한 아주 작은 방입니다. 큰 방에는 여러 개의 탁자와 의자, 캐비닛을 비롯해 침낭과 매트리스까지 있어요. 다양한 종류의 덩굴 식물이 그려진 포스터와 드로잉을 벽에 못으로 박아 걸어 놓은 것도 보이죠. 작은 방은 비어 있습니다. 마루와 천장이 있는 이 방의 벽은 목재로 되어 있는데 곡물 창고를 지을 때 사용한 오래된 목재가 아니라 마감 처리가 깔끔하고 거의 새까만 빛깔의 반들거리는 목재입니다. 혹시 지금 지루하신 건 아니죠?」

「천만에요. 계속 말씀해 주세요. 오히려 저한테는 잠시 머리를 식히는 시간 같은걸요. 오늘 아침에 제가 멕시코시티에서 얼마나 많은 인터뷰를 했는지 아세요? 신문사에서는 기자들을 노예처럼 부려 먹는답니다.」

「알겠습니다. 난간 없는 계단으로 이어진 건물 2층에는 똑같은 크기의 방이 두 개 있어요. 그중 한 방에는 각기 다른 크기와 모양의 의자 몇 개와 책상 하나, 칠판 하나 그리고 아주 어렴풋이 교실과 같은 느낌을 자아내는 여러 물건들이 있어요. 다른 방에는 낡고 녹슨 농기구가 몇 개 있는 게 다입니다. 끝으로 농기구가 있는 방과 연결된 3층에는 아마추어 무선 통신 키트와 바닥에 어지럽게 흩어져 있는 수많은 지도들, 소형 FM 송신기, 준전문가용 녹음 장치, 일제 앰프 세트 그리고 기타 등등의 물건들이 있습니다. 여기서 기타 등등이라고 말씀드린 이유는 제가 따로 언급하지 않은 물건이 별로 중요한 게 아니거나 나중에 때가 되면 자세히 설명해 드릴 것이기 때문입니다.」

「이런 엄청난 서스펜스가 있을 줄은 몰랐네요!」

「비꼬는 표현은 자제해 주시면 감사하겠습니다. 말씀드린 대로 하나의 커다란 다락방이나 마찬가지인 3층에는 최신식 또는 거의 최신식 통신 장비가 갖추어져 있어요. 아카데미에서 교육용으로 사용한 최신식 장비 중에 남아 있는 거라곤 아마추어 무선 통신 키트밖에 없어요. 미지의 대학이 전반적인 관리에 소홀한 탓도 있고 관리자도 입에 풀칠은 해야 하는 까닭에 나머지 장비는 다 처분해야 했던 거죠. 방은 완전히 난장판입니다. 몇 달 넘게 아무도 방을 쓸거나 닦을 생각이 없었던 것 같아요. 방 크기에 비해서 창문은 턱없이 부족해요. 나무 블라인드가 달린 창문이 겨우 두 개 있을 뿐이죠. 동쪽으로 난 창으로는 산맥이 보여요. 서쪽으로 난 창으로는 끝없이 펼쳐진 숲과 시작도 끝도 알 수 없는 길이 보이죠.」

「목가적인 풍경이네요.」

「어떻게 보느냐에 따라 목가적일 수도 섬뜩할 수도 있는 풍경이죠.」

「음······.」

「아카데미 주위에는 마당이 하나 있어요. 이전에는 수레와 트럭이 한가득했던 곳이죠. 지금은 다른 탈것은 없고 관리자의 산악용 자전거만 마당에 놓여 있어요. 관리자는 60대 남자인데 건강에 신경을 많이 쓰는 편이라 자전거를 타고 다니죠. 마당을 둘러싸고 나무와 철사로 울타리가 쳐져 있어요. 출입구는 딱 두 곳입니다. 크고 육중한 정문 바깥쪽에는 〈감자 아카데미 ─ 식품 영양학 3〉이라는 검은 글씨와 함께 그 밑에 깨알 같은 크기로 〈갈바리노 800〉이라고 주소가 적혀 있는 누르스름한 금속 문패가 걸려 있어요. 다른 문은 일반적인 방문객이라면 뒷마당이라고 부를 만한 곳에 있습니다. 크기가 작은 이 문은 도로 쪽이 아니라 공터와 그 너머에 있는 숲과 길로 이어져 있어요.」

「다락방에서 보인다는 그 길 말인가요?」

「네, 그 길의 한쪽 끄트머리죠.」

「비좁은 곳이라고 해도 다락방에 살면 멋있을 것 같아요.」

「저는 지겨울 정도로 옥탑방살이를 했습니다. 별로 추천해 드리고 싶지 않네요.」

「제가 말한 건 옥탑방이 아니라 다락방이에요.」

「그게 그거죠. 어차피 눈에 보이는 풍경은 똑같거든요.

단두대에서 보는 풍경과 깊이감만 다를 뿐입니다. 물론 일출과 일몰을 볼 수 있다는 차이도 있겠네요.」

이미지나 욕망의 축으로 삼기에 완벽한 장면이라는 생각이 들었다. 176센티미터의 키에 청바지와 파란색 티셔츠 차림으로 아메리카 땅에서 가장 긴 거리의 갓돌 위에서 햇살을 맞으며 서 있는 청년.

　그것은 바로 우리가 마침내 멕시코에 도착했으며 건물들 사이로 나를 향해 내리비치는 태양이 내가 그토록 꿈에 그리던 멕시코시티의 태양이라는 뜻이었다. 나는 담배에 불을 붙이고 우리 집 창문을 찾았다. 우리가 사는 건물은 녹회색이었다. 독일 나치군 제복과 같은 색이군. 사흘 전에 방을 구하던 날 한이 말했었다. 건물에 있는 집들의 발코니에 놓여 있는 꽃들이 보였다. 그 위로 몇몇 화분들보다 더 작은 크기의 옥탑방 창문들이 있었다. 한에게 창가로 와서 우리의 미래를 보라고 소리치고 싶은 마음이 들었다. 그런 다음에는? 그 자리를 떠나며 이렇게 말하는 거다. 나 이제 간다, 한, 점심으로 먹을 아보카도(와 우유, 한은 우유를 싫어하지만)와 좋은 소식을 가져올게, 신동(神童), 완벽한 평정심, 위대한 업적을 목전에 둔 영원한 철부지, 나는 신문 문예란의 시평을 담당하는 스타 기자가 될 거야, 내 맘대로 전화번호를 골라잡으면 돼.

그때 이상하게 심장이 두방망이질하기 시작했다. 내가 차도와 인도 사이에 멈춰 있는 동상이라는 생각이 들었다. 나는 소리를 지르지 않고 걸음을 옮기기 시작했다. 잠시 후, 우리 건물의 그림자 또는 그 구역을 뒤덮은 그림자들의 그물을 아직 벗어나지 못했을 때, 산보른스 백화점의 쇼윈도 위에 비친 내 모습이 보였다. 마치 내 정신 상태를 그대로 옮겨 놓은 것만 같았다. 긴 머리에 찢어진 파란색 티셔츠 차림의 청년이 빵과 아보카도 그리고 1리터짜리 랄라 우유 팩을 가슴에 안은 채 보석들과 범죄들(그렇지만 어떤 보석들과 어떤 범죄들인지는 바로 잊어버렸다) 앞에서 이상한 자세로 무릎을 꿇은 채 고개를 숙이고 있었다. 그리고 내 눈이 아니라 쇼윈도의 블랙홀 속으로 빨려 들어간 눈이 갑자기 사막이라도 본 것처럼 눈살을 찌푸렸다.

나는 살그머니 뒤를 돌아보았다. 그럴 줄 알았다. 한이 창가에서 나를 내려다보고 있었다. 나는 허공에 대고 손을 흔들었다. 한이 무어라고 외치면서 창밖으로 몸을 반쯤 내밀었다. 나는 펄쩍 뛰었다. 한이 고개를 앞뒤로 끄덕거리다가 점점 빠르게 머리를 돌렸다. 녀석이 창밖으로 몸을 던질까 봐 불안했다. 나는 웃기 시작했다. 행인들이 나를 유심히 쳐다보더니 고개를 들어 한을 지켜보았다. 녀석은 한쪽 발을 뻗고 구름을 차는 시늉을 하고 있었다. 제 친구예요. 나는 그들에게 말했다. 저희는 며칠 전에 여기로 이사 왔어요. 녀석이 제게 행운을 빌고 있는 겁니다. 지금 저는 일자리를 구하러 나가는 길이거든요. 아, 그런 가요, 멋지네요, 참 좋은 친구를 두었군요. 누군가 말하고 미소를 지으며 길을 재촉했다.

우리를 따뜻하게 맞아 주는 그 도시에서 앞으로 좋은 일만 있을 거라는 생각이 들었다. 운명이 나를 위해 준비한 미래와 얼마나 가깝고 또 얼마나 동떨어진 생각이었던가! 처음으로 마주친 그 멕시코의 미소는 지금 내 기억 속에서 어찌나 슬프고 투명한지!

「꿈속에서 러시아 남자를 봤어……. 어떻게 생각하니?」

「글쎄…… 나는 꿈에서 금발 여자를 봤어……. 해가 지는 중이었고…… 처음에는 로스앙헬레스 외곽인 것 같았는데 곧 그곳은 더 이상 로스앙헬레스가 아니라 멕시코시티였지. 금발 여자가 투명한 플라스틱 터널을 따라 걷고 있었어……. 매우 서글픈 눈이었지……. 하지만 이건 어제 버스에서 꾼 꿈이야.」

「내가 꿈에서 본 러시아 남자는 매우 행복한 표정이었어. 우주선을 타러 가고 있다는 느낌이 들었지.」

「그럼 유리 가가린이었겠네.」

「테킬라 더 줄까?」

「당근이지.」

「처음에는 나도 그 사람이 유리 가가린이라고 생각했어. 그런데 그다음에 무슨 일이 일어났는지 알아? …… 꿈속에서 아주 모골이 송연해졌다니까.」

「곤히 잘 자던데. 글을 쓰느라 늦게까지 깨어 있었는데 너는 괜찮아 보였어.」

「아무튼 러시아 남자가 우주복을 입고 내게서 등을 돌렸어. 그리고 자리를 떠났지. 나는 그 사람을 따라가고 싶었는데 어찌 된 영문인지 땅에서 발이 떨어지지가 않았어. 러시아 남자가 뒤를 돌아보더니 손을 흔들며 작별 인사를 했어…… 그런데 그 사람의 정체가 무엇이었는지 알아?」

「모르겠어…….」

「돌고래였어……. 우주복 안에 돌고래가 있었어……. 온몸에 닭살이 돋고 울고 싶은 기분이 들었지…….」

「그렇지만 너는 코도 안 골고 잘 잤어.」

「소름이 끼치더군……. 지금은 괜찮지만 꿈에서는 마치 목에 무언가 걸린 것처럼 끔찍했어. 그건 죽음이 아니었다고, 알겠어? 오히려 소멸에 가까운 무엇이었지.」

「레닌그라드의 돌고래라니.」

「불길한 징조인 것 같아……. 너는 아예 안 잤어?」

「응, 밤새 글을 썼어.」

「추워?」

「엄청. 젠장, 여기는 항상 따뜻할 줄 알았는데.」

「해 뜬다.」

창틀 안에 두 사람의 머리가 간신히 들어갔다. 한이 보리스에 대해 생각했었다고 말했다. 무심한 말투였다.

아침노을이 말했다. 나는 세상 최고의 아침노을이야. 익숙해지는 게 좋을걸. 사흘에 한 번씩 찾아올 테니까.

「와, 정말 멋있는 일출이야.」 한이 눈을 휘둥그레 뜨고 주먹을 불끈 쥔 채 말했다.

나는 『라 나시온』 신문 문화면에 실릴 기사를 쓰는 일을 시작했다. 편집장 로드리게스는 미겔 에르난데스[3]와 친구였던 안달루시아 출신의 시인이었다. 그는 문화면이 발행될 때마다 내게 일거리를 주었다. 그러니까 일주일에 한 번씩 말이다. 내가 한 달에 네 번 기사를 써서 받는 돈으로 우리는 그럭저럭 8일이나 9일 정도를 버틸 수 있었다. 나머지 21일은 어떤 아르헨티나 사람이 운영하던 사이비 역사 잡지에 글을 쓰는 일로 생활비를 충당했다. 그 아르헨티나인은 로드리게스와 비슷한 연배였지만 내가 본 사람 중에 가장 탱탱하고 매끄러운 피부를 가지고 있었다. 사람들이 그를 〈인형〉이라고 부르던 것도 무리가 아니었다. 나머지는 내 부모님이나 한의 부모님이 주신 돈으로 메꿨다. 요약하자면 대충 이런 식이었다. 생활비의 30퍼센트는 『라 나시온』에서 받은 돈, 다른 30퍼센트는 부모님이 주신 돈 그리고 나머지 40퍼센트가 『역사와

3 Miguel Hernández(1910~1942). 27세대를 대표하는 스페인 시인. 파시스트 진영에 저항하다 옥중에서 폐결핵으로 사망했다.

사회』(이게 바로 인형이 낳은 못난 자식의 이름이었다)에서 받은 돈이었다. 『라 나시온』에 실을 네 건의 기사는 며칠 만에 뚝딱 완성할 수 있었다. 주로 시집이나 소설 그리고 드물게 에세이에 관한 리뷰를 쓰는 일이었다. 로드리게스는 토요일 아침에 내게 리뷰할 책을 건네주었다. 바로 그 시간에 문화면에 글을 쓰는 모든 사람 혹은 거의 모든 사람이 노인이 사무실로 쓰는 비좁은 방에 모여 기사를 제출하고 보수를 받고 아이디어를 제안했다. 그들이 제안한 아이디어는 영 탐탁지 않았거나 로드리게스가 퇴짜를 놓았기 때문인지 빛을 보지 못했는데 사실상 문화면은 종이만 낭비하는 쓰레기나 다름없었다. 사람들이 토요일마다 모임에 찾아오는 주된 목적은 친구들과 대화를 나누고 적들에 대한 뒷담화를 까기 위해서였다. 그들은 다들 나보다 나이가 많은 시인이었고 술자리를 즐겼다. 특별한 재미는 없었지만 나는 토요일이면 꼬박꼬박 모임에 참석했다. 로드리게스가 회의를 끝내면 우리는 카페로 자리를 옮겨 수다를 떨었다. 그러다 시인들은 하나둘씩 일터로 돌아갔고 나는 홀로 테이블에 남아 다리를 꼰 채 창밖의 풍경을 바라보았다. 멕시코시티의 젊은 남자들과 여자들, 무아지경에 빠져 있는 경찰들 그리고 옥탑방들 위에서 지구를 감시하는 듯한 태양. 인형과의 관계는 그것과 많이 달랐다. 지금 생각하면 얼굴이 화끈거리는 일이지만 나는 그때 무슨 알량한 자존심 때문인지 내 본명으로 기사를 쓰는 걸 거부했다. 인형한테 그런 뜻을 알리자 그는 곤란한 듯 눈을 깜빡이더니 그렇게 하라고 했다. 그럼 자네는 어떤 이름을 쓰겠다는 건가? 그가 투덜거리는 목소리로 말했다. 나는 주저 없이, 안토니오 페레스요, 하고 답했다. 알겠네. 인형이 말했다. 문학적인 야망이 있는 것이로군. 절대 그런 건 아닙니다. 나는 거짓말을 했다. 아무튼 자네한테서 양질의 기사를 기대하겠네. 그가 말했다. 그러더니 한결 우울한 어조로 덧붙였다. 이런 주제들을 갖고 자네가 아주 멋진 이야기를 쓸 수 있을 텐데. 내가 쓴 첫 번째 글은 딜린저[4]에 관한 것이었다. 두 번째 글은 나폴리 카모라[5]에 관한 것이었다(심지어 안토니오 페레스는 콘래드의 단편에서 한 구절을 통째로 인용했다!). 이어서 성 밸런타인데이 학살,[6] 왈라왈라 부족[7] 출신 독살범의 삶, 린드버그 납치 사건[8] 등을 다룬 글을 썼다. 『역사와 사회』의 사무실은 콜로니아 린다비스타의 낡은 건물에 위치해 있었는데 글을 제출하러 갈 때마다 인형을 제외하고는 다른 사람과 마주친 적이 없었다. 회의는 짧았다. 내가 글을 건네주면 그는 새로운 일거리를 맡기면서 참고할 자료들을 빌려주었다. 그가 고향인 부에노스아이레스에서 출간한 잡지들의 복사본이나 스페인과 베네수엘라에서 출판되는 자매지들의 복사본이었다. 나는 그 자료들을

---

4 John Herbert Dillinger(1903~1934). 대공황 시대에 활동한 미국의 갱스터.

5 Camorra. 나폴리를 거점으로 하는 이탈리아 마피아.

6 Saint Valentine's Day Massacre. 1929년 2월 14일에 미국 시카고에서 조직 폭력단 사이에 일어난 총기 난사 사건.

7 Walla Walla. 미국의 인디언 부족.

8 1932년 3월 1일 미국의 비행사 찰스 린드버그와 앤 모로 린드버그의 아들인 생후 20개월의 찰스 린드버그 주니어가 뉴저지주에서 납치, 살해된 사건.

참고만 한 게 아니라 때로는 뻔뻔하게도 그대로 베끼곤
했다. 이따금씩 인형은 그와 오래전부터 친분이 있던 한
의 부모님의 안부를 묻고는 한숨을 내쉬었다. 슈레야의
아들은 어떻게 지내나? 잘 지냅니다. 그 아이는 무슨 일을
하는가? 일은 안 하고 학교에 다니고 있어요. 아하. 그걸
로 대화는 끝이었다. 한은 당연히 학교에 다니고 있지 않
았다. 하지만 녀석의 부모님을 안심시키기 위해 우리는
거짓말을 둘러댔다. 사실 한은 옥탑방 밖으로 나가는 법
이 없었다. 대체 무얼 하는지 하루 종일 방에만 처박혀 있
었다. 물론 옥탑에 사는 다른 사람들과 공동으로 사용하
는 화장실이나 샤워실에 갈 때는 방에서 나왔다. 때로는
건물 밖으로 나가 인수르헨테스 거리를 따라 무언가를 염
탐하듯 느릿느릿 걸음을 옮기다가 길어야 두 블록 정도
걷고 바로 집으로 돌아오는 경우도 있었다. 그렇지만 나
는 외로움을 탔고, 다른 사람과의 만남이 절실했다. 『라
나시온』에서 스포츠 기사를 담당하는 시인이 해결책을
제시했다. 대학 인문학부에서 운영하는 시 창작 교실에
가보라는 말이었다. 나는 시 창작 교실 같은 건 믿지 않는
다고 답했다. 그러자 그가 말했다. 거기 가면 네 나이 또래
의 젊은 사람들을 만날 수 있을 거다, 월급이나 받아먹는
거에 만족하는 술꾼들과 퇴물들이 아니라. 나는 미소를
지으며 이제 이 불쌍한 아저씨가 질질 짜기 시작하겠구나
생각했다. 그가 말했다. 여자 시인들 말이야, 거기 가면 여
자 시인들이 있어, 인마, 가서 꼼사리를 끼라고. 아하.

제임스 하우어 작가님께.

어떤 멕시코 잡지에서 읽었는데 작가님께서 제3세계 국가들, 그중에서도 특히 라틴 아메리카를 지원하기 위해 북미 SF 작가 협회를 결성할 생각이시라면서요? 계획만 놓고 보면 나쁘지 않은데 살짝 두루뭉술한 느낌이 있네요. 아마 작가님이 제안하신 바를 기사로 제대로 전하지 못한 잡지 탓이겠지요. 참고로 말씀드리면 저는 라틴 아메리카 SF 작가예요. 나이는 열일곱 살이고 아직 출간된 작품은 없습니다. 고국에 있을 때 제가 쓴 글들을 문학 선생님께 보여 드린 적은 있어요. 스콧 피츠제럴드를 (열렬히) 추종하고 그보다는 덜하지만 문예 공화국을 숭배하는 점잖은 신사분이셨죠. 라틴 아메리카 국가들에서만 찾아볼 수 있는 그런 유형의 독자셨달까요. 디프사우스에 사는 약사나 애리조나의 촌구석에 처박힌 바첼 린지[9]의 광팬을 상상해 보면 쉽게 이해가 되실 겁니다. 아니면 그

---

9 Vachel Lindsay(1879~1931). 미국 시인. 노래 시singing poetry를 주창하며 시와 노래가 결합된 작품 세계를 추구했다.

냥 그런가 보다 하고 넘어가시던가요. 아무튼 앞에서 말씀드렸듯이 저는 그분의 손에 제 졸고를 맡기고 반응을 기다렸습니다. 글을 읽은 뒤에 친애하는 선생님께서 한마디 하시더군요. 애야, 너 그런 거 피우면 안 된다. 마리화나를 피우면 안 된다는 뜻이었는데 아마 선생님께서 무언가 잘못 알고 계셨던 것 같아요. 제가 알기로 마리화나는 아무런 환각 효과가 없거든요. 하지만 선생님께서 진짜 말하고 싶었던 바는 LSD 같은 약물을 복용해 정신이 망가지면 안 된다는 것이었죠(참고로 말씀드리면 저는 학교에서 머리는 총명하나 〈부주의하고 산만한〉 경향이 있는 학생으로 평가받았습니다). 선생님, 이건 SF 소설이에요. 제가 말했습니다. 우리 고명하신 선생님께서는 잠시 생각에 잠기셨습니다. 그렇지만, 한, 하고 선생님이 입을 떼셨죠. 이건 너무 현실과 동떨어진 이야기잖니. 선생님의 검지가 북서쪽을 향해 올라가다가 거의 직선으로 남쪽을 향해 떨어졌어요. 우리 불쌍한 선생님께서 파킨슨 증후군에 시달리셨거나 저의 불쌍한 영혼이 그때부터 벌써 실재 앞에서 초점이 흐려지고 두려움에 떨었던 것이겠죠. 존경하는 선생님, 하고 제가 반박했어요. 만약 선생님께서 저희가 행성 간 여행 같은 것에 대해 쓸 수 없다고 생각하신다면 이는 저희더러 다른 이들의 꿈(과 즐거움)에 영원무궁토록 종속된 상태로 살아가라는 뜻과 마찬가지입니다. 그리고 제 소설의 인물들을 러시아인으로 설정한 데는 나름의 의도가 들어 있음을 주목해 주십시오. 우리가 이상향으로 삼아야 할 것은, 하고 존경해 마지않는 우리 선생님께서 볼멘소리로 말하셨죠. 1928년의 프랑스라네. 저는 그해에 파리에서 무슨 일이 벌어졌는지 잘 몰랐기에 그걸로 대화가 끝났다고 생각했어요. 이튿날 다시 학교에서 선생님과 마주쳤을 때 저는 이렇게 말했죠. 선생님, 언젠가 1939년의 프랑스가 통째로 선생님 후장을 쑤셔 댈 겁니다. 제게 미래를 볼 줄 아는 능력이 있었다면 제 입에서 절대로 그런 심한 욕설이 튀어나오지 않았을 겁니다. 길이길이 기억될 우리 선생님께서는 그런 일이 있고 나서 겨우 몇 달 뒤에 통금 시간이 지나 달빛 아래 산책을 나갔다가 돌아가셨거든요. 그나저나 그 원고들은 어디론가 사라지고 없네요. 그래서 작가님은 저희가 훌륭한 SF 소설을 쓸 수 있다고 보십니까? 하느님께서 보우하사 작가님의 협회는 로봇을 기가 막히게 묘사하는 제3세계 출신 작가들에게 (휴고 창작 기금이나 네뷸러 창작 기금 같은) 창작 기금을 수여할 생각입니까? 아니면 작가님이 주도하는 모임이 정치적인 차원에서 저희를 대변하는 (그리고 당연히 연대를 표시하는) 성명을 발표할 계획입니까? 조속한 답변을 기다리겠습니다.

그럼 이만 줄입니다.

한 슈레야

10 Alcira Soust Scaffo(1924~1997). 볼라뇨 소설 『부적 *Amuleto*』의 주인공이자 화자 아욱실리오 라쿠투레의 모델이 된 우루과이 시인.

수상 경력을 자랑하는 등단 시인 헤레미아스 모레노의
시 창작 교실이 진행되는 곳은 인문학부 3층에 있는 좁은
교실이었다. 누군가 바닥에서 30센티미터 되는 높이의 벽
에다 붉은 스프레이로 〈알시라 소우스트 스카포[10]가 여기
있었노라〉라는 문구를 적어 놓았는데, 글씨가 선명하기
는 하나 눈에 띄지 않아서 아래를 내려다보지 않으면 보
이지 않았다. 언뜻 보기에는 별 의미 없는 그라피티처럼
느껴졌지만 몇 분 동안 문구를 반복해서 읽으니까 마치
어떤 비명이나 견디기 힘든 고통의 장면을 떠오르게 하
는 구석이 있었다. 누가 그것을 썼는지 — 페인트 상태로
보아 최근에 쓴 것은 아니었다 — 어떤 선한 요정이 도덕
의 파수꾼들로부터 그것을 지켜 냈는지, 바닥에서 겨우
몇 센티미터 떨어진 곳에 자신의 캠프를 세운 이 알시라
라는 사람은 누군지 궁금해졌다.
　　헤레미아스는 다짜고짜 원하는 게 뭐냐고 물으며 안 그
래도 어안이 벙벙하던 나를 더욱 당황스럽게 만들었다.
나는 『라 나시온』의 야구 전문 기자인 콜린이 그의 창작

교실을 내게 추천해 줬다고 설명했다. 나는 〈조언〉과 〈충고〉 같은 단어들을 사용했고 그 단어들에 〈훌륭한〉이나 〈행복한〉 같은 형용사도 붙일 요량이었지만 완전히 냉담한 그의 표정에 자제할 수밖에 없었다. 몇 초 만에 모든 이들이 나를 증오의 눈길로 쳐다보았다.

「그런 사람은 들어 본 적이 없네.」

「작은 키에 피부가 까무잡잡하고 매부리코인 사람입니다.」 나는 더듬거리며 말했다.

「전혀 모르겠군.」

한동안 우리는 침묵을 지켰다. 내가 당장 자리를 박차고 뛰어나가지 않았던 것은 바로 그 그라피티 때문이 아니었나 싶다. 무슨 까닭에서인지 보자마자 가난과 온정을 연상하게 되었던 그 붉은 문구에는 자석 같은 마력이 있었다. 헤레미아스 모레노가 언제 내게 자리에 앉으라고 권했으며 언제 나의 고국에 대한 단골 멘트를 던졌는지 기억이 나지 않는다. 창작 교실 참가자들은 문이 있는 자리만 피해서 의자를 둥글게 놓고 앉아 있었다. 시인 지망생들 중에 여자가 없다는 걸 깨닫는 순간 실망감이 밀려왔다. 그들의 얼굴을 훑어보며 맘에 드는 친구가 하나도 없다는 걸 확인하자 그 실망감은 바닥을 쳤다.

누가 먼저 읽어 볼까? 깡마른 청년이 시를 복사한 종이 세 장을 나눠 주었다. 나는 따로 복사본을 받지 못했지만 목을 쭉 뻗어서 옆 사람의 종이에 적혀 있는 제목을 읽을

---

11 Rubén Bonifaz Nuño(1923~2013). 멕시코 시인이자 서양 고전학자.

수 있었다. 〈버드나무〉. 청년이 말했다. 헤헤, 약간 형이상
학적인 시예요. 어서 읽어 보게. 점차 흐릿해지는 의식 속
에서 나는 불면증에 시달리는 사람이 양을 세듯이 20행까
지 시를 세었다. 어쩌면 30행이었는지도 모른다. 어쩌면
시를 쓴 친구가 열다섯 번 엉덩이를 걷어차인 다음에 침
묵과 몇 번의 〈음〉과 몇 번의 헛기침과 몇 번의 희미한 미
소와 몇 번의 〈아하〉가 이어졌는지도 모른다. 뭔지 알 것
같아. 뚱뚱한 친구가 말했다. 우리를 속이려고 하는 거야.
리듬 말이야. 아니야, 이렇게 현재 분사를 연이어 사용하
면 안 돼. 그리고 〈그리고〉가 왜 이렇게 많은 거야? 더 강
인한 느낌을 주고 싶었어. 버드나무가 더 강인하게 느껴
지도록. 빌어먹을 대학생들. 나는 생각했다. 내가 아는 건
다 마리아노 페레스 선생님한테 배운 거야. 궁지에 몰린
작가가 말했다(나중에야 알게 된 사실이지만 마리아노
페레스는 헤레미아스의 친구로 〈다른〉 창작 교실, 그러니
까 인문학부의 〈공식〉 창작 교실을 지도하는 사람이었
다). 아, 그렇단 말이지? 헤레미아스가 언짢은 목소리로
말했다. 글쎄, 그래도 역시 내가 느끼기에는 좋은 시가 아
닌 것 같아. 뚱뚱한 청년이 말했다. 내가 알기로 너는 이
것보다 훨씬 잘 쓴 작품들이 많거든. 내가 보기에는 프로
스트 느낌이 나는 것 같아. 안경잡이 청년이 끼어들었다.
헤레미아스는 폭발하기 일보 직전이었다. 너는 선집에 실
린 프로스트 시밖에 읽은 적이 없잖아, 이 멍청아. 어디
보자, 버드나무가 운다고 표현한 그 구절을 다시 읽어 보
게. T. S. 엘리엇? 보니파스 누뇨?[11] 마리아노? 제발 이 범

행에 마리아노를 끌어들이지 말게. 시행을 배치하는 방식은 흥미로운 것 같아. 안경잡이 청년이 말했다. 헤레미아스는 자기 옆에 있던 참가자의 손에서 복사본을 낚아챘다. 시를 거꾸로 뒤집어서 보면 버드나무 같긴 하군. 시행의 공간적인 배열이라면 장클라랑스 랑베르?[12] 맹세컨대 그건 우연이에요. 어쩌면 자네가 낭독을 잘못했을 수도 있지. 헤레미아스가 진력이 난 듯 달래는 어조로 말했다. 누가 다시 시를 낭독해 볼 사람? 헤레미아스 선생님이 하세요, 가장 낭독을 잘하시잖아요. 알았네, 에헴, 그럼 읽어 보지. 버드나무는 그의 지평선을 기억하는가? 에헴, 정말이군. 그가 억지 미소를 지으며 말했다. 마리아노의 영향이 느껴지는군, 그건 부정할 수 없는 사실이야. 그건 제가 마리아노 선생님한테 배웠기 때문이죠. 그래, 딱 봐도 알겠구먼. 자, 첫 스무 행은 지우고 마지막 부분은 남겨 두게. 아주 강인한 느낌이 있어. 다음은 누가 시를 읽을 차례인가?

젊은이들은 아무도 선뜻 나서지 못하고 자기 앞에 놓인 종이만 되작거렸다. 헤레미아스는 정신 분석가 특유의 과장된 몸짓으로 시계를 확인했다. 복도에서 떠드는 소리, 여러 사람의 목소리, 작별 인사를 건네는 아이들 소리, 문이 쾅 닫히는 소리가 들렸다. 그러다 마침내 담배만 뻐끔대며 한 번도 입을 열지 않던 다른 시인이 먼젓번처럼 복사본 세 장을 돌렸다.

그의 낭독이 끝나자 다들 더없는 행복에 겨워 고개를

---

12 Jean-Clarence Lambert(1930~). 프랑스 아방가르드 시인.

끄덕였다. 자네, 필력이 일취월장했군, 마르케스, 헤레미아스가 말했다. 하지만 〈사랑〉을 너무 자주 언급하지 말게, 호라티우스 같은 느낌이 나니까. 아무래도 마르케스가 사랑에 빠져 있는 것 같군. 하하하. 동의를 표하는 고갯짓에 마르케스의 행운에 대한 질투 섞인 불평이 더해졌다. 선생님 말씀대로 훌륭한 시야. 칭찬을 받은 시인은 감사의 표시로 재킷 안에 꼭꼭 숨겨 놓았던 카멜 한 갑을 돌렸다. 나는 매우 조심스럽게 담배에 불을 붙이고 다른 이들을 따라서 미소를 지었다. 이런 유의 창작 교실은 내성적이고 지루한 사람들을 위한 작은 디스코텍이나 마찬가지라는 생각이 들었다. 하지만 얼마 지나지 않아 나는 그것이 몹시 잘못된 생각이라는 것을 깨달을 터였다. 이거 말고 다른 시를 가져온 건 없나, 마르케스? 없어요, 타자로 친 건 이게 다예요. 정말 다들 내 시가 맘에 들어? 훌륭한 시야, 겉멋을 부리지도 않고 경구 같은 면도 있고 묵직한 힘이 느껴진다네. 헤레미아스가 단호하게 말했다. 마르케스의 낯빛이 자부심과 난감함이 뒤섞인 이상한 수프의 색깔처럼 변했다.

그때 나는 무슨 생각을 하고 있었을까? 음식, 옥탑방에 있는 한, 야간 운행을 하는 멕시코 버스, 보리스 그리고 그 으스스한 좁은 교실에 처량하게 앉아 있는 내 모습에 대해 생각하는 중이었다. 하지만 나는 자리를 뜨지 않았고 결국은 그렇게 한 보람이 있었다. 왜냐하면 갑자기 문이 열리고 기름에 찌든 청바지에 검은 가죽 부츠 차림의 낯선 사내가 모임에 난입했던 것이다. 그는 사람들에게 인사를 건네고 내게 등을 보인 자세로 제자리에 가만히 서 있었다. 시인들은 의자에 앉은 채 안절부절못하며 몸을 꼬았고, 헤레미아스는 어서 오게, 호세, 하고 겉으로는 한껏 예의를 차리면서도 눈과 눈썹으로 그에게 저주를 퍼부었다. 그의 새까만 머리카락은 어깨까지 내려올 정도로 길었고, 선박에 실은 원자로처럼 바지 뒷주머니에 책을 쑤셔 넣은 게 보였다. 나는 그가 가미카제거나 기상천외한 조종사라는 걸 깨달았다. 하지만 동시에 그가 그 외의 여러 존재가 될 수 있다는 것을 깨달았다. 이를테면 최근 들어 도시에 늘어나고 있는 창작 교실들을 돌아다니는 여행자 말이다. 물론 그는 그런 창작 교실들에서 겉도는 사람일 게 틀림없었다. 그는 시인들끼리 서로 주고받는 냉소적인 시선을 의식하지 못한 채 다들 허겁지겁 그가 앉을 자리(어떤 진지한 문학청년과 내 자리 사이였다)를 마련하는 모습이 재미있다고 느낀 모양이었다. 그동안 무슨 일이 있었느냐, 시를 가져왔느냐, 멕시코시티를 떠나 있었느냐, 최근에 나온 아무개의 책을 읽었느냐 등의 질문 세례에도 그는 계속 평온한 얼굴을 유지했다.

그는 미소를 지으며 모든 질문에 아니라고 답했다. 멕시코시티를 떠난 적도 없고, 무슨 일이 있던 것도 아니라는 말이었다. 그리고 종이에 써서(게다가 세 장을 복사해서) 가져온 시는 없지만 자기가 기억력이 좋으니 그건 문제 될 게 없다고 했다.

「생각나는 대로 아무거나 낭송을 해볼게, 동지들. 이건 〈에로스와 타나토스〉라고 제목을 붙인 시야.」

그러더니 멕시코 사내는 의자에 등을 기댄 채 천장에 시선을 고정하고 시를 읊기 시작했다.

「감자 아카데미 관리자는 부지런한 사내입니다. 그는 아카데미 1층에서 잠을 자고, 마을에 있는 집에서 점심을 먹죠. 곡물 창고 밖으로 나갈 때는 꼭 산악용 자전거를 탑니다. 저녁에는 휴대용 버너로 간단한 요리를 만들며, 라디오로 포크 음악 방송을 하죠. 식사를 마친 뒤에는 차를 한 잔 마시고 담배를 피웁니다. 그런 다음에야 마이크 앞에 앉아 본격적인 일을 시작하죠. 관리자가 진행하는 생방송은 별로 재미가 없습니다. 감자 수확량을 두 배나 세 배로 늘리는 법, 백여 가지의 다양한 감자 요리법, 감자 수프나 감자 잼을 만드는 법, 5년 또는 10년 넘게 감자를 보관하는 법 따위를 다룬 강의거든요. 사내의 목소리는 차분하고 침착합니다. 열정적인 건 아니지만 신뢰가 느껴지는 지적인 남자의 목소리죠. 방송을 듣는 사람이 몇이나 될지 모르겠어요. 기껏해야 손가락으로 꼽을 만한 정도겠죠. 그 지역에는 청취율 조사 같은 것도 없거든요. 하지만 집중해서 방송을 듣다 보면 어느 순간 사내의 목소리가 단순히 무심하고 느긋한 정도가 아니라 싸늘하기 그지없다는 것을 깨닫게 됩니다. 방송이 끝나면 그는 담배를 한 대 더 피우고 업무 일지 같은 것에다가 그날의 일기를 적습니다. 그런 다음에 녹음기를 켜죠. 테이프가 조용히 돌아가고 관리자는 의자에 앉은 채 잠이 들거나 자는 시늉을 합니다.」

「테이프는 방송으로 나가는 건가요, 아니면 녹음을 하는 건가요?」

「저도 잘 모르겠습니다. 하지만 여기서 꼭 말씀드려야 할 건 사내가 겉으로는 자는 척을 하고 있어도 실제로는 소리에 귀를 기울이고 있다는 사실입니다. 곡물 창고는 밤새도록 삐걱거리고 세찬 바람이 불 때마다 이에 응답이라도 하듯 목재에서 요상한 신음 소리가 희미하게 새어 나오죠. 사내는 바람 소리와 곡물 창고에서 나는 소리에 온 청각을 집중합니다. 그러고 있는 게 지겨워질 때까지 말이죠. 때로는 보리스에 관한 꿈을 꾸기도 하죠.」

「그러니까 밤새워 듣고 있는 건 아니군요?」

「네. 진력이 나면 자러 가는 거죠. 물론 테이프는 계속 돌아가게 놔둔 상태로요. 관리자는 아침 8시쯤 일어나서 녹음기를 정지하고 테이프를 되감습니다. 솔직히 아카데미에서의 일과는 따분하기 짝이 없습니다. 주변 경치도 좋고 공기도 깨끗하지만 심심풀이 삼아 이런저런 일로 아무리 시간을 때우려고 애써도 더없이 지루한 일상이죠. 그런 여러 소일거리 중에서 특별히 세 개를 꼽자면 다음과 같습니다. 매일 저녁 방송을 통해 감자에 대해 강의하는 것, 조용히 돌아가는 녹음기에 귀를 기울이는 것, 그리고 아마추어 무선 통신 키트를 이용해 통신을 시도하는 것. 특히 이 마지막 것은 앞의 두 개와 비교해도 훨씬 더 부질없는 일이죠. 간단히 설명하자면 관리자는 여러 전파를 떠돌며 무작정 메시지가 도착하기를 기다립니다. 그런데 그이도 참 대단해요. 무한한 인내심을 발휘해 매일 여덟 시간마다 똑같은 신호를 보내거든요. HWK, 들리나? HWK, 들리나? 여기는 아카데미, HWK, 여기는 아카데미, 여기는 아카데미……」

「그렇지만 아무 응답도 없는 거군요.」

「맞아요. 사내는 계속 통신을 시도하지만 아무도 대답이 없죠. 간혹 다른 아마추어 무선 통신 사용자의 것일 수도 있는 희미한 목소리나 의미를 종잡을 수 없는 단어가 잡히는 경우도 있지만 보통은 수신기 잡음 소리만 들릴 뿐입니다. 웃기죠?」

「글쎄요…….」

「엄청나게 재미있는 장면이라고요! 우리 불쌍한 관리자는 칠레 억양이 심한 스페인어를 쓰죠. 새된 목소리로 혼잣말을 하는 그의 모습을 상상해 보세요. HWK, 들리나? HWK, 들리나? 하하하……. 그것도 무표정한 얼굴로 말이에요…….」

---

13 Forrest James Ackerman(1916~2008). 미스터 사이언스 픽션 Mr. Science Fiction이라는 별명으로 불렸으며, SF 팬덤 형성에 지대한 역할을 담당한 미국 SF 작가이자 출판 기획자.

14 Thea Gabriele von Harbou(1888~1954). 독일의 영화 각본가, 영화 감독 및 배우. 프리츠 랑Fritz Lang 감독의 영화 「메트로폴리스Metropolis」(1927)의 각본가로 유명하다.

포러스트 J. 애커먼[13] 작가님께.

잠든 지 겨우 30분쯤 지났을 때 테아 폰 하르보[14]가 나타났어요. 저는 눈을 뜨고 그녀에게 말했죠. 얼어 죽을 것 같아요, 이 지역에서 추위를 겪을 줄은 상상도 못 했어요 (어딘가에 이불이 있었지만 제 손이 닿지 않는 곳에 있었어요). 그녀는 레모가 얼마 전에 가져온 포스터 옆의 문가에 서 있었어요. 저는 눈을 감고 그녀에게 물었죠. 제가 있는 곳이 실제로 어디인지 알려 주세요. 창문 틈으로 가느다란 불빛이 새어 들어왔어요. 멀리 떨어져 있는 건물에서 반사되는 빛이거나 밤새도록 깜박이는 테카테 맥주 간판이었을 거예요. 저는 혼자인가요? 제가 묻자 그녀는 문가에 그대로 선 채 미소를 지었어요. 깊이를 헤아릴 수 없는 커다란 두 눈으로 방구석에서 벌벌 떨며 추위와 싸우고 있는 저를 뚫어지게 쳐다보면서 말이죠. 그런 상태로 한참 시간이 흘렀던 것 같아요. 그러다 어느 순간 저는 무언가를 떠올리고 울기 시작했죠. 저는 그녀의 얼굴을 바라보며 말했어요. 추워서 울고 있는 게 안 보여요? 이불은 어디 있는 거예요? 서러움이 복받쳐 올라 투정을 부리고 말았던 거죠. 대체 그녀가 무얼 해주기를 바랐던 걸까요. 그녀가 문을 열고 자기의 보금자리인 구름으로 돌아가기를 바랐던 걸까요? 아니면 그녀가 제게 가까이 다가와 눈물을 닦아 주기를 바랐던 걸까요? 저는 그녀에게 미소를 지었어요. 광대뼈에서 빛을 발하는 그녀의 모습은 마치 소금 기둥 같았어요. 저는 말했죠. 테아 폰 하르보, 제가 있는 곳이 실제로 어디인가요? 전쟁이 벌써 시작된 건 아니죠? 사람들이 다 미친 건가요? 그녀는 아무 대답이 없었지만 그런 상황이 오래가지는 않았어요. 저는 레모의 자명종을 확인했죠. 새벽 3시였어요(시계 앞면 유리에 제 눈이 비쳤어요). 3시 10분에 일어나 차를 한잔 탔죠. 현재 시각은 새벽 4시이고 저는 일출을 기다리며 이 편지를 쓰고 있어요. 생각해 보니 저는 작가님의 작품을 하나도 읽은 게 없네요. 어떤 악랄한 편집자가 작가님을 미스터 사이언스 픽션이라고 지칭한 그 끔찍한 서문을 제외하면요. 어쩌면 작가님도 이미 세상을 떠나셨을 수도 있겠군요. 제가 이 편지를 보내는 에이스 북스[15]에는 작가님을 기억하는 사람이 남아 있지 않겠죠. 그렇지만 작가님이 아직도 테아 폰 하르보를 사랑하고 있으리라는 짐작에 이렇게 몇 글자를 써서 보냅니다. 제가 꿈에서 본 그녀는 어땠냐고요? 금발이었어요. 커다란 두 눈에 제 1차 세계 대전 시기의 라메 드레스를 입고 있었죠. 환하

15 Ace Books. 1952년 뉴욕에서 창립된 SF, 판타지 등 장르 문학을 전문적으로 다루는 미국 출판사.

게 빛나는 피부는 무언가 가슴을 아리게 하는 데가 있었어요. 아예 손을 쓸 수 없을 정도로 손상된 피부라는 생각이 들었죠. 솔직히 말씀드리면 그녀에게서 도저히 눈길을 뗄 수 없었습니다.

그럼 이만 줄입니다.

한 슈레야

「더 중요한 부분으로 넘어가기 전에 우아초페오 박사에 대해 한 말씀 드려야겠군요. 이야기에서 차지하는 비중이 크지는 않지만 꼭 필요한 감초 같은 인물이죠. 이를테면 크로스바에 칠하는 페인트 같은 존재라고나 할까요. 무슨 뜻인지 이해하실까 모르겠습니다. 세상만사의 괴로움을 잊게 해주는 한 줄기 빛, 작은 호셀리토[16] 같은……」

「지금 울컥한 거예요? 이렇게 나이도 어린 분이 호셀리토를 기억한다고요?」

「그럼요. 하지만 신경 쓰지 마세요. 대신 아카데미의 캐비닛에 무엇이 들어 있는지 물어봐 주시죠.」

「알았어요, 말해 보세요.」

「캐비닛 안에는 관리자가 라디오를 통해 방송했거나 아직 곡물 창고에 와서 수업을 듣는 학생들이 있을 때 직접 가르친 감자에 관한 강의 자료들이 들어 있습니다. 날짜나 강의명이 적혀 있는 자료는 하나도 없어요. 1년에

---

16 José Jiménez Fernández(1943~). 호셀리토Joselito라는 예명으로 1950~1960년대 스페인에서 활동한 아동 가수 및 아역 배우.

세 학기씩 3년 과정으로 이루어진 여러 강좌들이 학기별로 정리되어 있을 뿐입니다. 거기 있는 자료들로 보아 늙은 관리자는 감자의 주식화(主食化)에 관한 다양한 전문가 교육 과정들을 책임졌던 듯합니다.」

「감자는 싫어요. 살이 찌잖아요.」

「곡물 창고에 어떤 책들이 있는지 물어봐 주세요.」

「말해 보시죠.」

「무궁무진한 감자의 세계에 관한 각종 편람과 교본을 제외하면 딱 한 권의 책밖에 없습니다. 바로 비오비오주의 로스앙헬레스 대학에서 경제학 석사와 수의학 박사를 취득한 페드로 우아초페오가 쓴 『라틴 아메리카 역사의 패러독스』라는 책이죠. 5백 페이지나 되는 이 두꺼운 책에는 저자가 직접 그린 수많은 삽화와 함께 엄청나게 많은 일화들이 담겨 있는데 심지어 그중의 반은 라틴 아메리카에서 일어나는 일도 아닙니다.」

「어디선가 들어 본 이름 같은데요?」

「하나 더 말씀드리자면 우아초페오는 대지주 가문의 가장 부유한 상속자들 가운데 한 명이었다가 상속권을 박탈당한 어떤 인물의 필명입니다. 남부에 있는 사창가에서 현장을 급습한 경찰에 의해 목숨을 잃었죠.」

「아, 항상 그런 식이죠. 폭력과 마초주의. 어떻게 우리 지식인들은 하나같이 섹스에 있어서만큼은 그리 속이 음흉할까요?」

「잘못 짚으셨습니다. 우아초페오가 거기에 간 것은 메시지를 전달받기 위해서였어요. 연락책이 나타나지 않자 그 불쌍한 사내는 잠시 가게에 들어가 포주랑 대화를 나누며 맛있는 차콜리 하우스 와인을 들이켜고 있었죠. 단지 운이 나빴을 뿐입니다.」

「그렇군요. 관리자는 우아초페오의 친구였던 모양이군요.」

「아니요. 숭배자입니다. 또는 그의 작품을 연구하는 사람이랄까요. 관리자는 『라틴 아메리카 역사의 패러독스』의 종잡을 수 없는 만담과 사변이 암호화된 메시지라 생각했어요. 하지만 이제 우아초페오 박사는 무덤에서 편히 쉬시도록 놔두기로 하죠. 앞으로 보시면 알겠지만 실제로 그 책에는 암호화된 메시지가 꽤 많이 있습니다. 이 모든 것을 말씀드리는 이유는, 관리자가 읽은 책 중에 유일하게 교육적 목적과 관계없는 이 책에서 숨을 쉬고 있는 죽은 작가의 영혼이 다른 영혼들과 함께 아카데미를 떠돌고 있기 때문입니다. 아카데미의 수호신들 중 하나라고나 할까요. 이 정도면 된 것 같네요. 지금까지 감자 아카데미에 대한 소개였습니다. 바로 보리스가 수업을 들었던 곳이죠.」

「보드카를 한 잔 더 가져올게요.」

「가시는 김에 저도 테킬라든 뭐든 아무 술이나 한잔 부탁드려요.」

「좋아요. 아까보다 훨씬 즐거워 보이네요.」

「에로스와 타나토스」의 저자 이름은 호세 아르코였다. 우리는 밤이 지나기 전에 친구가 되었다. 창작 교실 학생들은 내게 커피나 한잔하러 가자고 청했고, 호세 아르코도 일행에 합류했다. 나는 시인들 중 한 명의 차를 타고 갔다. 녀석은 검은색 혼다를 타고 우리 뒤 ─ 하지만 옆일 때도 있었고 앞일 때도 있었다 ─ 를 따라왔다. 나는 놀랐다. 당시에 쓰인 시들에 오토바이가 갈수록 자주 등장하고 있었지만, 실제 거리에서 실제 오토바이를 타는 시인은 흔치 않았기 때문이다. 게다가 내가 차창으로 지켜본 바에 의하면 녀석이 오토바이를 운전하는 모습은 익살맞고 독특했다. 무표정하게 운전에 집중하기는커녕 손짓과 육성으로 신호를 보내고 인사를 하면서 자신이 있다는 것을 알렸고 눈앞에 펼쳐지는 밤 풍경뿐 아니라 멕시코시티 구시가지의 나무 뒤와 갈라진 인도 위에 모습을 드러내는 허깨비인지 도깨비인지 모를 그림자들에도 틀림없이 시선을 기울이고 있었다. 나중에 우리 둘만 남아서 식사를 하고 술을 마실 때, 녀석은 자기 오토바이가 망가졌

는데 원래 걸어 다니는 걸 좋아하는 편이라 오히려 잘된
일이라고 털어놓았다. 나는 술집에서 나오기 전까지 녀석
에게 아무것도 묻지 않았다. 오토바이는 정말로 시동이
걸리지 않았고, 우리는 가장 마음에 드는 집 앞에 그것을
세워 두기로 했다. 사실은 오토바이를 함께 끌고 가는 도
중에 녀석이 무작위는 아니고 특정한 몇몇 집들을 내게
가리키면서 그중에 마음에 드는 곳이 있느냐고 물었다.
적당히 상황을 모면하기 위해 아무렇게나 고르지 말고 솔
직하게 답해 달라는 부탁과 함께 말이다. 나는 녀석이 가
리킨 네 번째 집에서 고개를 끄덕였다. 테레사가 사는 곳
이군. 녀석이 미소를 지으며 말했다. 거리, 호세 아르코,
오토바이 그리고 내가 합쳐져서 하나의 기묘한 앙상블을
이루었다. 짙디짙은 우리의 검은 그림자가 잎이 거의 다
떨어진 쭈글쭈글한 떡갈나무까지 길게 뻗어 있었다. 멀
리서 어떤 노랫소리가 조금씩 들려왔다. 나는 기분 좋은
상태로 나지막이 물었다. 테레사가 누구야?

「친구.」

「그 애한테 가서 오토바이를 여기 놔두었다고 말하자.」

「안 돼.」 호세 아르코가 말했다. 「그 애가 내일 아침에
일어나면 저절로 알게 될 거야.」

「그럼 전화라도 해.」

「아니야, 너무 늦었어. 그냥 가자.」

바보가 아닌 이상 녀석이 사랑에 빠져 있음을 알 수 있

---

17 Partido de los Pobres(PdlP). 1967~1974년에 게레로주(州)의 산
악 지대를 중심으로 무장 투쟁을 전개한 멕시코 좌파 조직.

었다. 집 앞에 놓은 오토바이는 일종의 헌물인 셈이었다. 나는 아무 말도 하지 않았고, 우리는 계속 걸음을 옮겼다. 나는 녀석이 그 동네에서 알고 있는 유일한 사람의 집을 선택한 것에 대해 속으로 쾌재를 불렀다. 우리가 있던 콜로니아 코요아칸에서 내 옥탑방까지는 상당한 거리였기 때문에 대화를 나눌 만한 시간은 충분했다. 처음에 호세 아르코는 별로 말이 없었다. 사실 말이 없었던 건 아니지만 뜻이 잘 전달되지 않았다. 알아들을 수 없는 말들을 혼자 웅얼거리며 듣는 사람이 자기 이야기를 다 알고 있으리라 넘겨짚는가 하면, 자기가 겪었던 일을 설명하는 데 애를 먹었을 뿐만 아니라, 마치 절망과 행복이 동일한 것이자 단일한 영역이며 그곳에 자신의 어학 아카데미와 나라가 존재하는 것처럼 말했다. 그렇게 그때를 포함해 나중에 함께 거리를 거닐면서 녀석은 조금씩 그동안 살아온 삶의 얼개를 들려주었다. 우리는 스물한 살로 동갑이었다. 녀석은 사회학과 철학을 공부했지만 제대로 과정을 마친 게 없었다. 녀석이 언급하기를 꺼리던 어떤 병 때문에 학업을 중단해야 했던 것이다. 녀석은 병원에 넉 달 동안 입원해 있었다. 어느 날 아침에 한 의사가 정상적이라면 녀석이 15일 전에 이미 죽었어야 했다고 말했다. 호세 아르코는 그 순간 한쪽 팔꿈치에 몸을 의지한 채 의사한테 오른손 펀치를 정확히 날렸다고 했다. 평생 누군가를 주먹으로 때린 건 그때가 처음이었다. 다시 학교로 돌아갔을 때 이제 2학년이 되어 있던 그의 동기들은 약간 실망한 눈치를 보이며, 녀석이 PdlP[17]의 게릴라 부대와 함께 시에라에 있는 줄 알았다고 말했다. 녀석은 이틀을 버티고 그 이후로는 더 이상 과에 발을 들이지 않았다. 당시에 녀석은 사텔리테에 위치한 주택에서 어머니와 190센티미터의 거구를 자랑하는 동생 구스타비토와 함께 살고 있었다. 녀석의 어머니에 대해서는 나중에 더 자세히 말할 기회가 있을 것이다. 구스타비토에 대해서는 딱히 할 말이 생각나지 않는다. 법학을 전공하기를 원했던 것 같고, 지금쯤 변호사가 되어 있을지도 모른다. 하지만 호세는 몇 번이고 동생을 설득하려고 했다. 그 애가 풀가르시토 라모스[18]의 복수를 이루어 줄 멕시코 헤비급의 엄청난 기대주이며, 혜성같이 등장해 테피토와 라본도히토 출신들의 콧대를 쫙 깔아뭉개 줄 사텔리테의 희망이라고 말이다. 녀석의 동생은 90킬로그램 이상 거구의 청년에게서만 볼 수 있는 인자함과 인내심을 발휘해 미소를 지으며 형의 이야기를 들어 주었다. 나는 호세 아르코가 겉으로 표현하는 것 이상으로 자기 가족을 사랑하고 있었다고 생각한다. (아버지는 그 모든 이야기에서 투명 인간과 다름없는 존재이다.) 그다음에 녀석은 철학과에 등록했고, 거의 매일 학교에 가서 강의를 들었다. 여느 학생들처럼 녀석은 영화 동아리와 당시의 영웅들이 주최하던 파티에 들락거렸다. 그러다 어떤 출판사에서 교정 일을 맡게 되면서부터 수업에 가지 않았다. 이번에는 완전히

---

18 Manuel Ramos(1942~1999). 풀가르시토Pulgarcito라는 별명으로 활동한 멕시코 권투 선수. 멕시코 헤비급 챔피언으로 미국 선수들에게 맞서 세계 챔피언에 도전했으나 실패했다.

대학과 작별을 고한 셈이었다. 녀석은 스무 살이 될 무렵 어머니의 집에서 나와 오토바이를 타고 멕시코시티를 쏘다니기 시작했다. 기상천외한 계획들을 머릿속으로 궁굴리고 즉흥적이면서 세심한 장면들을 구상하다가, 갑자기 진이 빠지고 머리가 지끈거리면 아무 데나 급히 오토바이를 세우고 떨어지지 않도록 핸들을 꽉 붙든 채 그 위에 걸터앉기를 반복하면서 말이다. 나는 녀석 덕분에 산후안데레트란의 아지트들, 가리발디 부근의 동네들(거기서 우리는 외상으로 과달루페 성모 램프를 팔았다), 페랄비오의 불법 카센터들, 로메로루비오의 먼지투성이 쪽방들, 음성적으로 운영되는 미스테리오스 대로의 사진관들 그리고 테페약 뒤쪽에 있는 간이식당들을 알게 되었다. 우리가 오토바이를 타고 간이식당들이 위치한 동네에 도착할 무렵이면 그 주변에 해가 떠오르기 시작했다. 우리 눈에는 그 동네가 쾌활하면서도 누추해 보였는데 우리에게 포솔레를 팔던 아주머니의 눈에 비친 우리의 모습도 그랬을 것이다. 그 당시에 녀석은 개구리들의 왕이요 나는 쥐들의 대사(大使)였고, 우리의 우정과 계획은 점점 무르익어 갔다. 우리는 옥탑방에서 한과 함께 셋이서 여러 날 밤을 지새우곤 했다. 녀석은 한을 처음 보는 순간부터 마음에 들어 했다. 이따금씩 녀석이 새벽 3시나 4시쯤에 느지막이 나타나 늑대처럼 길게 괴성을 내지르며 우리를 깨웠다. 그러면 한이 매트리스에서 벌떡 일어나 창밖을 내다보고 말했다. 호세 아르코 녀석이야. 다른 때는 대체로 우리가 책을 읽거나 글을 쓰느라 깨어 있었고, 녀석은 테킬라 한 병과 햄 샌드위치 세 개, 한이 편지를 보낼 때 쓸 만한 포사다[19]와 레메디오스 바로[20]의 그림이 그려진 엽서, 시집과 독립 출판 잡지, 구름과 멕시코시티를 향해 다가오는 태풍의 눈에 대한 소식을 들고 올라왔다. 간 떨어질 뻔했잖아. 나는 녀석에게 말하곤 했다. 한은 그저 웃을 뿐이었다. 녀석은 호세 아르코가 우리 집에 찾아오는 걸 좋아했다. 호세 아르코는 방바닥에 주저앉아 내게 인형을 위해 어떤 글을 날조하고 있느냐고 묻고, 한과 함께 SF 문학을 주제로 대화를 나누기 시작했다. 크라프트지로 포장한 샌드위치는 양이 푸짐하고 콩, 토마토, 상추, 사워크림, 아보카도, 칠리소스, 얇은 햄 두 장을 비롯한 온갖 재료가 다 들어 있었다. 샌드위치를 먹기도 전에 테킬라는 금세 바닥이 났고, 우리는 보통 라디오 프로그램을 나직하게 틀어 놓은 채 차를 마시고 시를 낭송하며 밤을 마무리했다. 한은 다니엘 비가[21]나 마르크 숄로당코[22]의 시를 번역했다. 나중에 호세 아르코는 그 두 시인을 직접 만나게 되지만, 그건 별개의 이야기다. 6시 반이나 7시쯤 녀석은 작별 인사를 건넨 뒤, 계단을 하나씩 밟고 내려가 혼다에 올라타고 인수르헨테스 거리를 따라 사라졌다. 그러면 한과 나는 각자의 매트리스로 돌아가 잠을 청했

---

19 José Guadalupe Posada(1852~1913). 멕시코 혁명 시기에 독특한 해골 그림으로 정치 및 사회를 풍자한 민중 삽화가이자 판화가.

20 Remedios Varo Uranga(1908~1963). 유럽과 멕시코를 중심으로 활동한 스페인 태생의 초현실주의 화가.

21 Daniel Biga(1940~). 미국 비트 세대의 영향을 받은 프랑스 시인.

22 Marc Cholodenko(1950~). 프랑스 시인이자 소설가, 번역가.

다. 때때로 나는 호세 아르코가 등장하는 꿈을 꾸었다. 녀석은 창문에 매달린 고드름들에 눈길도 주지 않고 추위에 벌벌 떨며 꽁꽁 언 대로를 검은색 오토바이로 미끄러지듯 달린다. 그러다 갑자기 지상과 마찬가지로 하얗게 얼어 버린 하늘에서 붉게 타오르는 번개가 떨어지며 집들과 거리들이 갈라지고, 내 친구가 허리케인의 진흙탕 같은 것에 휩쓸려 사라진다. 잠에서 깨면 보통 송곳으로 찌르듯이 머리가 아팠다.

「어젯밤 꿈에서 테아 폰 하르보를 봤어……. 식겁해서 바로 잠에서 깼지……. 그런데 찬찬히 생각해 보니까 꿈에서 그녀를 본 게 최근에 읽은 소설 때문이 아닌가 싶더라고……. 딱히 이상한 소설은 아니었지만 작가가 무언가를 숨기고 있다는 느낌이었거든……. 그리고 꿈을 꾼 다음에 그게 무엇인지 깨달았지…….」

「무슨 소설인데?」

「진 울프[23]의 〈실루엣〉.」

「…….」

「줄거리를 말해 줄까?」

「그래. 아침 식사 준비하면서 들으면 되니까.」

「네가 자고 있을 때 나는 차를 한잔 마셨어.」

「머리가 지끈거리는군. 차 한 잔 더 마실래?」

「좋아.」

---

23 Gene Wolfe(1931~2019). 미국의 SF 작가. 본문에서 언급되는 「실루엣Silhouette」은 SF 작가들의 단편 선집 『뉴아틀란티스 및 기타 SF 단편들The New Atlantis and Other Novellas of Science Fiction』(1975)에 처음 실린 작품이다.

「어서 얘기해 봐. 등을 돌리고 있어도 다 듣고 있으니까.」

「인류가 거주할 수 있는 행성을 찾아 오랜 시간을 떠도는 우주선에 관한 이야기야. 그들은 마침내 적당한 행성을 찾아내지만 탐사를 시작하고 긴 세월이 흐른 뒤라 승무원들은 변해 있었어. 그러니까 다들 나이를 먹었다는 뜻인데, 처음에 출발할 때 그들은 매우 젊었다는 것을 염두에 두어야 해⋯⋯. 그렇지만 진짜로 변한 건 그들의 신념이었지. 온갖 이단과 비밀 결사와 주술 모임이 난립했어⋯⋯. 우주선도 망가지기 일보 직전인 상태야. 아예 작동이 안 되는 컴퓨터가 있는가 하면, 불이 나갔는데도 아무도 고치려 들지 않는 조명도 있고, 군데군데 부서진 선실도 있었지⋯⋯. 그러다 이제 새로운 행성을 발견해서 임무를 완수하고 지구로 돌아가 소식을 알려야 하는데 아무도 돌아가고 싶어 하지 않는 거야⋯⋯. 이동하는 시간만 해도 남은 청춘을 다 잡아먹을 것이고, 그들이 돌아갈 곳은 낯선 세계일지도 몰랐지. 그들이 광속에 가까운 속도로 이동했기 때문에 지구에서는 벌써 수백 년의 시간이 흘렀을 테니까⋯⋯. 지구는 그저 인구 과잉으로 굶주리는 행성일 뿐이야⋯⋯. 심지어는 지구에서 생명체가 다 사라졌을 거라 믿는 이들도 있어⋯⋯. 주인공인 요한도 그런 이들 가운데 한 명이야⋯⋯. 요한은 과묵한 사내로 우주선을 좋아하는 몇 안 되는 사람 중 하나지⋯⋯. 키는 평균이야⋯⋯. 거기서는 키로 서열이 정해지거든. 우주선의 선장인 여자의 키가 가장 크고 이등병들의 키가 가장 작아⋯⋯. 요한은 대위야. 그는 사람들과 별로 어울리지 않고 자기 임무를 충실히 수행하지. 거의 다른 모든 사람들처럼 틀에 박힌 일과를 보내고 권태를 느껴⋯⋯. 그들이 낯선 행성에 도착하기 전까지는 말이야⋯⋯. 그때 요한은 자신의 그림자가 더 어두워졌다는 것을 깨달아⋯⋯ 우주 공간처럼 까맣고 짙다는 것을⋯⋯. 너도 대충 짐작하겠지만 그건 그의 그림자가 아니라 그 자리에 숨어서 그 움직임을 그대로 따라 하고 있는 별개의 존재야⋯⋯. 그 존재는 어디로부터 왔을까? 행성? 우주 공간? 그건 결코 알 수 없고 딱히 중요한 문제도 아니야⋯⋯. 앞으로 알게 되겠지만 〈그림자〉는 강력한 힘을 지니고 있어. 하지만 요한과 마찬가지로 거의 말이 없지⋯⋯. 그러는 사이에 이단들이 반란을 계획해⋯⋯. 어떤 그룹이 요한에게 동참을 호소하지. 그가 선택받은 자 중의 하나이며 그 행성에서 새로운 무언가를 창조하는 것이 그들의 공통된 운명이라고 말이야⋯⋯. 어떤 이들은 완전히 정신이 나간 것 같고, 어떤 이들은 위험해 보여⋯⋯. 요한은 어디에도 가담하지 않지⋯⋯. 그때 〈그림자〉가 그를 행성으로 트랜스포트해⋯⋯. 그곳은 거대한 정글이자 거대한 사막이고 거대한 해변이야⋯⋯. 요한은 마치 무슨 티롤 지역 사람인 것처럼 반바지와 샌들 차림으로 수풀 사이를 걸어가지⋯⋯. 그는 〈그림자〉가 자신의 오른쪽 다리를 미는 걸 느낀 다음에 오른쪽 다리를 움직이고 천천히 무언가를 기다리며 왼쪽 다리를 움직여⋯⋯. 사방은 한 치 앞도 분간할 수 없는 암흑이야⋯⋯. 하지만 〈그림자〉가 마치 아이를 돌보듯이 그를 보살펴지⋯⋯. 요한이 우주선으로 돌아왔을 때 반란이 일어

나……. 우주선 안은 혼란의 도가니야……. 요한은 혹시 모
를 일을 대비해 제복에서 장교 계급장을 떼어 내지…….
그러다 갑자기 선장의 심복이자 반란의 주동자 중 하나인
헬무트와 맞닥뜨려. 헬무트는 요한을 살해하려 하지만
〈그림자〉가 그를 제압하고 목을 졸라 죽이지……. 요한은
사태의 심각성을 깨닫고 함교로 향해. 함교에는 선장을
비롯해 다른 장교들이 몇 명 모여 있고, 중앙 컴퓨터 모니
터 위로 헬무트와 반란자들이 레이저 대포를 쏘려고 준비
하고 있는 모습이 보이지……. 요한은 이제 손쓸 수 없는
상황에 이르렀으니 행성으로 도망치는 게 최선의 방법이
라고 사람들을 설득해……. 하지만 결국 그는 마지막 순간
에 우주선에 남아……. 그는 함교로 돌아가서 컴퓨터 관리
자들이 조작한 영상을 끄고 반란자들에게 최후통첩을 보
내지……. 지금 당장 무기를 내려놓는 자들은 용서하겠다.
그러지 않으면 죽음뿐이다……. 요한은 조작과 선동을 이
용한 술책에 어떻게 대응해야 하는지 잘 알고 있어…….
게다가 탐사 기간 동안 동면 상태에 있던 경찰과 해병대
가 자기편에 있으니 절대로 패할 리 없다는 것을 확신하
고 있지……. 그는 자신이 새로운 대장이라고 말하면서 통
신을 마무리해……. 그리고 다른 항로를 표시하고 행성을
떠나지……. 여기서 이야기가 끝나……. 그런데 꿈에서 테
아 폰 하르보를 보는 순간, 나는 그 우주선이 나치 천년 왕
국의 것이라는 걸 깨달았어……. 그들은 모두 독일인이었
어…… 엔트로피의 덫에 갇혀 있는……. 그렇지만 몇 가지
기이하고 특이한 부분들이 있어……. 요한이랑 가장 자주

잠자리를 같이했던 여자가 약 기운에 취해 고통스러운 무언가를 떠올리고 눈물을 흘리면서 자기 이름이 조안이라고 말하지……. 여자의 실제 이름은 그리트야. 요한은 아마도 그녀가 어렸을 때 어머니가 그녀를 그렇게 부르지 않았을까 생각해……. 유행이 지난 구식 이름…… 심리학자들도 사용을 금지한…….」

「어쩌면 여자는 자기 이름이 요한이라고 말하려고 했을 수도 있어.」

「그럴 수도 있지. 사실 요한은 아주 위험한 기회주의자야.」

「그런데 그는 왜 행성에 머물지 않는 거야?」

「나도 몰라. 지구로 돌아갈 것도 아니면서 행성을 떠나는 건 죽음을 선택하는 것과 마찬가지잖아? 어쩌면 〈그림자〉가 그 행성을 개척하면 안 된다고 그를 설득했을 수도 있어. 아무튼 선장을 포함한 일군의 무리는 꼼짝없이 행성에 발이 묶이게 되지. 말 나온 김에 한번 소설을 읽어봐. 정말 훌륭한 작품이야……. 지금 생각해 보니 하켄크로이츠 문양은 진 울프의 소설이 아니라 꿈에서 본 것 같아……. 그렇지만 또 누가 알겠어…….」

「그러니까 꿈에서 테아 폰 하르보를 봤다는 거구나…….」

「맞아, 금발 여자였어.」

「그런데 그녀의 사진을 본 적 있어?」

---

24 Heinz Wilhelm Guderian (1888~1954). 독일의 군인. 제2차 세계대전 당시 독일 국방군 지휘관을 역임했다. 기갑 부대를 이끌고 모스크바 점령을 시도했으나 한파와 폭설에 막혀 실패했다.

「아니.」

「그럼 어떻게 그 여자가 테아 폰 하르보인 줄 알았어?」

「글쎄, 그냥 그럴 거라 짐작했어. 마치 밥 딜런의 〈바람만이 아는 대답Blowin' in the Wind〉을 부르는 마를레네 디트리히 같았다니까? 해괴망측하기 이를 데 없지만 진짜 바로 옆에서 실제로 일어나는 일 같았어.」

「그러니까 나치가 지구를 점령하고 새로운 세계를 찾기 위해 우주선을 보낸 거군.」

「맞아. 테아 폰 하르보가 해석한 바에 따르면 말이야.」

「그리고 그들은 〈그림자〉와 조우하는 거지. 그게 독일 이야기라고 했나?」

「〈그림자〉의 이야기? 아니면 자기 그림자를 잃어버린 사람의 이야기? 모르겠어.」

「너한테 이 모든 걸 이야기해 준 사람이 테아 폰 하르보라는 거지?」

「요한은 생명체가 거주하거나 거주할 수 있는 행성은 우주에서 극히 예외적인 곳이라고 생각해……. 그의 이야기에서는 구데리안[24]의 전차들이 모스크바를 박살 내지…….」

「보리스 르쿈?」

「그렇다.」

아침 식사를 방해한 그 목소리는 언젠가 터지리라는 것을 오래전부터 예상하고 있었음에도 막상 닥치면 여지없이 경악과 공포를 불러일으키는 폭탄과도 같았어요. 관리자는 화들짝 놀라며 커피 잔을 떨어뜨리고 하얗게 얼굴이 질립니다. 자리에서 일어나려고 하다가 앉아 있던 스툴에 다리가 엉키고 말죠. 그는 애원하는 눈빛으로 조용히 회전하고 있는 테이프를 향해 엉금엉금 기어갑니다. 그리고 가만히 기다리죠. 그는 입술을 깨물며 방금 자신을 기겁하게 만든 목소리가 혹시 환청은 아니었을까 생각합니다. 마침내 끈질긴 기다림에 대한 보상인 듯 부랴부랴 연결한 확성기를 통해 다시 한번 이름을 말하는 아련한 목소리가 들립니다. 기병대 대위 보리스 르쿈이다. 뒤이어 웃음소리가 들리죠. 확성기를 통해 증폭된 잡음이 아카데미 3층에서 시작해 2층과 1층까지 울려 퍼지더니 슬금슬금 움직이는 어떤 여자아이가 있는 마당에 이르러 잦아듭니다. 일곱 살쯤 되어 보이는 아이의 이름은 카르멘입니다. 곡물 창고의 허드레 더미에서 〈훔친〉 튜브를 겨드랑이에 끼고 있죠. 처음에는 그냥 나갈 요량이었는데, 난데없는 소음에 달음질을 치다 말고 그대로 멈춰 선 겁니다.

「그게 다예요?」

「무얼 더 기대하셨나요?」

「대위 보리스 르퀸이다, 이렇게 말하고 만다고요?」

「그냥 대위가 아니라 기병대 대위입니다.」

「그걸로 끝인가요?」

「웃음소리가 들립니다. 장난기 넘치는 건방진 소년의 웃음이죠. 잠시 좀 웃겠네. 그가 말합니다. 이 시간부로 나는 기병대 대위 보리스 르퀸이다. 곧 강의가 시작될 것이다. 이번에 처음 하는 강의이니 혹시 있을지 모르는 실수에 대해 미리 양해를 구한다. 역시 제복이 멋지기는 하지만 추워서 죽을 것 같다. 이제 강의를 시작한다. 우리 연대는 감자밭 옆에 숙영지를 조성했다.」

「저승에서 들리는 목소리에 관리자는 혼비백산했겠군요.」

「꼭 그런 건 아닙니다.」

「여자아이는 계속 마당에 가만히 서 있나요?」

「호기심을 이기지 못한 아이는 문을 빼꼼 열고 안을 들여다봅니다. 당연히 1층에는 아무도 없죠. 아이는 별다른 조심성 없이 계단을 올라가기 시작합니다.」

「그 사이에 보리스 르퀸은 감자밭을 둘러보고 있겠군요.」

「맞아요. 르죈이 감자밭을 둘러보는 사이에 관리자는 플러그를 꽂았다가 뽑고, 녹음기를 켜고, 공책에 메모를 하고, 볼륨을 확인하는 등 한바탕 수선을 떱니다. 두려움에 휩싸인 노인의 감정 상태를 여실히 드러내는 무의미하고 쓸데없는 행동들이죠. 대위의 말마따나 이제 〈강의〉가 시작된 것이니까요. 어느새 3층까지 올라온 여자아이는 눈을 휘둥그레 뜬 채 계단통 사이로 이 모든 광경을 지켜봅니다. 하늘이 밝아지기 시작하죠. 흰색과 회색이 뒤섞인 엉뚱한 기하학적 형체들이 하늘에 나타납니다. 하지만 그들 가운데 기병대 대위만 혼자 감자밭을 건너기 전에 고개를 들어 곰곰이 그 모습을 지켜보죠. 여자아이는 생전 처음 보는 장비들에 혼이 팔려 있고, 관리자는 연결 상태를 확인하느라 딴 데를 볼 여유가 없거든요. 르죈은 한숨을 쉬더니 칙칙한 땅 위로 장교 군화를 힘차게 내디디며 감자밭 맞은편에 세워진 막사를 향해 걸어갑니다. 숙영지는 혼란의 도가니예요. 의무실 옆을 지나는 순간 첫 번째 사망자가 발생한 것을 보고 르죈은 휘파람을 멈춥니다. 어떤 상병이 사령부 막사가 위치한 방향을 가리킵니다. 르죈은 그쪽을 향해 걸어가면서 병사들이 막사를 해체하고 있음을 깨닫습니다. 하지만 모든 게 너무 느리게 진행되는 통에 부대가 철수를 하는 건지, 진지를 구축하는 건지 가늠할 수가 없습니다. 마침내 상관을 발견한 르죈은 자신의 임무가 무엇이냐고 묻죠. 자네는 대체 누군가? 장군의 목소리가 쩌렁쩌렁 울려 퍼집니다. 엉겁결에 여자아이는 계단통 아래에서 잔뜩 몸을 옹송그리죠. 관리자는 침을 꿀꺽 삼킵니다. 르죈이 대답하죠. 대위 보리스 르죈입니다. 감자밭 건너편에서 왔습니다. 장군님, 방금 현장에 도착했습니다. 때맞춰 잘 왔군, 장군이 말하더니 금세 그의 존재를 잊습니다. 어느새 막사 안의 대화는 알아듣기 힘든 고성이 오고 가는 아우성판으로 변하죠. 르죈은 명예, 국가, 치욕, 영광, 상명하복 등의 단어들을 머릿속에 새겨 넣고 슬그머니 막사를 빠져나옵니다. 그러자 여자아이는 미소 짓죠. 관리자는 그럼 그렇지, 그럴 줄 알았다니까, 하고 말하듯이 고개를 절레절레 젓죠. 시간이 지날수록 진영 전체에 패배와 공포의 분위기가 팽배해져 갑니다. 르죈은 다시 감자밭 맞은편으로 건너가 그곳에서 대기하죠. 해가 지기 전에 진영에서 불안한 웅성임이 일어납니다. 몇몇 병사들이 르죈의 옆을 지나가며 이렇게 외치죠. 저희는 지금 넓은 지역에 고립되어 있는 상태입니다! 독일 놈들한테 꼼짝없이 당하게 생겼습니다! 르죈은 미소를 지으며 말합니다. 예정에 비해 늦어졌지만 이제 제대로 강의를 시작하겠다. 최고다, 최고. 야호, 신난다. 관리자가 탄성을 내지릅니다. 여자아이는 문득 밤이 되었다는 것을 깨닫고 발길을 돌립니다. 그리고 한 시간 뒤에 총격전이 시작되죠.」

그 당시에 무슨 이유에서인지(내 나름으로 몇 가지 이유를 꼽을 수는 있었지만) 멕시코시티에 전례 없이 많은 창작 교실이 융성하기 시작했다. 호세 아르코는 그 문제에 대해 자기만의 생각을 갖고 있었다. 내 친구가 농담 반 진담 반으로 설명한 바로는 건국의 아버지들이 저승에서 도모한 책략이거나 교육부 산하에 있는 특정 부서의 과도한 열정 또는 완전히 다른 어떤 것의 발현, 즉 허리케인이 닥칠 징후라는 것이었다. 어쨌든 수치가 모든 걸 말해 주었다. 원로 시인이자 미초아칸 출신 정치인인 우발도 산체스가 발행인과 편집장과 후원자를 겸하고 있는 잡지 『별천지』에 따르면 ㅇㅇㅇㅇ년 멕시코시티 한 곳에서만 발행 부수에 관계없이 자그마치 125종의 시 잡지가 출간되었고, 그 기록은 당분간 깨지기 힘들 것으로 여겨졌다. 그 이후에 급속도로 불어나던 잡지의 수는 하향세를 보이다가 갑자기 상승 곡선을 그리기 시작해 지난해의 32종에

---

25 CONASUPO(Compañía Nacional de Subsistencias Populares).
옥수수 등의 기초 작물과 생필품 유통을 담당하는 멕시코 국영 기업.

서 올해는 661종으로 늘어났고, 아직 ○월이기 때문에 이러한 급증 추세는 끝난 게 아니라고 돈 우발도는 덧붙였다. 그는 잡지의 숫자가 무서울 정도로 빠르게 늘어나 연말쯤에는 천 종에 이를 것이며, 그중 90퍼센트가 이듬해에 십중팔구 발행이 중지되거나 이름이 바뀌고, 완전히 다른 미학적 경향을 추구할 것이라고 예측했다. 매년 문맹률이 0.5퍼센트씩 증가하는 도시에서 어떻게 시 잡지의 출판이 번성할 수 있는 것인가? 돈 우발도는 의문을 제기했다. 마찬가지로 창작 교실의 경우에도 『코나수포²⁵ 문화지』에 따르면, 작년에는 54개가 있었는데 올해 들어 2천 개로 늘어난 것으로 집계되었다. 물론 이러한 수치들은 발행 부수가 높은 일간지에 한 번도 공개된 적이 없었다. 게다가 『코나수포 문화지』(이름에서도 알 수 있듯 우유 3리터와 함께 코나수포 직원들에게 배포되는 타블로이드 판형의 소식지였다)가 멕시코시티에 있는 창작 교실의 숫자를 통계화하려고 했다는 것 자체가 의심스러웠다. 호세 아르코와 나는 이 문제를 조사해 보기로 했다. 정확히 말하자면 녀석이 조사에 앞장섰고 나는 혼다 오토바이의 뒷좌석에 아슬아슬하게 걸터앉아 녀석을 따라다니며 그 기회를 빌려 도시의 구석구석을 알아 갔다. 『별천지』의 그 원로 시인은 콜로니아 미스코악의 레오나르도 다빈치 거리에 있는 낡은 저택에 살고 있었다. 그는 우리를 반갑게 맞이하며 내게 얼마 전에 내 조국에서 발생한 일에 대해 어떻게 생각하느냐고 묻고, 군부는 절대 믿어서는 안 된다고 단언하더니 『별천지』 과월 호 몇 부를 건네주었다(내 기억이 틀리지 않다면 그 잡지는 25년에 걸쳐 18호까지 발행되었다. 호수마다 완성도의 차이는 있었지만 15페이지를 넘기지 않는 분량은 동일했다. 돈 우발도는 그 지면을 빌려 사실상 거의 모든 멕시코 작가에게 맹공을 퍼부었다). 그는 주방에 가서 진과 패밀리 사이즈 코카콜라를 가져오며 우리에게 시를 가져온 게 있으면 내놓으라고 협박조로 을러댔다. 호세 아르코가 살짝 미소를 지으며 시를 하나 골라 탁자에 올려놓았다. 자네는? 돈 우발도가 물었다. 나중에 보내 드릴게요. 나는 거짓말을 했다(나중에 밖으로 나오면서 나는 아무 데나 작품을 내면 안 된다고 친구에게 핀잔을 놓았다). 세 잔째 술이 들어갔을 때 우리는 그가 무슨 근거로 661종이라는 수치를 산출했는지 물었다. 모든 잡지의 이름과 주소를 저희에게 알려 주시면 정말 감사할 것 같습니다. 호세 아르코가 말했다. 돈 우발도는 눈살을 찌푸리며 녀석을 쳐다보았다. 어느덧 땅거미가 지고 있었고, 집 안의 조명은 모두 꺼져 있었다. 기분 나쁜 질문이군, 젊은이. 노인이 말했다. 수년간 분투한 결과 적어도 그들에게 이름을 알리는 데는 성공한 거지. 그들에게 이름을 알리다니요? 내가 물었다. 이 새로운 잡지들의 발행인들과 유통 담당자들이 내 잡지의 이름을 알고 있다는 뜻이네. 자네들은 공화국에 갓 발을 들어서 잘 모르겠지만 여러 측면에서 선구적인 역할을 담당했지. 아, 그럼요, 당연히 그렇겠죠. 호세 아르코가 말했다. 하지만 그 글에서 선생님은 잡지 수의 급격한 증가에 주목하셨는데, 그 모든 사람들이

『별천지』를 알고 있으리라 생각하는 건 무리가 아니겠습니까? 돈 우발도가 천천히 고개를 끄덕였다. 이어서 그는 책상 서랍을 열고 녹색 종이로 된 잡지 한 권을 꺼냈는데, 종이가 어찌나 얇은지 인쇄된 글자가 페이지 밖으로 튀어나올 것만 같았다. 자네 말도 일리가 있네, 젊은이. 그는 올해 자기가 받은 시 잡지가 180종인데, 그중에서 작년에도 간행된 것은 25종이라고 설명했다. 우리가 손에 들고 있는 것이 바로 새롭게 간행된 155종의 잡지들 중 하나였다. 그는 바로 그 잡지에서 다른 480종의 잡지에 대한 정보를 얻었고, 거기에다 『별천지』까지 더하니 총 661종이 되었다는 이야기였다. 나는 그 정보가 신빙성이 있다고 자신할 수 있네. 카르바할 박사하고는 이전부터 잘 알고 지내는 사이지. 카르바할 박사요? 자네들이 지금 손에 들고 있는 그 잡지의 발행자일세, 젊은이들. 우리가 손에 들고 있던 잡지는 겨우 5페이지 정도 되는 분량의 『멕시코와 멕시코 문학』이었다. 본문과 똑같은 녹색 종이로 된 표지에는 타자기(나중에 한이 알려 준 바에 따르면 올리베티 레테라 25였다)를 이용해 위쪽 가운데에 제목을 대문자로 인쇄하고 밑줄을 두 개 그어 놓았다. 그보다 조금 아래에 괄호와 함께 밑줄이 하나 그어져 있는 글씨가 보였다. 〈멕시코시티 시 문학 회보〉. 그리고 맨 아래에는 밑줄 없이 발행인의 이름이 적혀 있었다. 〈이레네오 카르바할 박사〉. 우리가 고개를 들자 돈 우발도는 흐뭇한 미소를 지었다. 방 안에 있는 하나뿐인 창문으로 스며들어 오는 빛에 감싸인 그의 얼굴은 꼭 이무깃돌 같았다. 박사는 시인인가요? 호세 아르코는 처음으로 동요하는 기색을 보였고, 차츰 세력을 넓혀 가는 어둠 속에서 녀석의 목소리가 희미하게 들렸다. 『별천지』의 창간인은 껄껄대며 웃었다. 감히 카르바할 박사를 시인이라고 부르다니! 차라리 개새끼라고 부르는 게 온당할 걸세. 악한이자 하느님의 어린양이자 배신을 일삼는 은둔자라고 할 수도 있지. 그렇지만 그분은 혼자서 우리 셋을 합친 것보다 더 많은 책을 읽으셨네. 나는 저녁이 깊어 갈수록 우발도 산체스가 늑대 인간을 닮아 가고 있음을 깨달으며 약간의 불안감을 느꼈다. 우리 둘은 당연히 빨간 망토로 변하고 있겠지, 하는 생각이 들었다. 나는 잡지를 펼쳐 보았다. 본문에는 간략한 소개글에 이어 잡지들의 이름과 주소 (일부분의 경우)가 나열되어 있었다. 뒤표지에 천진난만하게 적혀 있는 〈구독자 모집 중〉이라는 문구가 묘하게 비석에 새긴 글자 같은 분위기를 자아냈다. 갑자기 그 얇은 잡지 때문에 손가락 끝이 타들어 가는 듯한 느낌이 들었다. 불을 켜도 괜찮을까요, 선생님? 호세 아르코가 불쑥 무뚝뚝한 목소리로 물었다. 돈 우발도는 화들짝 놀란 것 같았다. 그는 알아들을 수 없는 말을 웅얼거리더니 느릿느릿 자리에서 일어났다. 비록 약한 빛이었지만 조명이 켜지자 방의 전경이 눈에 들어왔다. 아무렇게나 널브러진 종이들과 책들이 뒤엉킨 채 영원히 끝나지 않을 전투를 벌이고 있는 것 같았다. 자그마한 탁자 위에 놓인 인디오 전사의 싸구려 흉상이 눈에 들어왔다. 벽에는 벽지와 분간이 안 될 정도로 흑백과 컬러로 된 잡지 사진들이 잔뜩 붙어 있었다. 카르바할 박사님의 주소를 알려 주실 수 있나요? 노인은 고개를 끄덕였다. 좋습니다. 호세 아르코가 말했다. 이 잡지는 저희가 가져가도 상관없겠죠? 상관없네. 돈 우발도가 툴툴거렸다. 밖으로 나가려는 순간, 책상 위에 놓인 구겨진 세피아색 사진에 눈길이 갔다. 그것은 말을 타고 있는 군인들을 찍은 단체 사진이었다. 사진 속 인물들은 한 사람만 제외하고 다들 카메라를 보고 있었다. 배경에는 마치 신기루처럼 1920년대식 포드 자동차 두 대가 대기에 고여 있는 거대한 흙먼지 사이를 빠져나오고 있었다.

노인이 우리를 배웅하며 문을 열자 비가 내리기 시작했다. 젊은이들, 최근 들어 이 빌어먹을 도시가 유난히 팔딱팔딱 살아 숨 쉬는 것 같군. 자네들도 눈치챘는가? 네, 저희도 알고 있습니다. 호세 아르코가 말했다. 대체 어인 일인고? 노인이 혼자 꿍얼거렸다.

이후 며칠간 나는 호세 아르코의 모험에 따라다닐 수 없었다. 그래서 녀석이 우리 옥탑방을 찾아왔을 때, 그사이에 알아낸 것을 말해 달라고 한과 함께 녀석을 졸랐다. 우리 친구의 이야기는 실망스러우면서도 수수께끼 같은 구석이 있었다. 그러니까 대충 다음과 같은 내용이었다. 이레네오 카르바할 박사의 보고서에도 포함되어 있는 잡지 『북쪽 비행』의 기획자이자 코나수포의 직원으로 거기에서 무언가 수상한 업무 — 안내원인지 사환인지 타자수인지 기억이 나지 않는다 — 를 담당하고 있는 어떤 시인이 그때까지 녀석이 알아낸 정보의 유일한 출처였다.

이 시인을 통해 녀석은 『코나수포 문화지』가 행정직 직원들 사이에는 거의 배포되지 않았지만, 코나수포가 멕시코시티에서 체인점으로 운영하는 모든 할인 마트 계산대에서 잡지를 구할 수 있다는 것을 알게 되었다. 그렇지만 내 친구가 곧 확인한 바에 따르면 모든 할인 마트 계산대라는 표현은 과장이었다. 『코나수포 문화지』를 아예 받아 본 적도 없는 할인 마트가 있는가 하면, 어떤 할인 마트에서는 직원들이 한참 서류를 뒤지고 나서야 5개월이나 6개월이 지난 과월 호를 찾아낼 수 있었다. 호세 아르코는 본격적으로 조사를 시작하기 전에 갖고 있던 것을 포함해 이제 총 네 개의 『코나수포 문화지』를 소유하게 된 터였다. 『북쪽 비행』의 시인은 문화처에 소속된 누군가가 잡지의 발행과 편집을 맡고 있으리라 생각했지만, 우리의 입장에서는 참 안타깝게도 그는 그쪽 부서에 아는 사람이 한 명도 없었다. 인쇄 상태와 종이의 질로 보아 『코나수포 문화지』는 예산이 풍족한 듯했다. 왜 잡지를 할인 마트에 배포하는가 하는 것은 굳이 따질 것도 없는 문제였다. 그 가상의 문화처라는 곳도 여느 공공 기관과 다름없이 일 처리를 할 게 뻔했기 때문이다. 이 부분에서 호세 아르코의 친구는 그러한 부서가 아예 존재하지 않을 가능성에 무게를 두었다. 따라서 합리적인 설명과 이유를 찾는 것은 부질없는 일이었다. 우리한테 미발표 원고가 있으면 『북쪽 비행』에 보내라는 말과 함께 대화는 마무리되었다. 이후에 호세 아르코는 혼다를 몰고 열 군데인가

26 멕시코에서 널리 애송되는 서사적 가사를 지닌 민요와 무곡.

열다섯 군데의 할인 마트에 들러 자기가 대체 왜 그런 일에 시간을 허비하고 있는지도 모른 채 네 개의 『코나수포 문화지』를 손에 넣었다. 우리가 이미 알고 있던 호를 제외하면 나머지 세 권은 다음과 같은 주제를 다루고 있었다. (1) 도시 지역의 코리도[26] (2) 멕시코시티에 거주하고 있는 멕시코 출신과 외국 출신의 여성 시인들(작품은 커녕 이름조차 처음 들어 보는 엄청나게 많은 여성 시인들이 포함되어 있었다) (3) 멕시코시티의 그라피티, 숨은 예술인가 퇴폐 예술인가? 일단은 그게 다였다. 호세 아르코는 『코나수포 문화지』에 글을 쓰는 작가 혹은 작가들을 어떻게든(곧 방법을 찾아낼 것이었다) 만날 수 있을 것이라고 믿었다. 그 잡지에 실린 글들은 마치 당연하다는 듯이 항상 익명의 필진이 쓴 것으로 소개되어 있었다. 대체 어떤 사람일까? 진정한 아방가르드 예술가에서 CIA 요원까지 모든 가능성이 열려 있어. 어쨌든 코나수포는 온갖 괴상한 일이 다 일어나는 곳이니까. 그리고 물론 녀석은 여전히 카르바할 박사와의 인터뷰를 성사시키기 위해 노력하고 있었다.

「어쩌면 다 동일 인물일지도 몰라.」내가 말했다.

「그럴 수도 있지. 하지만 난 아닌 것 같아.」

「내가 궁금한 건 네가 어떻게 시 창작 교실을 다룬 그 첫 번째 『코나수포 문화지』를 손에 넣었느냐는 거야. 물론 여성 시인들과 그라피티를 다룬 호가 더 훌륭하지만 말이야.」한이 말했다.

「그것도 참 흥미로운 일이야. 에스트레이타한테 받은

거거든. 너희들도 곧 그녀를 만나게 될 거야.」

「에스트레이타?」

「〈라 아바나〉의 정령이지.」 호세 아르코가 말했다.

---

27 Robert Silverberg(1935~). 미국 SF 작가. SF 황금기를 대표하는
작가 중의 한 명으로『SF 명예의 전당*The Science Fiction Hall of Fame*』
등 중요한 SF 작품 선집을 편집했다.

로버트 실버버그[27] 작가님께.

작가님께서는 제3세계 난민을 지원하는 북미 SF 작가 협회의 회원이신가요? 만약 아니라면 제가 한 가지 제안을 드리죠. 참여의 뜻을 밝히고 협회에 가입해서 샌디에이고, 로스앤젤레스, 시애틀, 오클랜드 그리고 작가님께서 강연자로 참석하는 대학과 3성급 호텔의 바에 지부를 설립하십시오. 그동안 작품에 쏟아부은 만큼의 기력이 아직 남아 있다면 협회의 일원이 되어 활발한 운영이 이루어지도록 힘써 주십시오. 눈먼 쌍둥이 여형제가 하는 말이라 여기고 저를 믿으십시오. 저는 작가님께서 협회에 활력을 불어넣고 도저히 불가능해 보이는 프로젝트도 진행시킬 수 있는 능력을 가지신 분이라고 생각합니다. 저는 작가님을 비롯한 소수의 사람들이 협회의 본질을 맑은 눈으로 직시하고도 광인처럼 괴성을 질러 대며 도망치지 않을 능력을 지닌 분들이라고 생각합니다. 당신의 눈먼 쌍둥이 여형제로서 다시 한번 당부합니다. 〈파이팅, 로버트, 길고도 긴 여정을 통해 네가 보통 사람처럼 글을 쓰는 법을 배웠을 뿐 아니라 제3세계 난민들을 지원하는 북미 SF 협회가 너를 믿고 의지할 수 있다는 것을 증명해 봐.〉 도널드 월하임[28]이라면 아마 협회에 가입했을 겁니다. 어쩌면 칼 세이건 교수도 어느 끔찍한 악몽 속에서 가입했을 수도 있죠(다시 생각해 보니 도널드 월하임은 아닐 것 같네요). 하지만 이제 당신이 행동에 옮길 차례입니다. 이왕이면 당신과 친분이 있는 다른 남성 작가들과 여성 작가들도 동참시켜서 샌프란시스코의 비좁은 사무실에 홀로 따분하게 앉아 있는 사무총장의 얼굴에 화색이 돌도록 해주십시오. 전화를 걸어 그 검은색 전화기가 울리고 그분이 떨리는 손으로 수화기를 들게 만드십시오. 할런 엘리슨[29]은 이 일에 대해 알고 있나요? 필립 호세 파머[30]는 어떤가요? 옥탑방에 올라가 자위나 하고 있는 건 아니겠죠? 최고의 옥탑방들로 이어지는 나선형 계단이 ── 처음에는 꿈으로, 나중에는 무(無)로 ── 사라지기 전에 협회에 힘을 보태십시오. 빈방, 더러운 창문, 해진 양

---

28 Donald Allen Wollheim(1914~1990). 미국 SF 작가, 편집자, 출판인. 1930~1940년대 SF 발전에 큰 영향을 준 팬클럽 〈퓨처리언스 Futurians〉의 설립 멤버이며, 20세기 미국의 SF와 팬덤 발전에 지대한 영향을 끼쳤다.

29 Harlan Ellison(1934~2018). 미국 SF 및 판타지 작가. 주로 중단편을 썼으며, 평생 소설과 에세이, 각본 등 다양한 장르에서 1천7백여 편의 작품을 남겼다. 저작권에 아주 민감했으며, 오랜 송사 끝에 영화 「터미네이터Terminator」의 원작자로 오르기도 했다. 상대를 가리지 않는 거친 독설로도 유명했다.

30 Philip José Farmer(1918~2009). 미국 SF 및 판타지 작가. SF에 섹스와 종교라는 테마를 도입한 선구자적 인물이다. 대표작으로는 〈리버월드Riverworld〉 시리즈와 〈계층 우주World of Tiers〉 시리즈가 있다.

31 호세의 친근한 표현.

탄자, 탁자 위에 놓인 위스키 한 잔, 시계, 구겨진 베개······
이런 것들은 아무 쓸모가 없습니다. 이런 이미지를 떠올
려 보십시오, 친애하는 로버트. 개 같은 색깔의 여명이 밝
아 오는 가운데 산줄기 너머로 우주선들이 모습을 드러내
고, 칠레는 라틴 아메리카 대륙과 함께 침몰하죠. 우리들
은 탈주자가 되고, 당신들은 살인자가 됩니다. 그리고 이
이미지는 정적인 게 아니고, 〈영원한〉 것도 아니며, 원대
한 영웅적 꿈도 아닙니다. 오히려 수없이 많은 방향으로
움직이는 이미지죠. 내일 도망자와 살인자로 엉켜 싸우
는 자들이 모레에는 함께 허공을 향해 낯짝을 들이미는
겁니다. 아시겠죠? 당신이 쓴 몇몇 이야기들은 정말 재미
있게 읽었어요······. 어떻게든 살아남아 서로 만날 수 있는
날이 온다면 참 좋겠습니다······. 국경을 넘어······ 장벽 없
이······ 그리고 협회의 돌로 된 눈은 페피토[31] 파머의 농담
이라고 믿는 척하는 거죠······. 그럼 얼마나 멋질까요! 무
한한 사랑을 보냅니다!

한 슈레야

「포화가 빗발치는 혼란 속에서 르죈은 어떤 대령과 파리 출신의 신병과 함께 탈출을 시도합니다. 지금 이 상황에 대해 어떻게 생각하십니까, 대령님? 르죈이 쉬지 않고 달리며 묻습니다. 답을 못 하는 건지 안 하는 건지 대령에게서 아무런 말이 없자, 우리 대위는 파리 출신의 신병에게 같은 질문을 던지죠. 개판입니다. 이게 다 아군 장교들 잘못이죠. 우리는 다 속은 거라고요. 신병이 말합니다. 닥치고 뛰기나 하게. 대령이 명령합니다. 마침내 세 사람은 산등성이에 이르러 걸음을 멈춥니다. 그들은 탱크들이 지나가고 독일군 후위에 포로들이 집합하는 것을 지켜보죠. 대령은 기진맥진한 상태로 담배를 꺼내 불을 붙이고 몇 모금 들이마신 다음에 타들어 가는 담배 끝으로 신병을 가리키며 말합니다. 자네가 방금 했던 말이 부끄럽지도 않은가? 명령 불복종과 상관 모독으로 자네를 반드시 군법 회의에 회부시킬 걸세. 신병은 어깨를 으쓱합니다. 어디 두고 보게. 대령이 말을 잇습니다. 아군이건 독일군이건 상관없이 자네에게 총살형이 집행되도록 만들 테니까. 자네는 지금 이 상황을 어떻게 보고 있으며 앞으로는 어찌할 생각인가. 르췬이 신병에게 묻습니다. 신병은 잠시 고민하더니 뒤돌아서서 대령의 가슴팍에 총을 겨누고 발사하죠. 르췬은 방금 했던 질문의 앞부분을 다시 묻습니다. 신병은 잘 모르겠지만 아무래도 장기전이 될 것 같다고 답하죠. 거뭇한 풀 위에 쓰러진 대령의 몸이 경련을 일으킵니다. 르췬은 대령에게로 몸을 숙여 적군에 맞설 최선의 방어책이 무엇이라 생각하느냐고 묻습니다. 상명하복일세. 대령이 납빛으로 변한 얼굴로 답합니다. 그러더니 하느님 아버지, 하고 탄식을 내뱉은 뒤에 숨을 거두죠. 포로들의 대열이 이동을 시작합니다. 신병은 대령의 주머니를 뒤져 담배와 현금, 시계를 챙기고 산마루를 따라 내려가 포로들의 무리에 합류합니다. 르췬은 땅바닥에 주저앉습니다. 대령의 시체 옆에 어떤 여자의 사진이 하나 있습니다. 사진 뒷면에는 〈모니크와 산들바람, 생시르 사관 학교〉라는 글귀가 적혀 있죠. 르췬은 한참 여자의 얼굴을 들여다봅니다. 예쁘장하게 생긴 젊은 여자죠. 사진을 보는 게 지루해지자 르췬은 바닥에 등을 대고 누운 채 천공을 수놓으며 팽창하는 별들을 바라봅니다. 그 순간 아카데미 관리자는 『라틴 아메리카 역사의 패러독스』에서 우아초페오가 이와 비슷한 장면을 묘사했던 것을 떠올리죠.」

「여자아이는요?」

「여자아이는 살금살금 계단을 내려가 곡물 창고 밖으로 나와 집으로 돌아가서는 자기 몫으로 식탁에 남겨 놓은 강낭콩 요리를 먹고 신발을 벗은 다음 침대에 들어가 엄마 옆에 눕습니다. 관리자는 삶은 달걀 하나로 저녁을 때우고 차를 한잔 마신 뒤에 비쿠냐 이불을 겹쳐서 덮고 매트 위에 눕죠. 보리스 르죈 대위는 별들을 쳐다보다가 잠이 듭니다.」

「그들의 꿈에 허리케인이 등장하나요?」

「어쩌면요. 이튿날 르죈은 눈코 뜰 새 없이 분주한 오전을 보냅니다. 아라스나 이프르의 풍경을 바라보며 혹은 릴, 지베, 세단의 거리나 뫼즈강 기슭, 됭케르크 사구 위에서 가믈랭[32] 장군, 지로[33] 장군, 드골[34] 장군, 베강[35] 장군, 블랑샤르[36] 장군, 원정군 사령관 고트[37] 장군과 함께 사진을 찍지요. 반면에 관리자는 아침에 일어나 평소와 별반 다

32 Maurice Gamelin(1872~1958). 프랑스 군인. 제2차 세계 대전 발발과 함께 서부 전선에서 연합군 총사령관으로 복무했으나, 1940년 5월 독일군의 공세로 프랑스군이 무너지자 면직당했다.

33 Henri Giraud(1879~1949). 프랑스 군인. 제2차 세계 대전 때 제7군과 제9군 사령관을 역임하며 네덜란드와 벨기에에서 독일군의 공격에 맞서 전투를 지휘했다.

34 Charles de Gaulle(1890~1970). 프랑스 군인이자 정치인. 제2차 세계 대전 때 기갑 부대를 지휘했고, 자유 프랑스의 지도자로서 대독 저항 운동을 이끌었다. 프랑스 임시 정부 주석을 거쳐 전후에는 프랑스 총리와 제18대 대통령을 역임했다.

35 Maxime Weygand(1867~1965). 프랑스 군인. 제2차 세계 대전 때 가믈랭 장군에 이어 프랑스 총사령관으로 복무했으나 프랑스의 패전을 막지 못했다.

36 Georges Blanchard(1877~1954). 프랑스 군인. 제2차 세계 대전 때 프랑스 제1군 사령관으로 벨기에에서 독일군의 공격에 맞서 전투를 지휘했다.

37 John Vereker, 6th Viscount Gort(1886~1946). 영국 군인. 제2차 세계 대전 당시 영국 해외 원정군을 이끌며 됭케르크 철수 작전을 지휘했다.

38 Komsomol. 1918년에 소련에서 사회주의 이념 교육을 위해 15~26세의 젊은이들을 대상으로 조직된 공산주의 청년 동맹.

르지 않은 일과를 보냅니다. 간단하게 검소한 아침 식사를 마치고 바로 일을 시작하는 것이죠. 여자아이는 몸에 열이 나는 상태로 잠에서 깹니다. 간밤에 원자 폭발이 일어나는 꿈을 꾼 터죠. 아마 양키 부대가 중성자 폭탄으로 로스앙헬레스를 폭격하는 장면일 겁니다. 비오비오강 기슭에 위치한 허리케인은 폭탄이 터지자 거대한 극장처럼 양쪽으로 열리죠. 그 안에 폼페야라는 이름의 공장이 있는데, 오토바이를 생산하는 곳입니다. 바로 베넬리 오토바이죠. 잠시 후에 오토바이 한 대가 공장 밖으로 나오고 잇따라 다른 오토바이들이 모습을 드러냅니다. 양키들을 전멸시키거나 양키들에게 전멸당하기 위해 출동하는 칠레 남부의 콤소몰[38] 부대죠. 그 순간 관리자는 강의의 모든 조각들이 산타바르바라에 거의 다 도착했거나 이미 오는 중이라는 걸 깨닫기 시작합니다. 여자아이의 엄마는 얇게 썰어 식초에 절인 날감자로 아이의 열을 가라앉히죠. 보리스 르죈은 아브빌 인근에서 프랑스 탱크 위에 올라가 사진을 찍습니다.」

흠. 호세 아르코가 성냥을 들고 있는 손을 뻗으며 말했다. 입이 그려진 삼각형, 이게 녀석의 서명이군. 나는 다른 성냥에 불을 붙였다. 이 빌어먹을 조명은 어떻게 된 거야? 이틀째 불이 안 켜지잖아. 여기 봐, 너한테 말하던 게 이거야. 나는 조금 더 가까이 다가갔다. 끈적끈적한 바닥에서 똥과 오줌 냄새가 피어올랐다. 이게 그거야? 응. 호세 아르코가 다시 성냥에 불을 붙이며 말했다. 그런데 잘안 보여서 분간이 안 돼. 이게 동굴이라는 거지? 더 가까이 와봐, 한꺼번에 성냥을 두 개 켤게. 너도 두 개에 불을 붙이고 봐. 네 개의 날름거리는 작은 불혀 아래로 격자 모양의 선들(엄청나게 굵은 선들도 있었고, 하얀 타일 위에 보일락 말락 하게 그려 놓은 선들도 있었다)로 이루어진 동굴의 윤곽이 보였다. 솔직히 말하자면 그건 동굴이라기보다 도끼로 자른 도넛처럼 보였다. 도넛 안에 있는 두 사람의 윤곽 혹은 그림자, 똥을 싸고 있는 개 그리고 버섯

<hr>

39 Rin Tin Tin(1918~1932). 제1차 세계 대전 중 구출된 후, 여러 영화에 출연하여 유명해진 저먼 셰퍼드 종의 개를 의미한다.

구름의 형상을 알아볼 수 있었다. 어때, 이제 보여? 나는 고개를 끄덕였다. 딱 봐도 분명하지? 소름 끼치는군. 내가 답했다. 개의 꼬리가 세 개인 거 봤어? 응, 당연하지. 게다가 녀석은 꼬리를 흔들고 있어. 그런데 동시에 똥을 싸고 있는 거야? 맞아. 똥을 싸면서 꼬리를 흔들고 있지. 사람들은 뭐 하고 있는 걸까? 글쎄. 처음 봤을 때는 둘이 손을 잡고 있다고 생각했는데, 지금은 잘 모르겠어. 그런데 자세히 봐봐, 실제 몸이 아니라 그림자 같아. 플라톤의 동굴에 비친 그림자? 으음, 거기까지는 장담 못 하겠어. 그렇지만 버섯구름의 크기도 그렇고 왠지 그림자인 것 같아. 그럼 저들이 우리를 보고 있고, 우리는 동굴 벽에 반사된 저들의 그림자를 보고 있다는 거야? 아니야, 저들은 우리에게 등을 돌린 자세로 동굴의 입구를 쳐다보고 있는 거야. 상당히 먼 거리의 지평선에서 원자 폭탄이 폭발했기 때문이지. 그럴 수도. 그럼 개는? 왜 동굴 안에서 똥을 싸고 있는 거야? 헤헤. 뭉클한 디테일이지? 아니야. 내가 생각하기에 우리 불쌍한 린 틴 틴[39]은 겁에 질려 똥을 지리고 있는 거야. 보통 개는 겁에 질렸을 때 꼬리를 흔들지 않아. 어렸을 때 내가 개를 키워 봤기 때문에 확신할 수 있어. 나는 한 번도 개를 키워 본 적이 없어. 그런데 생각해 보니 나한테 개를 키워 봤다고 말한 사람은 네가 처음인 것 같아. 제발 그만 좀 해. 쉿, 조심해, 누가 온다. 나는 화장실 칸막이의 문을 닫았다. 잠시 후에 스위치를 켜는 소리와 바깥에 있는 소변기에 액체가 흘러내리는 소리가 들렸다. 이내 정체불명의 사내는 바지 지퍼를 올리고 화장실 밖으로 나갔다. 어느새 손에 들고 있던 성냥불은 꺼진 뒤였고, 나는 엄지와 검지를 데었다는 걸 확인했다. 호세 아르코가 다시 성냥에 불을 붙였다. 참 특이한 서명이야. 녀석이 아무 일도 없었다는 듯 말했다. 두툼한 입술에 입이 그려진 삼각형이라니. 그것도 금방이라도 비명을 지를 것 같은. 롤링 스톤스 로고에서 영감을 얻은 게 분명해. 그걸 조잡한 입체파 화법으로 변형한 것 같아. 이제 봤으니까 됐어, 가자. 내가 말했다. 꼼꼼히 살펴본 거지? 모르겠어. 내가 말했다. 여기 있으니까 어지러워. 이걸 그린 사람 때문에 조명이 나간 게 아닐까. 호세 아르코가 중얼거렸다. 화장실 밖으로 나가자 카페 조명 때문에 눈이 부시고 손발이 제멋대로 빨리 움직이는 것 같았다. 우리는 춤을 추듯 탁자를 요리조리 피해 카페 콘 레체[40]를 놓아두었던 자리로 되돌아갔다.

    호세 아르코는 이러한 뜻밖의 발견과 무의미한 탐방을 통칭하여 〈수사〉라고 불렀다. 간단히 말하면 『코나수포 문화지』와 카르바할 박사의 잡지에 실린 정보들을 현장에 가서 직접 조사 및 확인하고, 그 과정에서 예기치 않게 등장한 다른 실마리들을 쫓는 것이었다. 곧 우리는 수많은 시 창작 교실을 방문하고 잡지들을 손에 넣게 되었는데, 어떤 잡지들의 경우에는 기껏해야 열 권 정도의 복사본을 발행한 게 전부였다. 또한 우리는 『코나수포 문화지』에서 다룬 그라피티 — 숨은 예술인가, 퇴폐 예술인가? — 에도 지속적인 관심을 기울였다. 행운은 분명 우

    40 라틴 아메리카식 밀크 커피.

리 편이었다. 우리가 생각해 낸 몇 가지 작업가설이 곧 특정한 한 장소로 수렴되었기 때문이다. 그곳은 바로 호세 아르코가 입이 있는 삼각형 또는 웃는 삼각형을 발견한 카페 라 아바나였다. 수사를 시작한 이후만큼은 아니었지만 그곳은 호세가 전에도 자주 드나들던 가게였다. 바로 그곳에서 어느 날 오후에 녀석이 친구들과 대화를 나누고 있을 때 에스트레이타가 카페 콘 레체를 한잔 사달라고 하고는 『코나수포 문화지』를 주었던 것이다. 그것도 다른 사람은 빼고 녀석에게만 말이다. 그러고 얼마 후에 녀석은 그녀를 찾아 부카렐리가(街) 주변을 돌며 허탕만 치다가 화장실 칸에서 동굴 그림을 발견한 터였다. 그런 식으로 며칠 동안, 솔직히 말해 건성으로 에스트레이타를 찾아다니면서 라 아바나는 우리의 종잡을 수 없는 탐색의 중앙 본부가 되었고, 그에 따른 자연스러운 귀결로 매일 밤 11시 이후에 저절로 발길이 향하는 장소가 되었다. 우리는 라 아바나에서 중국 시계탑에 이르는 부카렐리가 구역이 일종의 성지(이 부분을 유념해야 한다는 직감이 들었다)일 뿐만 아니라 음식에 대한 우리의 욕구를 충족시키고도 남는 곳이라는 걸 발견했다. 한쪽 끝에는 전직 아틀란테 축구 선수가 운영하는 샌드위치 가판대가 있었고, 맞은편 끝에는 그 동네에서 가장 싸고 맛있는 칠라킬레스를 파는 라 아바나가 있었다. 그 중간에는 엄청나게 저렴한 피자 가게가 있었다. 피자 가게의 주인은 멕시코 여자와 결혼한 미국 사내였는데, 사람들은 그를 제리 루이스라고 불렀지만 동명의 배우와 전혀 닮은 데가 없었다. 길 건너편에는 까무잡잡한 피부의 두 자매가 운영하는 타코와 케사디야 가판대가 있었다. 그들은 매번 나를 볼 때마다 〈잘 지내, 금발?〉이라고 물었고, 나는 〈나는 금발이 아니야〉라고 답했다. 이어서 그들은 〈그럴 리가 없는데〉 하고 말했고, 나는 〈금발 아니라니까〉 하고 고집을 부렸다. 그러면 매번 호세 아르코가 와서 아퀴를 짓기가 일쑤였다. 〈금발? 너 금발 맞잖아.〉 그리고 거리 양쪽을 돌아다니며 엘로테스(옥수수 위에 버터나 마요네즈, 크림을 바르고 치즈와 칠리 가루를 뿌린 요리였다)를 파는 외눈박이 게이 친구도 있었다. 경험에서 우러나온 녀석의 조언에 따르면 녀석이 파는 음식은 부카렐리 극장에서 먹어야 제맛이었다. 부카렐리 극장은 의심의 여지 없이 그 구역의 왕이었다. 미덕의 표본이자 자애로운 왕, 잘 곳 없는 이들에게 잘 곳을 내주는 집주인, 암흑의 디즈니랜드, 때로는 마치 운명으로 맺어진 것처럼 느껴지는 유일한 교회.

그러던 어느 날 우리는 에스트레이타를 발견했다.

호세 아르코가 어떤 탁자를 손으로 가리켰다. 바로 거기에 그녀가 꼿꼿이 허리를 편 자세로 두 여자애와 함께 앉아 있었다. 왼쪽에 있는 여자애는 테레사야. 내 친구가 약간 씁쓸한 목소리로 말했다. 다른 애는? 아, 걔는 앙헬리카 토렌테야, 다른 데로 가자. 그게 무슨 소리야? 나는 펄쩍 뛰었다. 저기에 에스트레이타가 있잖아. 지금까지 그녀를 미친 듯이 찾아다녔는데, 이제 와서 그냥 간다고? 절대 안 돼! 호세 아르코는 아무런 대답이 없었다. 나는 녀석의 어깨를 잡고 흔들면서 창문 너머로 세 여자를 흘끔 쳐다보았다. 에스트레이타는 나이가 매우 많았고, 길쭉한 얼굴에 주름살이 가득했다. 그녀는 코트를 벗지 않고 그대로 입고 있었다. 그녀는 무언가를 마시고 있었고, 미소가 떠나지 않는 얼굴을 종종 동석자들 쪽으로 돌렸다. 웃고 떠들고 있는 두 여자애는 아무래도 그녀와 대비가 되어서 그런지 믿기 힘들 정도로 어려 보였다. 커튼이나 돔처럼 머리 위에 드리운 카페의 그 노란 조명에 감싸인 그들의 모습에서 지적인 분위기가 느껴졌다. 완전 지적이고 너무 예뻐. 나는 생각했다.

결국 나는 호세 아르코를 거의 잡아끌다시피 해서 카페에 들어갔다.

에스트레이타는 우리가 탁자 옆에 있다는 것도 거의 의식하지 못했다. 반면에 테레사와 앙헬리카는 갑자기 대화가 끊긴 것을 탐탁지 않게 여기는 눈치였다. 호세 아르코는 당황한 나머지(나는 그 순간, 아, 그리고 나중에도, 내 친구가 자기가 좋아하는 여자 앞에서는 몹시 부끄럼을 탄다는 걸 확인했다) 방해가 된 걸 사과한답시고 나를 소개했다. 안녕. 내가 말했다. 호세 아르코는 헛기침을 하고 시간을 물었다. 녀석이 줄달음을 치기 전에 나는 의자를 두 개 가져와 자리를 잡고 앉았다.

「네가 테레사구나.」 호세 아르코는 죽일 것 같은 게 아니라 죽을 것 같은 눈빛을 보냈다. 「지난번에 너희 집 앞에 오토바이를 놓아두었어. 봤니?」

「응.」 또 다른 발견. 테레사는 열아홉 살 혹은 스무 살의 나이에 걸맞지 않게 쌀쌀맞은 구석이 있었다.

그에 비해 앙헬리카 토렌테는 친절하고 다정해 보였다.

「너는 대체 어디에서 튀어나온 애니?」 그녀가 물었다.

「나? 칠레…….」

두 여자애는 웃음을 터뜨렸다. 에스트레이타의 온화한 미소가 조금 더 밝아졌다. 나는 미소를 지어 보였다. 하하. 맞아, 나는 칠레에서 왔어.

앙헬리카 토렌테는 열일곱 살이었고, 젊은 시인들에게 수여되는 엘로이사 라미레스 문학상을 받은 작가였다. (엘로이사 라미레스는 15년 전에 멕시코시티에 방대한 분량의 원고와 슬픔에 빠진 부모님을 남긴 채 성년을 앞둔 나이로 세상을 떠났다. 그녀의 부모는 딸을 추모하는 의미에서 매년 스물한 살 이하의 작가가 쓴 최고의 시집을 선정해 적지 않은 상금과 함께 상을 수여했다.) 무엇보다 예민한 감수성에 약간 신랄한 면이 더해진 게 앙헬리카 토렌테의 매력이었다. 그녀는 마치 파도의 물마루 위에 서 있는 사람처럼 이야기했다. 그 위에서 그녀는 모든 것을 볼 수 있었지만, 속도와 추락에만 신경 쓰느라 다른 것에는 눈길도 주지 않았다. 그녀는 분명 엄청난 미인이었고 때로는 고통스러울 정도로 아름다웠다. 그녀는 그 나이대의 사람에게서 흔히 찾아볼 수 없는 웃음을 지니고 있었다. 그녀에게 차인 이후에도 기억 속에서 절대 지워지지 않는 건 바로 그 웃음이었다. 그것은 그녀의 서명이자 트레이드마크, 무기였다. 그녀는 거리낌 없이 환하고 행복한 웃음을 지었고, 웃음소리와 어우러진 그녀의 몸짓에는 불안한 꿈과 편집증, 결국 남는 건 상처뿐이라도 악착같이 살겠다는 욕구가 엿보였다.

테레사는 달랐다. 겉으로 보기에 좀 더 심각한 성격이었을 뿐 아니라 실제로도 때때로 그러했다. 그녀 또한 시인이었지만 앙헬리카나 내가 곧 만나게 될 다른 여성 시인들과는 다르게 타자수로 일하면서 의과 대학 2학년에 다니고 있었다. 그녀는 부모님과 함께 살고 있지 않았다. 그녀는 ─ 소수이지만 훌륭한 ─ 몇몇 잡지를 통해 시인으로서 이름을 알리기 시작한 참이었고, 젊은 멕시코 시인들의 선집을 구성할 때 빠뜨려서는 안 되는 인물이었다. 그녀와 호세 아르코의 관계는 보기와는 달리 전형적인 것과 완전히 거리가 멀었다. 나는 그들이 잠자리를 같이한 적이 있는지 몰랐고, 그에 대해 아예 물어보지도 않았다. 어쩌면 그들이 잤을 수도 있고, 아닐 수도 있다. 그게 그리 중요한 문제는 아닌 것 같다. 테레사가 호세 아르코를 증오하게 되었다는 건 누구나 다 아는 사실이었다. 그래서 한때는 그녀가 녀석을 좋아한 적도 있었으려니 추측해 보는 것이다. 테레사라는 사람을 단적으로 보여주는 사실이 하나 있다. 그녀는 절대로 남에게 책을 빌려주지 않았다. 그리고 만약 그녀에게 실수로 책을 빌려주는 경우에는 ─ 호세 아르코는 천 번도 넘게 그런 실수를 저질렀다 ─ 그 책을 영영 다시 보지 못하거나 마호가니 나뭇결과 마디가 드러난 아주 예쁘고 멋진 그녀의 연갈색 책장에서 보게 될 것을 각오해야 했다.

두 젊은 여자 사이에 있는 에스트레이타는 꼭 커피 잔

받침에 놓인 한 줌의 모래 같았다.

「너를 찾고 있었어, 에스트레이타.」호세 아르코가 말했다.

에스트레이타는 한숨을 내쉬었다. 그리고 음, 하고 내 친구의 이마 너머로 시선을 향하다가 다시 한숨을 내쉬고, 모든 것을 예의 그 미소 안에 담았다.

「저번에 나한테 준 잡지 때문에 너를 찾고 있었어.」

「아…….」

「기억해?『코나수포 문화지』, 그 시 창작 교실에 관한…….」

「아, 아…….」

에스트레이타가 먼 곳의 한 지점을 살피더니 외투를 부여잡으며 몸을 웅크렸다.

「기억나? 시 창작 교실, 멕시코시티에 있는 수많은 시 창작 교실의 목록 말이야.」

「대체 그게 무슨 이야기야?」앙헬리카가 물었다.

「희귀한 출판 현상이지, 어쩌면 음모일지도 몰라.」내가 말했다.

「아, 알 것 같아…….」에스트레이타가 말했다.「맘에 들었니?」

「매우.」

---

41 Ángel de la Independencia. 1910년에 멕시코 독립 전쟁 백 주년을 기념하여 지어진 독립 기념비.

42 프랑스 7월 혁명을 주제로 한 프랑스 낭만주의 화가 들라크루아의 작품을 일컫는다. 프랑스 국기를 들고 민중을 이끄는 자가 자유의 여신으로 표현되어 있다.

「아, 다행이군…….」

「어디서 그걸 구했는지 알고 싶어……. 누구한테 그걸 받았는지 말이야…….」

에스트레이타가 미소를 지었다. 이가 하나도 없었다.

「아, 그건 한 편의 아름답고 이상한 이야기지…….」

「말해 봐.」 호세 아르코와 테레사가 말했다.

하지만 노파는 창백한 녹색 눈을 탁자 위에 고정한 채 태연한 자세로 앉아 있었다. 우리는 가만히 기다렸다. 그 시간이 되면 잦아드는 라 아바나의 소음이 에스트레이타의 너덜너덜한 외투처럼 우리를 감쌌다. 기분이 좋았다. 앙헬리카 토렌테가 우리 중 가장 노련하게 그 상황에 대처했다.

「카페 콘 레체 한 잔 더 마실래?」

「좋아.」

에스트레이타의 정체를 정확히 알고 있는 사람은 손가락으로 꼽을 정도였다. 그녀는 독립의 천사[41]나 민중을 이끄는 자유의 여신[42]의 낡은 복제품처럼 예기치 못한 장소에 불쑥 모습을 드러내곤 했다. 그녀가 어디에 사는지 아무도 몰랐고 — 온갖 추측들은 넘쳐 났지만 — 심지어 진짜 이름이 에스트레이타인지도 불분명했다. 그에 대한 질문을 받으면 그녀는 자기의 이름이 카르멘이나 아델라나 에비타라고 답하거나, 에스트레야가 몇몇 사람들이 생각하듯 자살한 어떤 스페인 노인이 만들어 준 애칭이 아니라 자기의 본명이라고 주장하기도 했다. 라 아바나에서는 다들 당연히 그녀를 시인으로 여겼지만 내가 아

91

는 한에서 그녀가 쓴 글을 읽은 사람은 소수에 불과하거나 아예 없었다. 에스트레야 본인의 표현에 따르면, 그녀가 마지막으로 소네트를 발표한 이후에 바다가 될 정도로 수많은 잉크의 강이 흘러간 터였다. 그녀에게는 아들이 하나 있었다. 라 아바나에 들락거리는 늙다리 기자들은 예술에 대해 쥐뿔도 모르면서 그가 한때 훌륭한 화가였다고 큰소리를 쳤다. 에스트레이타가 탁자를 돌아다니며 파는 아들이 그린 그림의 복사본 묶음이 사실상 그녀의 유일한 수입원이었다. 사람들은 그녀의 아들이 헤로인 때문에 화가로서의 경력이 끝났지만 여전히 살아 있다고 했다. 이 부분에서 정말 마음이 아픈 건 그가 자신의 어머니와 함께 살고 있었다는 것이다. 그의 그림은 리어노라 캐링턴[43]을 연상시키는 환각적인 장면으로 가득했다. 거미줄, 달, 수염 달린 여자, 난쟁이. 한마디로 형편없는 그림이었다. 다 합해서 많아야 스무 점 정도의 그림이 있었는데, 아마도 천 부 넘게 복사본을 찍은 것 같았다. 에스트레이타가 아무리 팔아도 그 복사본 묶음이 품절되는 경우는 없었기 때문이다. 누가 그렇게 많은 복사본을 찍으라고 주문했을까? 아들이었을까? 종이의 상태로 보아 그림을 인쇄한 지 최소한 15년은 지났을 게 틀림없었다. 에스트레이타는 그 복사본을 축복으로 여겼고, 어쩌면 실제로 그랬는지도 모른다. 그걸 팔아서 번 돈으로 그녀와 그녀의 40대 아들이 배를 곯지 않을 수 있었기 때문

---

43 Leonora Carrington(1917~2011). 영국 태생의 멕시코 초현실주의 화가 및 작가.

이다. 그녀는 낙낙한 외투 주머니에 아들에게 줄 달콤한 롤빵을 쟁여 놓고 본인은 카페 콘 레체로 배를 채웠다. 손가락을 적시지 않고 바닥까지 긁을 수 있는 기다란 스푼이 딸린 두껍고 길쭉한 잔에 담긴 카페 콘 레체가 바로 그녀의 에너지의 원천이었다.

「데지 않도록 조심해.」 앙헬리카가 말했다.

에스트레이타는 홀짝이며 맛을 음미하더니 커피 세 잔에 들어갈 만큼의 설탕을 넣었다.

「아, 맛있어.」 그녀가 말했다.

「그렇게 달게 마시는 게 좋아?」 앙헬리카가 물었다.

「응.」

「에스트레이타, 어디서 『코나수포 문화지』를 구했는지 말해 줄 거지?」

「응, 그래…….」

「어디서 얻은 거야?」

「마트에서…….」

호세 아르코가 눈을 휘둥그레 뜨고 미소를 지었다.

「당연히 그렇겠지.」 그가 말했다. 「내가 멍청했군.」

「나는 공주 드레스를 사러 마트에 들어갔어…….」

「…….」

「요구르트랑…….」

「…….」

「그런데 거기서 그 잡지를 공짜로 줬어…….」

「고마워, 에스트레이타.」 내 친구가 말했다.

「너희들 오늘 밤에 특별한 계획 있니?」

30분 후, 우리가 하고 있던 (그녀의 표현에 의하면) 쓸데없는 짓거리에 관해 다 듣고 난 뒤에 앙헬리카 토렌테가 물었다.

　　「아니.」내가 답했다.

　　「우리 집에서 간단히 파티를 할 건데, 올래?」

　　「당연히 가고말고.」내가 말했다.

44　Fritz Leiber(1910~1992). 미국 SF · 판타지 · 공포 소설 작가이자 시인, 배우, 체스 선수. 판타지의 서브 장르인 〈검과 마법〉 장르를 개척했다.

45　용설란을 발효시켜 만드는 술인 풀케pulque를 파는 술집.

프리츠 라이버[44] 작가님께.

작가님도 아마 이 이야기를 아실 겁니다. 첫눈에 반하는 사랑처럼, 그러나 아무런 사랑의 감정 없이, 진정한 조우가 일어나죠. 신체의 모든 기관이 신호를 주고받습니다. 유기체 레이더들이 술을 마시고 소형 버스를 타고 허공을 향해 윙크를 하면서, 마지막으로 남아 있는 어느 라틴 아메리카 도시의 거리들을 발을 질질 끌며 돌아다닙니다. 바의 맞은편 끝에 있던 유인원은 문득 이방인도 벽에 그려진 형상들에 흥미를 느끼고 있다는 사실을 깨닫습니다. 그 순간부터 모든 일은 한없이 느리게 진행되죠. 두 인물이 예기치 못한 장소에서 만나는 모습이 수중에서 촬영한 장면처럼 이어집니다. 싸구려 극장의 화장실, 1940년에 멈춰 있는 술집, 언더그라운드 클럽, 차풀테펙 롤러코스터, 음침하고 적막한 공원들. 그리고 계속 반복되는 장면이 하나 있습니다. 어느 풀케리아[45]의 안마당에서 이루어지는 지구인 탐험가와 우주인의 처음이자 마지막 만남. 문이 아닌 곳을 통해 밖으로 나온 지구인은 구석에서 토하고 있는 외계인을 발견합니다. 그는 차분하게 캠코더를 들고 그 장면을 녹화하죠. 외계인은 희미하게 웅웅거리는 캠코더 소리가 아니라 수 세기 동안 그가 은밀히 추적해 왔던 무언가의 존재를 감지하죠. 그가 몸을 돌리자 옥탑방들 너머로 달이 자취를 감춥니다. 가게 주인은 비명과 물이 첨벙거리는 소리, 욕설과 노랫소리를 들었다고 증언하죠. 그녀의 표현에 따르면 그들은 정이 가고 정이 많은 자들이었다고 합니다. 그날 밤에 그녀는 마당의 맨땅에서 핏자국을 발견합니다. 매년 2월 중순에 여행자와 현지인이 하늘에서 아직도 전투를 벌이고 있다는 전설이 바로 여기에서 생겨난 것입니다. 제가 생각하기에는 그날 밤 둘 다 죽었다는 게 진실인 듯싶습니다. 이 미스터리의 단서를 추적하는 연구 팀에 자금을 지원할 미국 대학이 있을까요? 아니면 혹시나 관심을 가질 사립 재단이 있을까요? 실제로 일어났던 이 일에 미래에 대한 경고가 담겨 있지는 않은가 저어됩니다. 인류 공통의 생존을 위해 우리 모두가 관심을 가져야 할 문제입니다 등등.

무한한 사랑과 감사를 보냅니다.

한 슈레야

「이제 진지하게 작가님의 기념비적인 걸작에 관해 이야기해 보죠.」

「기자님께서 말씀하시는 저의 그 걸작은 안데스산맥 기슭에 위치한 오래된 마을 산타바르바라에 있는 감자 아카데미 3층에서 시작됩니다. 미지의 대학 학생이자 조교이며 후안 곤살레스의 아들인 보리스에 관한 이야기죠. 녀석은 어디서나 흔히 볼 수 있는 평범한 10대 소년입니다.」

「잠깐만요. 무언가 거슬리는 소리가 인터뷰를 방해하네요. 이상한 잡음 같은 게 들리지 않나요?」

「저 술고래들이 고성을 질러 대는 모양입니다. 그토록 고명한 지식인들과 문인들(제발 불지옥에나 떨어졌으면)께서 저런 소란을 피우리라고는 상상도 못 했어요. 심지어 술에 취해 잠이 든 자들도 곰처럼 코를 골아 대는군요.」

「다 우리 작가님의 수상을 축하하느라 그러는 거죠.」

「저 영감탱이 좀 보세요. 자기 부인의 엉덩이를 깨물고 있지 않습니까?」

「저 여자는 부인이 아니에요. 그냥 못 본 척하세요. 저분은 평생 정확한 시어(詩語)의 탐색을 추구하고 침묵과 타자성의 시학(詩學)을 주창했죠. 지금은 두려움과 동시에 행복을 느끼고 계시죠. 저분이 행복한 건 바로 당신 때문이에요. 작가님과 작가님의 훌륭한 시 때문이죠.」

「이 흥청망청한 문예 공화국의 술판에서 정신이 말짱한 사람은 저 하나인 것 같군요. 존경하는 우리 기자님께서도 보드카 때문에 살짝 오락가락하시는 모양입니다. 제가 〈기념비적인 시〉를 써서 이 자리에 있는 건 아니지 않습니까?」

「어쨌든 다시 작품에 관한 이야기로 돌아가죠. 여자아이는 어떤가요? 여전히 몸에 열이 있나요?」

「아니에요. 이제 마을에서 축제가 열리는 중이고 여자아이는 화관을 쓴 채 거리를 돌아다닙니다. 주민들은 중앙 광장에 집결했다가 길을 따라 행진을 시작하죠. 노래를 부르면서 말입니다. 앞에서 말씀드렸듯이 그곳은 큰 마을이 아니기 때문에 많은 사람이 모인 건 아니에요. 주민들이 부르는 노래에는 특별한 가사가 없습니다. 아이고, 어이구 하는 소리를 연이어 내뱉는 게 전부로 어렴풋이 원주민의 곡소리를 떠올리게 하는 구석이 있지요.」

「어느 시점에는 감자 아카데미 앞을 지나겠군요.」

「그렇습니다. 관리자는 창가에 서서 그 광경을 지켜보죠. 주민들의 행렬은 갈바리노 거리의 끝에 이르러 발비디아 거리로 꺾어 사라집니다. 여자아이 혼자 길 한가운

---

46 Daniel Anthony 〈Dan〉 Mitrione(1920~1970). 미국 연방 수사국(FBI) 요원. 라틴 아메리카에 파견되어 여러 나라에서 전문적인 고문 기술을 가르치다 우루과이 좌파 무장 조직인 투파마로스에 의해 살해되었다.

데에 덩그러니 서 있죠. 이번에 관리자는 여자아이의 존재에 주목합니다. 마치 당연하다는 듯이 하늘이 갑자기 어두워지죠.」

「여자아이는 거기가 유령의 집이라고 생각하는 걸까요?」

「아닙니다. 그런 생각을 하기에는 아직 어린 나이인 걸요. 오히려 아이는 잠시 머뭇거리다 아카데미로 들어가죠. 관리자는 창가에서 마당을 살그머니 가로지르는 아이의 그림자를 지켜보다 계단을 따라 올라오는 가벼운 발소리를 듣습니다. 노인은 마음이 약해집니다. 아, 그렇구먼. 그는 생각하죠. 신부구나. 정혼자로다. 보리스를 사랑스럽게 바라볼 두 눈이로다. 아무도 자기를 보지 못하리라 믿으며 계단을 올라오는 순진한 아이야. 물론 관리자는 통신 장비와 녹음기로 다시 시선을 돌립니다. 시간은 충분합니다. 라디오 방송을 시작하려면 아직 멀었거든요. 갈바리노 800번지에 위치한 곡물 창고는 산타바르바라에서 전기세가 가장 많이 나오는 곳입니다. 언젠가는 그걸 빌미로 경찰이 불시에 들이닥칠지도 모르는 일이죠. 댄 미트리오네[46]가 당시의 경찰들에게 전기 계량기를 확인해 좌파를 색출하는 법을 가르쳐 주었던 것으로 기억합니다. 지나치게 많거나 적은 양의 전기를 쓰는 집은 모두 의심해 봐야 한다는 것이었죠. 그사이에 주민들은 이미 마을을 한 바퀴 행진하고 광장으로 돌아가 뿔뿔이 흩어지는 중입니다. 거리는 다시금 적막에 휩싸이죠. 관리자에게는 참으로 고마운 일입니다. 예기치 못한 방해 요소나 호기심 많은 여자아이는 괜찮지만 시끄러운 잔치나 행사는 딱 질색이거든요. 일에만 묶여 있는 자신의 우울한 삶을 새삼 떠올리게 되어 괴로운 거죠. 하지만 괜한 과장은 금물입니다. 관리자도 자기 나름으로 흥에 취해 춤을 추기도 하니까요. 약속된 미래에 그는 축제를 벌일 겁니다. 관리자는 권태가 무엇인지도 모릅니다. 그는 이 세상에서 매콤한 감자 케이크 조리법을 알고 있는 유일한 사람이죠. 딱히 누군가에게 괄시를 받을 만한 인생은 아니지 않습니까?」

「참 우울할 것 같아요…… 그러니까 작가님의 삶 말이에요.」

「정확히 보셨군요. 저는 더러운 영화관과 퀴퀴한 도서관에서 청소년기를 보냈습니다. 그것도 모자라서 여자친구들한테는 항상 차이기만 했죠.」

「앞으로 모든 게 바뀔 거예요. 찬란한 미래가 작가님을 기다리고 있으니까요.」

「상 때문에 그런 말씀을 하시는 건가요?」

「이번 수상으로 얻게 될 모든 것을 뜻하는 거예요.」

「참으로 순진하시네요, 기자님. 아까는 이름도 모를 숲 한가운데에 있는 이 방을 언덕 위에 자리한 수정궁으로 착각하시더니, 이제 예술에 찬란한 미래가 있다고 예언하시는 겁니까? 이게 다 덫이라는 걸 아직 깨닫지 못하셨군요. 제가 무슨 시드 비셔스[47]라도 되는 줄 아십니까?」

---

47 Sid Vicious(1957~1979). 영국의 전설적인 펑크 록 밴드 섹스 피스톨스Sex Pistols의 멤버. 헤로인 과용으로 사망했다.

지금 그때를 떠올려 보면 앙헬리카 토렌테의 집에서
있었던 일들은 흐릿한 배경으로 밀려나고, 따르릉 하고
울리는 초인종 소리의 서막에 불과한 것 같다. 누군가 벨
을 누른다. 다른 사람들은 전부 롤라 토렌테의 방에 있다.
나는 문을 열기 위해 걸어간다. 지금 가요.

　하지만 아직도 생생하게 기억나는 것들이 있다. 나를
바라보는 시선들, 여러 장의 레코드(음악이 아니라 반짝
이는 검은 레코드판 자체를 뜻하는 것이다) 그리고 무엇
보다 롤라 토렌테. 앙헬리카보다 두 살 위인 그녀는 훨씬
까무잡잡한 피부에 골격이 더 컸고 전혀 말라 보이지 않
았다. 그녀의 미소는 아침노을의 주름 사이로 불현듯 모
습을 드러내는 또 다른 멕시코의 극단으로 여전히 내 기
억 속에 남아 있다. 삶에 대한 열망과 제석(祭石)이 공존
하는 그곳. 그때 내가 한 시간 동안 앙헬리카와 사랑에 빠
져 있었다고 말해도 과장은 아닐 것이다. 그리고 자정 무
렵에 몇 잔의 술과 담배와 〈말라르메는 건들지 마, 개자
식들아, 너희들이 다 망쳐 놓을 거야〉와 함께 내 사랑의

불길이 서서히 사그라지다 완전히 꺼졌다고 말해도 무방할 것이다. 이 위대한 플라토닉 러브의 급격한 흥망성쇠는 롤라 토렌테 때문일 수도 있다. 그렇다고 변덕이 죽 끓듯 하는 사람처럼 파티가 진행되는 사이에 두 자매 중 하나에서 다른 하나로 내 애정이 옮겨 갔다는 뜻은 아니다. 다른 걸 다 떠나서(솔직히 말하자) 앙헬리카는 내게 눈길도 주지 않았다. 게다가 그 자리에 있던 사람들은 나만 빼고 다 아는 사이라 나는 철저히 구경꾼의 역할에 머무를 수밖에 없었다(하지만 안타깝게도 계속 입을 다물고만 있었던 것은 아니다). 그러다 어느 순간 나는 두 자매가 한 쌍의 거울처럼 서로를 비추고 있다는 것을 발견했다. 그 거울은 상대방의 이미지를 왜곡해서 메시지를 전하듯 다시 상대방에게 보냈다. 그래서 한 사람은 얌전하고 무해한 인형을 받고 다른 한 사람은 침대 밑에 있는 유리구슬을 받을 때도 있었다. 그렇지만 대체로 한 쌍의 거울이 서로 주고받는 것은 치명적인 레이저 빔이었다. 파티를 비롯한 모든 일에서 주인공은 앙헬리카였다. 롤라는 강력한 그림자였다. 이런 요인들과 앙헬리카의 단호한 태도(하지만 앞에서도 말했듯이 무엇보다 나를 향한 그녀의 명백한 무관심) 때문에 나는 꾸어다 놓은 보릿자루처럼 구경꾼으로 있는 것으로 만족해야 했다. 게다가 앙헬리카가 좋다고 따라다니는 남자들도 없지 않았다. 덧붙여 말하자면 그건 롤라의 경우도 마찬가지였다. 하지만 그녀의 동생에게 환심을 사려고 온갖 사탕발림을 하며 집적대는 남자들의 수에 비하면 아무것도 아니었다

(사실 롤라를 따라다닌 남자는 딱 한 명이었지만 상당히 괜찮은 남자였다). 호라티우스와 베르길리우스에 조예가 깊은 니카라과 출신의 친구 페페 콜리나에 따르면 앙헬리카는 처녀이고 롤라는 처녀가 아니라는 것 그리고 이 사실을 적어도 백 명이나 2백 명이 넘는 사람이 알고 있다는 게 문제였다. 처음에 나는 녀석을 잡아먹을 듯이 노려보았다. 세상에는 함부로 입 밖에 내면 안 되는 일들이 있기 마련이다. 하지만 잠시 뒤에 어떻게 2백 명이나 되는 사람이 그런 내밀한 정보를 알 수 있느냐고 녀석에게 물었다. 당연히 나 같은 사람을 통해서 알게 되는 거지. 니카라과 친구가 답했다. 나는 얼굴이 붉어지는 것을 느끼며 페페 콜리나가 롤라 토렌테와 잤으려니 짐작했다. 참 이상한 커플이라는 생각이 들었다. 키 작은 안경쟁이 남자와 강인하고 독립적인 여자로 이루어진 전형적인 한 쌍. 나는 태연한 척하며 델리카도에 불을 붙였다. 성기가 발기되는 게 느껴졌다. 나는 화장실로 피해 담배를 마저 피웠다. 어느 순간 거울에 비친 내 모습을 보고 숨죽여 웃었다. 화장실에서 나가는 길에 롤라 토렌테와 마주쳤다. 그녀는 살짝 술에 취해 있었다. 그녀의 검은 눈이 밝게 빛났다. 그녀는 미소를 지으며 알아들을 수 없는 말을 중얼거리더니 문을 닫았다. 우리가 진짜 친구가 되었다는 확신이 들었다.

나는 문자 그대로 신이 나서 펄쩍펄쩍 뛰며 거실로 돌아갔다. 호세 아르코는 그사이에 무얼 하고 있었냐고? 내 친구는 숫기라고는 찾아볼 수 없고, 멋을 부릴 줄도 모르

고 춤이라고는 출 줄 모르는 이들에게 둘러싸여 이야기보
따리를 풀고 있었다. 새로운 페루 시, 오라 세로 그룹,[48] 마
르틴 아단[49]의 은장도, 오켄도 데 아마트[50] 등 당시의 젊은
멕시코 시인들이 느끼기에는 생경하기 그지없던 — 그리
고 삶 그 자체처럼 한 치의 거짓도 없고 모골이 송연한 —
일화들. 그 일화들 속에서 녀석의 혼다는 멕시코 서부의
찻길과 산길을 따라 올라가 발도메로 리요[51]가 난제의 핵
심이라고 부른 고난의 독수리 둥지에 이르러 시속 120킬
로미터 또는 130킬로미터로 이야기의 꼬부랑길을 질주
했다.

　멕시코시티에서 한동안 보기 힘들었다 하는 식의 대화
를 주고받다가 그날 밤의 이야기가 시작되었다. 대충 요
약하자면 호세 아르코는 어느 한적한 해변에 도착해 한
마리의 개를 발견한다. 그곳에는 어부도 없고, 집도 없고,
아무것도 보이지 않는다. 오직 오토바이와 호세 아르코
와 개만 있을 뿐이다. 나머지는 천국이고, 내 친구는 모래
위에 〈간장 공장 공장장〉 같은 유치한 문구를 쓴다. 녀석
은 연유와 참치 캔으로 끼니를 때운다. 개는 항상 그의 곁
에 붙어 있다. 어느 날 오후 한 척의 배가 나타난다. 호세
아르코는 오토바이(녀석의 이야기 속에서 검은 혼다는
당신이 순수한 마음의 소유자라면 어디든 당신이 원하는
곳으로 간다)를 타고 개와 함께 절벽으로 올라간다. 배에

48　Hora Zero. 1970년대 페루의 아방가르드 시 문학 운동.
49　Martín Adán(1908~1985). 페루의 아방가르드 시인.
50　Carlos Oquendo de Amat(1905~1936). 페루의 아방가르드 시인.
51　Baldomero Lillo(1867~1923). 칠레 작가.

탄 사람들이 그를 보고 손을 흔든다. 호세 아르코도 그들에게 손을 흔든다. 그린피스입니다! 배에 탄 사람들이 외친다. 아이고. 호세 아르코는 혼자 중얼거린다. 여기서 뭐하세요, 어디서 왔나요, 당신은 누구인가요, 어떻게 오토바이를 여기까지 끌고 왔나요, 길이 있나요? 그들은 질문에 대한 답을 얻지 못한다. 선장이 자기가 뭍으로 건너가겠다고 말한다. 호세 아르코와 선장은 해변에서 만난다. 둘이 악수를 나누려는 순간에 개가 환경주의자 선장을 공격한다. 배에서 내린 선원들이 잽싸게 달려와 선장을 보호하고 개를 발로 걷어차더니 호세 아르코에게 발길질을 해댄다. 다섯 명 대 한 명과 한 마리의 개. 그런 다음에 그들은 그의 상태를 살피며 그와 개에게 소독약을 발라주고, 사과를 하더니 똥개를 묶어 두라고 충고한다. 그들은 해가 지기 전에 배를 타고 떠난다. 호세 아르코는 만신창이가 된 몸으로 오토바이를 세워 둔 곳 바로 옆에 있는 야자나무 아래에 누워 그의 다리맡에 있는 개와 함께 그들이 멀어지는 것을 지켜본다. 선장과 젊은 남자들과 여자들이 수평선에서 손을 흔든다. 개가 낑낑거리며 신음하고, 내 친구도 마찬가지로 끙끙거린다. 그러다 배가 시야에서 사라질 때쯤 녀석은 오토바이에 올라타 전속력으로 절벽 꼭대기까지 달려간다. 개가 살짝 발을 절뚝거리며 그를 뒤따라온다. 둘은 그곳에서 멀어져 가는 배를 지켜본다.

105   테레사 그따위 이야기를 믿느니 차라리 내 혀를 깨물

겠어.

앙헬리카 그다음에는 어떻게 했어?

페페 콜리나 (마리화나에 불을 붙여 앙헬리카에게 건네며) 야, 과거와 현재와 미래를 통틀어 괜찮은 환경주의자 선장은 딱 한 명밖에 없어. 철저히 저평가된 인물, 바로 에이허브 선장[52]이지.

레히나 카스트로 (시인, 서른 살, 아직 출간된 작품 없음, 어린 친구들의 피임약 공급책, 그저 그런 평범한 작가) 말해 봐, 걔는 어떻게 됐어?

롤라 그런데 그린피스가 뭐야?

엑토르 고메스 (롤라 토렌테를 좋아함, 스물일곱 살, 라 아바나 단골, 초등학교 교사) 평화주의자들의 모임이야, 롤라……. 솔직히 믿기 힘든 이야기군, 페페.

호세 아르코 나를 페페라고 부르지 마.

테레사 (자기 잔에 보드카를 따라 주는 엑토르 고메스에게 미소를 지으며) 처음부터 끝까지 다 지어낸 이야기지. 호세는 해변을 좋아하지도 않고 사람이 없는 곳에서 사흘이나 죽치고 있을 인간도 아니야.

호세 아르코 아무튼 나는 거기에 있었어.

두 명의 문과생 우리는 당신의 말을 믿어요, 시인.

레히나 카스트로 걔는 어떻게 됐냐니까? 데리고 왔어?

호세 아르코 아니. 거기에 두고 왔지.

---

52 허먼 멜빌의 소설 『모비 딕Moby dick』에서 포경선을 이끌고 흰 고래 모비 딕을 쫓는 인물.
53 구약 성경에 나오는 인물로 큰 물고기의 배 속에 들어갔다가 사흘 만에 살아 나왔다.

페페 콜리나 아니면 요나[53]도 있지. 과연 그를 선장이라고 부를 수 있을지 모르겠지만 말이야. 당시의 다른 모든 사람들처럼 당연히 그도 환경을 사랑했을 거야. 하지만 그를 선장이라고 부르는 건······.

앙헬리카 개가 너를 따라오지 않던? 이상하네.

안토니오 멘도사(프롤레타리아의 음유 시인, 스무 살, 정부 기관의 교열 담당자) 사실 호세는 개를 더 들일 여유가 없어.

앙헬리카 (안토니오에게 다정한 눈길을 보내며) 뭐라고?

안토니오 멘도사 집에 개를 한 마리 더 키울 만한 공간이 없다고.

롤라 네가 개를 키우고 있는 줄 몰랐어.

앙헬리카 누가 개야, 안토니오?

안토니오 멘도사 내가 개가 될 때가 있지.

호세 아르코 그게 무슨 개소리야, 안토니오?

안토니오 멘도사 때로는 녀석이 개가 될 때도 있고.

페페 콜리나 허허, 완전히 취했군. (웃는다) 꼭 어린애들 같아. 물론 농담이겠지? 하지만 그런 저열한 (데다가 멍청한) 농담을 하면 재수 없는 일이 생기는 법이야.

엑토르 고메스 (롤라에게) 나가서 바람 좀 쐴래?

페페 콜리나 (엑토르와 롤라가 나가자) 다들 나가서 바람 좀 쐬는 게 좋겠군.

안토니오 멘도사 (갑자기 느긋한 태도로) 둘이 마당에서 한판 하려고 나간 거야······.

테레사 주둥이 좀 닥치고 있을래, 멍청아?

안토니오 멘도사 부러워?

테레사 내가? 너 취했구나……

두 명의 문과생 저희는 아직 술병을 따지 않았어요……
환희로다, 환희로다……

앙헬리카 이제 술은 그만 마셔!

안토니오 멘도사 (그녀의 허리에 손을 얹으며) 있잖아, 앙
헬리카……

앙헬리카 우리 언니 일에는 신경 꺼!

안토니오 멘도사 아니, 그런 게 아니라……

레히나 카스트로 (목소리를 높이지 않은 채 명령조로) 닥
치고 그냥 앉아 있어. 시를 낭송할 계획이었단 말이야. 그
런데 너희들이 자꾸 그러고 있으니까……

테레사 오, 좋아, 시를 읽어 줘.

페페 콜리나 친애하는 위대한 시인이시여, 소인은 들을
준비가 되어 있습니다.

두 명의 문과생 (사람들에게 술잔을 돌리며) 저희가 다
준비될 때까지 기다려 주세요.

에스트레이타 (주방 문으로 빼꼼히 머리를 내밀며) 오,
낭송회라. 멋지군……

나는 참다못해 슬그머니 발코니로 나갔다. 비정상적으
로 긴 시가 될 것 같은 조짐이 보였다. 산루이스포토시에
서 보낸 레히나 카스트로의 유년기와 청소년기, 가족, 인

---

54 Venustiano Carranza(1859~1920). 멕시코 정치가. 멕시코 혁명의
지도자들 중 한 명으로 1917~1920년에 멕시코 대통령을 역임했다.

55 Ramón López Velarde(1888~1921). 멕시코 시인.

형, 수녀회가 운영하는 학교, 학교 운동장, 카란사[54] 지지
자였던 할아버지, 흔들의자, 드레스, 트렁크, 지하실, 레히
나의 입술, 그녀 언니의 입술, 하이힐, 로페스 벨라르데[55]
의 시. 바깥은 달이 밝았고 불이 켜진 다른 집들의 위치로
미루어 보아 우리의 머리 위로 10미터 떨어진 곳에서는
파티가 열리고 있고, 우리의 발에서 5미터 아래인 곳에서
는 잔잔한 대화가 오가고 있으며, 우리의 갈비뼈에서 직
선으로 15미터 되는 곳에서는 노인 둘이 클래식 음반을
듣고 있음을 알 수 있었다. 행복했다. 아주 늦은 시간은 아
닌 듯했지만, 건물의 모든 불이 꺼지고 그 멋진 발코니 위
에 나와 담뱃불만 남게 되더라도 그 특별한 아름다움 혹
은 끔찍한 찰나의 고요는 사라지지 않을 것이었다. 달이
현실 위에서 삐걱거리는 것 같았다. 등 뒤에 있는 육중한
건물 사이로 속삭이는 듯한 차들의 소음이 들려왔다. 담
배를 공중에 가만히 둔 채 조용히 있으면 방향 지시등이
깜빡이는 소리가 들리고, 잠시 뒤에 또 무언가 깜박이는
소리가 들릴 때도 있었다. 사실 정확히 말하면 그건 부르
릉부르릉 소리였고, 우니베르시다드 대로를 따라 내려가
는 기다란 차들의 행렬이 이어졌다. 3층 아래에 있는 건물
정원은 가장자리에 커다란 나무와 화분이 늘어선 검은 흙
길을 통해 자갈밭과 연결되어 있었다. 발코니에서 내려다
보니 정원은 꼭 대문자 B가 떨어진 것처럼 생겼다. 〈B〉,
이런 식으로 말이다. 두 반원 중 한 곳에 동양인의 눈처럼
삐딱한 모양의 자그마한 공터가 있었다. 공터에는 조각상
으로 보이는 꽤 커다란 돌을 중심으로 세 개의 벤치와 두

개의 그네와 한 개의 시소가 있었다. 공터 뒤쪽으로 도랑처럼 보이는 검은 선이 구불구불하게 이어졌고, 거기에서 반 미터쯤 떨어진 곳에 다른 건물과 경계를 이루는 벽이 세워져 있었다. 벽을 등지고 관목에 가려져 있어서 행인들에게는 보이지 않지만, 내가 있던 발코니의 바로 그 자리에서 보이는 구석진 공간에서 롤라 토렌테가 엑토르 고메스의 자지를 입으로 가져가 빨기 시작했다. 마치 내가 나타나기만을 기다렸다는 듯이.

하지만 그건 평범한 구강성교가 아니었다. 갑자기 신전에 불이 켜지고 곧 이 세상에서 살아 움직이는 것은 롤라의 두 손(한 손은 엑토르의 자지를 잡고 있었고, 다른 한 손은 그의 다리 사이에 있었다)과 그녀의 머리 — 예쁘고 다부진 두상에 검은 머리카락 — 에 파묻힌 엑토르의 손가락과 롤라의 입과 어깨, 검은 풀 또는 검은 흙 또는 그림자 위에 놓인 그녀의 무릎 그리고 때때로 서로를 향해 신중하게 지어 보이는 미소 아닌 미소밖에 없는 듯했다.

그것은 분명 비밀스러운 발리 연극이었다.

거실로 돌아간 뒤에야 나는 몸을 부르르 떨며 크게 한 번 진저리를 쳤다.

방에는 아무도 없었다.

나는 무언가를 마시고 자리에 앉았던 것 같다. 책상에 있는 책을 한 권 집어 들었다. 어딘가 방에서 사람들의 목소리가 들렸는데, 아마 논쟁을 벌이는 것 같았다. 잠시 뒤에 웃음소리가 들렸다. 심각한 일은 아니었던 모양이다. 나는 눈을 감았다. 유령 채널에서 들리는 희미한 소리들.

한이 보리스에 대해 했던 말이 떠올랐다. 나는 녀석이 하는 말을 절대 믿지 않았다. 전부 다 사실이야, 하고 한은 말했다. 그러다 너는 미쳐 버릴 거야. 나는 말했다. 아니야, 아니야, 아니야, 아니야. 정글이다, 바깥은 정글이다, 하는 생각이 들었다. 보리스가 몇 살이라고 했지? 열다섯? 아니야, 아니야, 아니야. 나는 자리에서 일어나 주방으로 갔다.

음식으로 꽉 찬 냉장고를 볼 때마다 나는 매번 감탄하게 된다.

나는 우유를 한 잔 들고 거실로 돌아가 자리에 앉았다. 찔끔찔끔 우유를 마셨다. 다리를 꼰 채 울상을 하고 있는 내 모습이 얼마나 우스꽝스러웠을까. 대체 왜 믿지 못하는 거야? 발리 연극의 무대 뒤에서 웅웅거리는 한의 목소리가 들렸다. 너한테 수천 번이나 말했잖아, 레모. 그런데 아직도 이해를 못 하는 거야? 불가해한 체스 게임의 운명적인 말들. 내가 알아볼 수 있는 것은 방에서 춤을 추고 있는…… 어떤 소년의 윤곽뿐이야. 내가 말했다. 소년은 행복할 거야. 자기 방에서 춤을 추고 있는 열세 살짜리 소년. 이제 소년이 몸을 돌리고 얼굴이 보이는 것 같아. 보리스의 얼굴일까? 잠시 뒤에 방이 어둠에 잠겨. 그 주변 전체가 정전이야. 그리고 소년의 숨소리, 그가 침묵 속에서 춤을 추며 몸을 움직이는 소리만 들려. 나는 침대 옆 탁자에 잔을 내려놓았다. 무릎을 꼬고 있던 다리가 갑자기 용수철이 튀어 오르듯 움직이기 시작했다. 마치 보이지 않는 의사가 자그마한 쇠망치로 내 반사 신경을 확인하고 있는 듯했다. 그만. 나는 말했다. 가만히 있어. 잘한다, 린티. 그만. 헤헤, 착하지.

바로 그때 그 대망의 초인종이 울렸다. 딩동, 링딩동, 따르르르릉. 정확한 벨소리는 도무지 기억이 나지 않는다. 띠리리리리, 찌리리리리, 피리리리리. 나는 자리에서 벌떡 일어났다. 롱그동롱그동. 문득 어떤 예감 혹은 직감이 들었다. 핑핑핑, 땡땡땡! 여기에서 2백만 또는 3백만 걸음만 걸으면 완전한 행복에 도달할 수 있어. 그래서 나는 문을 향해 몇 미터를 걸어가는 것으로 위대한 여정의 첫발을 떼었다. 핏핏핏. 문을 열었다. 갈색 머리의 여자애가 보였다. 그리고 그 뒤에 여자애와 같은 색의 머리에 영호감이 가지 않는 ─ 그리고 엄청나게 못생긴 ─ 남자애가 서 있었다.

56   어슐러 K. 르 귄의 소설 『세상을 가리키는 말은 숲The Word for World Is Forest』(1976)에서 애스시 행성을 식민지로 삼아 착취하는 지구인들이 순종적이고 비폭력적인 원주민들을 지칭하는 말.

57   Agustín Lara(1897~1970). 멕시코 작곡가.

어슐러 K. 르 귄 작가님께.

그날이 오면 우리 크리치[56]들은 어떻게 해야 할까요? 압도적인 수적 우위가 우리의 무기일까요? 침략자를 뱀과 동일시할 수 있다는 게 우리의 무기일까요? 〈죽음〉이라는 단어를 번역할 수 있는 능력이 우리의 무기일까요? 생존에 대한 맹목적인 믿음이 우리의 무기일까요? 담대함이 우리의 무기일까요? 꿈처럼 혹은 흩어진 꿈의 편린들처럼 헬리콥터를 향해 날아가는 우리의 활과 화살이 우리의 무기일까요? 집념이 우리의 무기일까요? 취한 상태로 말에 올라타 줄을 지어 전진하는 탱크들을 향해 끊임없이 사격을 가하는 도라도스 축구팀이 우리의 무기일까요? 무(無)와의 정확한 경계선에 놓여 있는 아구스틴 라라[57]의 오래된 음반일까요? 안데스산맥에 이착륙하는 비행접시들일까요? 크리치로서의 정체성일까요? 신속한 의사소통 기술일까요? 위장 기술일까요? 항문에 대한 우리의 격렬한 집착일까요? 극악무도함일까요? 우리에게 주어질 선택지는 무엇이며, 싸워서 이기려면 어떤 조치를 취해야 할까요? 앞으로는 영영 달을 바라보지 말아야 할까요? 구데리안의 탱크가 모스크바의 문턱을 넘지 못하게 저지하는 법을 반복해서 익혀야 할까요? 잠에서 깨어나 마법에서 풀려나도록 누구한테 키스를 해야 할까요? 광인 또는 미녀? 광인과 미녀?

　이만 줄입니다.

　　　　　　　　　　　　　　　한 슈레야

「아, 밤은 사람을 몽상에 취하게끔 만들지 않나요? 그 시간이 되면 젊은이들은 다들 창문을 열어 놓고…… 직장에 다니지 않고 일을 하지 않아도 되면 얼마나 좋을까요…….」

「기자님께서 원하시면 테라스에 함께 나갈까요? 잠시 신선한 공기를 쐬는 것도 나쁠 거 없죠.」

「아니에요. 계속하세요. 그렇지만 진지하게 임해 주셨으면 좋겠어요. 작가님 본인과 예술가로서의 미래를 위해서 말이에요. 작가님께서 하시는 말씀은 모두 녹음되고 있으니까요.」

「어디까지 이야기했죠?」

「모르겠네요.」

「그러면 보리스 르췬이 감자밭에서 적군의 동향을 살피던 그날 밤으로 돌아가죠.」

「사랑스러운…… 몽상가 기질이 있는 청년.」

「맞아요. 녀석은 혼잣말을 하는 버릇이 있죠.」

「그런 사람들이 꽤 많더라고요. 가십난을 담당하는 제

친구도 끊임없이 혼잣말을 해요. 사람들은 그 애가 미쳤다고 생각하는 것 같아요. 잘못하면 직장을 잃게 될지도 모르죠. 그 애는 하루 종일 무언가를 중얼거린답니다. 유명한 패션 디자이너들의 이름을 줄줄 외울 때도 있죠. 혼잣말을 하는 건지 보이지 않는 누군가와 대화를 나누는 건지……」

「보리스 르죈이 말합니다. 긴급 상황, 긴급 상황……」

「그는 자기 목소리가 들리나요? 아니면 자기가 입술을 움직여 두서없는 말들을 내뱉고 있다는 것도 의식하지 못하고 있나요?」

「보리스 르죈이다, 오버, 긴급 상황, 긴급 상황, R35, H35, H39, FCM36, D2, B1, FT17, S35, AMR, AMC 탱크는 무용지물이 되었다…… 저의 고국에서는 혼잣말을 하는 게 하나의 관습입니다……. 내전은 막을 수 없다……. 르죈이 말합니다. 마치 무언가를 암송하는 것 같아요……. 연락이 끊긴 친구들에게 전하는 특별 메시지. 바셰[58]와 니장[59]은 마침내 도데[60]와 모라스[61]와 어깨를 나란히 하게 되었다…… 신은 존재하지 않는다…… 인류는 쓰레기다…… 똥이고 좆이다…… 등등……. 감자밭 건너편에서 마치 다른 행성에서 온 생명체들처럼 빛이 반짝입

---

58 Jacques Vaché(1895~1919). 초현실주의의 선구자로 평가되는 프랑스 작가.
59 Paul Nizan(1905~1940). 프랑스 소설가이자 좌파 철학자.
60 Léon Daudet(1867~1942). 프랑스 우파 정치가이자 작가. 모라스와 함께 극우파 단체 〈악시옹 프랑세즈Action Française〉를 이끌었다.
61 Charles Maurras(1868~1952). 프랑스의 우파 정치가이자 작가.

니다…….」

「춥군요. 구석 자리에 있으니 한기가 느껴지네요. 그래서 다음은 어떻게 되나요?」

「다음은 한결 빠른 속도로 이야기가 진행됩니다. 여자아이는 산타바르바라의 외곽을 따라 산책을 하죠. 관리자는 자전거를 타고 동네를 한 바퀴 돕니다. 아카데미의 장비들은 밤낮으로 쉬지 않고 작동하며 불평불만이 섞인 욕설들을 수집하죠. 이미지들이 순서에 맞게 정리되기 시작하면서 우아초페오 박사가 『라틴 아메리카 역사의 패러독스』에서 아찔한 상상력을 발휘해 힘찬 필치로 그려 낸 지도에 따라 각각의 조각들에 번호를 매길 수 있게 됩니다. 장면 #1: 파리의 감옥에서 나온 죄수가 독일의 포로수용소로 끌려간다. 역사에 딸린 건물에서 죄수를 기차에 태우기 전에 형식상 이름을 물어본다. 내가 알 게 뭐야, 하고 죄수가 스페인어로 답한다. 뭐라고? 독일 병사 또는 프랑스 경찰이 묻는다. 보리스 구티에레스, 죄수가 답한다. 장면 #2: 사우샘프턴 외곽에서 스핏파이어 전투기가 추락한다. 지상에 있는 군 기지 요원이 그 장면을 지켜본다. 왜 탈출하지 않는 거지? 저 비행기의 조종사는 누구지? 전투기와 무선 접촉을 시도하지만 아무런 응답이 없다. 충돌이 임박하고 비행기는 땅으로 곤두박질친다. 통신 교환원은 계속해서 접촉을 시도한다. 탈출하라, 탈출하라, 탈출하라, 전투기에 아무도 없나? 갑자기 어디선가 아스라한 목소리가 들려온다. 보리스 맥마너스다, 오버, 추락한다……. 장면 #3: 게릴라 부대가 우지체 인근

지역으로 후퇴한다. 그러다 새벽에 양다리에 부상을 입은 채 죽은 아이 옆에 누워 있는 동지를 발견한다. 부상을 당한 병사는 이름 모를 그 아이가 자신을 거기까지 데려왔다고 주장한다. 게릴라들은 시체를 살펴본다. 가슴과 머리에 다수의 상처가 있는 게 보인다. 저 친구가 당신을 여기까지 데려왔을 리 없소, 대장이 말한다. 숨이 끊어진 지 최소한 스물네 시간이 지났단 말이오. 맹세코 어젯밤에 저 친구가 전선에서 저를 잡아끌고 여기로 데려왔습니다! 저는 중간에 여러 번 정신을 잃었습니다. 참을 수 없는 고통에 시달렸죠. 우리는 대화를 나누었습니다. 녀석은 제 주의를 딴 데로 돌리기 위해 이야기를 들려주었죠. 말을 좋아한다고 하더군요. 그리고…… 게릴라들은 부상당한 사내가 혼자 힘으로 거기까지 오기는 쉽지 않다는 것을 인정할 수밖에 없다. 죽은 아이의 주머니에서 신분증이 발견된다. 사라예보 기계 항공 학교 재학생 보리스 보일리노비치. 미지의 대학 직원.」

한이 대체 이게 무슨 일이냐는 듯이 놀라서 눈을 휘둥 그레 떴다. 나는 미소를 지으며 최대한 차분한 목소리로 친구들을 좀 데려왔다고 설명했다. 그건 말 안 해도 알겠 는걸. 녀석이 말했다. 그러는 사이에 녀석이 옷을 입거나 매트리스 주변에 도서관 폐기물처럼 차곡차곡 쌓여 있는 사전과 지도, SF 소설, 신문 스크랩, 원고 더미를 치울 틈 도 없이 친구들이 한 명씩 방에 들어오기 시작했다. 이쪽 은 내 친구 한이야. 내가 우물거리듯 말했다. 앙헬리카와 에스트레이타만 내가 하는 말을 들었다. 마지막 친구가 들어오고 나자 한은 자리에서 벌떡 일어나 깡마른 볼기 를 드러낸 채 금빛 불알을 덜렁거리며 모두에게 등을 돌 린 자세로 두세 번의 신속한 동작에 원고를 매트리스 밑 에 꾸겨 넣고 다시 침대에 누웠다. 그러더니 머리를 매만 지고 갓 도착한 무리를 싸늘한 시선으로 쳐다보았다. 우 리 집에 그렇게 많은 사람이 모인 건 처음이었던 것 같다.

「한.」 내가 말했다. 「이쪽은 앙헬리카야. 이쪽은 앙헬 리카의 언니 롤라. 이쪽은 콜리나, 이쪽은 안토니오. 이쪽은 전에 우리가 이야기했던 에스트레이타 씨야.」

「그냥 에스트레이타라고 불러.」 에스트레이타가 말했다.

「만나서 반가워요.」 한이 말했다.

「이쪽은 엑토르, 이쪽은 세사르 그리고…… 라우라.」

「아하.」 한이 말했다.

나는 얼굴이 빨개졌다.

「이쪽은 내 친구이자 동거인 한이야.」

「안녕.」 다들 미소를 지었다.

「안녕들 하십니까.」 한이 전혀 호의가 느껴지지 않는 목소리로 말했다.

「참 잘생긴 청년이구먼.」 에스트레이타가 말했다. 「금빛 불알이 귀엽네.」

한이 깔깔대고 웃었다.

「맞아요.」 내가 말했다.

「큰일을 할 팔자라는 뜻이야. 금빛 불알은 위대한 업적을 이룰…… 선택받은 젊은 남자의 특징이지…….」

「엄밀히 말하면 금빛은 아니야.」 한이 말했다.

「닥쳐. 에스트레이타가 금빛이라고 했고 내가 보기에도 그래. 그게 중요한 거야.」

「내가 보기에도 금빛이야.」 앙헬리카가 말했다.

「선택받은 여자의 특징은 뭐가 있어, 에스트레이타?」 롤라가 물었다.

「포도주 마실래?」

「잔은 어디 있어?」

62 Eunice Odio(1922~1974). 코스타리카 시인이자 언론인.

「여자의 경우는 좀 복잡하단다, 자기.」에스트레이타가 코트를 벗지 않은 채 창가에 앉았다. 「미소, 웃음. 에우니세[62]는 눈빛이라고 했지만…… 내 생각에는 웃음인 것 같아.」

「잠깐. 그럼 피부가 까무잡잡한 메스티소 중에는 선택받은 사람이 없다는 거잖아. 흑인들은 말할 것도 없고.」

「술잔이 다섯 개밖에 없고, 의자도 두 개밖에 없네. 술잔을 돌려 가면서 써야 할 것 같아.」

「네가 불알에 대해서 뭘 아니? 이때까지 살면서 몇 개나 봤어?」

「물론 많이는 못 봤지.」콜리나가 수긍했다. 「열다섯 개 정도?」

「선택받은 자의 특징에는 여러 종류가 있어, 콜리니타.」에스트레이타가 말했다. 「피부가 까무잡잡한 사람들의 경우에는 그들이 남기는 흔적, 기억, 현기증의 느낌이지…….」

「에스트레이타가 오늘 밤 청산유수네.」

「엘리베이터가 없는 건물을 5층이나 걸어 올라와서 그래.」

「다들 바닥에 앉자.」

「에스트레이타한테 계단을 오르고 밤을 새우는 건 일도 아니지.」

「집에 방은 이거 하나야?」세사르가 물었다.

「응, 이게 다야. 아담한 집이지.」

「매트리스 아래에 숨긴 건 뭐야?」

「아무것도 아니야!」

「너랑 나랑 이 술잔을 번갈아 가며 써야 할 것 같아.」

앙헬리카가 한의 옆에 바짝 붙어서 매트리스 끝에 앉았다.

「좋아.」한이 말했다.

「밖에 절대 나가지 않는다는 게 사실이야?」

「누가 그래?」

「네 친구 레모랑 호세 아르코가.」

「거짓말이야. 매일 밖에 나가는걸? 인수르헨테스를 따라 걷는 걸 좋아해. 위에서 아래로, 아래에서 위로. 나치 병사처럼 말이야.」

「뭐처럼?」

「나치 병사.」한이 말했다.「이 건물이 무슨 색인지 봤어?」

「아니. 바깥이 어둡잖아.」앙헬리카가 미소를 지으며 말했다. 〈라 아바나〉나 그녀의 집에 있을 때보다 훨씬 더 매력적인 모습이었다.

「녹회색이야. 나치 야전복이랑 똑같은 색이지.」

「그걸 어떻게 알아?」

「책에서 봤어. 제복 사진들 말이야. 이 건물 색깔이랑 완전히 똑같아.」

「소름.」앙헬리카가 말했다.

「너 시 공모전에서 상을 탄 적 있지?」

「맞아. 누구한테 들었어? 레모? 호세 아르코?」

「누구한테 들은 건 아니고 어딘가에서 읽었어.」

그들은 마치 진공실에서 헤엄치는 두 마리 피라냐처럼

미소가 싹 가신 얼굴로 잠시 서로를 쳐다보았다. 그러다 한이 말했다.「네가 쓴 글을 읽어 보고 싶어.」

그 사이에 나는 맞은편 방구석에 앉아 있는 라우라를 바라보고 있었다. 그녀는 자기 옆에 있는 롤라 토렌테와 나지막하게 대화를 주고받는 중이었다. 이따금씩 서로 눈이 마주치면 우리는 미소를 주고받았다. 하지만 초반이 아니라 한참 뒤에 샌드위치를 먹을 때 있었던 일이다. 호세 아르코가 자기만 아는 어떤 가게에 가서 샌드위치를 사 온 터였다. 그렇지만 그때도 서로에게 호감을 느껴서 미소를 지은 건 아닐 것이다. 아무튼 노골적으로 호감을 드러내는 미소는 아니었다. 동상이나 수줍은 신혼부부처럼 미동도 없이 앉아 있는 한과 앙헬리카가 내뿜는 에너지가 차츰 비좁은 방 안에 퍼지면서 나머지 사람들도 서로에게 미소를 짓고 점점 수줍은 신혼부부 같은 모습으로 시나브로 술과 안주를 입에 가져가기 시작했던 것이다. 누군가가 에스트레이타가 잠든 곳 위에 있는 창문에 여명의 플러그를 꽂아 주기만을 기다리면서 말이다. 광합성 때문인지, 그 당시에 우리가 그랬기 때문인지, 그날 그 장소에는 다른 선택지가 없었기 때문인지 대체 그 이유를 모르겠다.

토렌테 자매의 부모님이 도착하면서 차갑게 식은 분위기, 30분 후에 결국 파한 술자리, 옥탑방에 가서 파티 — 혹은 마저 남은 홍 — 를 계속 즐기자는 내 제안, 라디오에서 흘러나오는 란체라와 함께 기하학적 도형을 그리며 멕시코시티의 밤거리를 질주하는 택시, 한 치의 오차도 없이 정확한 멕시코의 새벽, 다른 자동차들의 차창 너머로 언뜻 보이는 듯한 상상인지 현실인지 구분이 되지 않는 얼굴들, 배우나 특공대원처럼 결연하게 터널 안으로 뛰어 들어가 꽃단장을 마치고 사랑을 찾기 위해 건너편으로 나오는 얼굴들. 내게는 맞은편 방구석에 앉아 있는 라우라의 미소가 유일한 현실(그러니까 지극한 현실)이었다. 운석 같은 미소, 이지러지는 희미한 미소, 넌지시 던지는 미소, 친구 같은 미소, 연기 같은 미소, 무기고에 있는 칼 같은 미소, 수심에 잠긴 미소 그리고 드디어 가식 없이 내 미소와 마주친 미소. 서로를 찾던 미소, 서로를 찾은 미소.

그렇지만 참을성 있는 독자께서는 그것이 일종의 무언극이라고 오해하지 않으셨으면 좋겠다. 그토록 짧은 시간에 그토록 다양한 방식으로 미소를 지을 수 있는 여자애한테 어찌 넘어가지 않을 수 있었겠는가. 아니다. 모든 미소는 하나의 미소로 수렴되었다. 사랑에 빠진 자의 눈은 파리의 눈과 같다. 따라서 다른 이들의 미소가 라우라의 입술과 이에 투영되었을 수도 있었으리라.

하지만 그렇다고 해도 무슨 상관이었겠는가? 따지고 보면 라우라는 조금씩 세상의 모든 것과 모든 사람이 되어 가고 있지 않았던가? 순결하고 박복한 어머니, 순결하고 박복한 아즈텍 공주, 순결하고 박복한 테페약의 여자 부랑자, 순결하고 박복한 요로나,[63] 마리아 펠릭스[64]의

---

63 La Llorona. 우는 소리를 내며 돌아다니다 아이들을 납치해 물속에 빠뜨려서 죽인다는 전설 속의 여자 귀신.

64 María Félix(1914~2002). 멕시코 영화배우. 1940년대 멕시코 영화의 황금기를 대표하는 최고의 디바.

유령…….

나는 자리에서 벌떡 일어섰다. 머리가 살짝 어지러웠다.

나는 두 블록 떨어진 카페에 가서 달콤한 롤빵을 사 올 생각인데 혹시 같이 갈 사람이 있느냐고 물었다. 그렇게 묻자마자 호세 아르코 녀석이 따라나서겠다 싶어서 말을 정정하려고 하는 순간에 라우라가 입을 열었다. 내가 같이 갈게, 금방 올게.

금방 올게, 라는 말은 누구한테 한 거였을까? 세사르?

친구들에게 받은 돈을 세는 동안 나는 떨림을 주체하지 못하며 속으로 쾌재를 불렀다.

「인형의 집 같아. 나도 이런 데 살고 싶어.」집 밖으로 나서면서 그녀가 말했다.

옥상에서 보니 구름들이 도시의 모든 전력을 빨아들이고 있는 것 같았다. 심지어 어떤 구름은 드높은 빌딩들에 닿을 듯이 작은 손을 뻗고 있었다.

「비가 올 모양이야.」라우라가 말했다.

방문 앞에 걸린 전구에 비친 그녀의 얼굴이 한순간 투명해지더니 순식간에 은색으로 변했다. 갈색 눈을 제외하면 꼭 이 세상 사람의 낯빛이 아닌 듯했다.

「너한테 무슨 이름을 붙여 주고 싶은지 알아?」그녀와 함께 계단을 내려가면서 내가 말했다.

「나?」그녀가 루발카바 선생의 집 앞을 지나면서 웃었다.

「응.」

「왜 나한테 이름을 붙여 주고 싶다는 거야? 지금 내 이름이 맘에 들지 않니?」내가 현관문을 여는 사이에 그녀가 물었다.

「나는 네 이름이 정말 맘에 들어. 그냥 아까 저기서 문
득 떠오른 거야. 하지만 신경 쓰지 마. 취소할게.」

「뭔지 들어야겠는데.」

「아니야, 취소한다니까.」

「무슨 이름인데?」

「화내지 않겠다고 약속해 줘.」

「그건 들어 봐야 알지. 말해 봐.」

「있잖아, 정말 화내지 않았으면 좋겠어. 나 상처받을지
도 몰라.」 나는 실없이 웃었지만 속이 바싹 타들어 갔다.

「그래서 뭔데? 약속은 못 하겠어.」

「아즈텍 공주.」

라우라는 폭소를 터뜨렸다. 하도 정신이 나간 듯이 웃
어서 나도 따라 웃을 수밖에 없었다. 이런, 내가 좀 짓궂
었지? 내가 말했다. 그래, 좀 심했어. 라우라가 말했다. 우
리는 인수르헨테스 거리를 벗어났다. 예상했던 대로 중
국인 카페는 아직 영업 중이었다.

(며칠 뒤에 나는 호세 아르코에게 이 일을 들려주었다.
이런 우연의 일치가 있다니. 녀석이 말을 이었다. 아즈텍
공주라는 이름의 베넬리 오토바이가 있어. 딱히 험하게
몬 흔적이 없는 갈색의 대형 오토바이인데, 연료 탱크에
은색 글자로 이름이 적혀 있지. 네가 원하면 오토바이를
구경하러 가자. 무엇 하러? 내가 물었다. 훔친 오토바이
라 싼값에 넘겨받을 수 있을 거야. 됐어. 내가 말했다. 없
던 일로 해. 나는 운전도 할 줄 모르고 오토바이에 관심도

없어. 그걸 갖고 있는 친구는 시인이야. 호세 아르코가 말했다. 마후라라는 녀석이지. 만나 보면 맘에 들 거야. 하지만 먹고살 돈도 부족한 판인데. 내가 말했다. 게다가 면허증도 없고 솔직히 말하면 그냥 싫어. 그 쓰레기 같은 오토바이들은 꼴도 보기 싫다니까. 알았어, 알았어. 호세 아르코가 말했다.)

「밤새도록 열 때도 있고 뜬금없이 저녁 6시에 문을 닫을 때도 있어. 정해진 영업시간이라는 게 없는 셈이지.」 내가 라우라에게 말했다.

「멋진 가게야. 살짝 낡긴 했지만.」

「가게 이름은 〈이라푸아토의 꽃〉이야. 주인이 외관에 신경을 안 쓰는 것 같아.」

「〈베이징의 꽃〉이나 〈상하이의 꽃〉 같은 이름을 놔두고 왜 그런 이름을 붙였을까?」

「가게 주인이 이라푸아토에서 태어났기 때문이야. 그가 존경하는 조부모님만 중국에서 태어나셨어. 광둥이라고 했나. 정확히는 모르겠네.」

「주인한테 들은 이야기야?」

「에밀리오 웡, 가게 주인이자 요리사이자 유일한 종업원이지. 괜찮으면 커피 한잔하고 돌아가자. 왜 그렇게 영업시간이 제멋대로인지 직접 물어봐.」

「영업시간이 그렇게 이상한 이유가 뭐야? 레모한테 들었어. 나는 여기 처음 오거든.」

「이상할 게 뭐 있어.」 에밀리오 웡이 말했다. 「탄력적이고 때때로 예기치 않게 바뀔 뿐이지 이상한 건 아니야.」

「여기 비스킷이 엄청 맛있어.」내가 말했다.

「레모 말로는 새벽까지 열 때도 있다면서?」

「하하, 아마도 내가 불면증에 시달리는 밤일 거야.」

「아까 깜빡하고 말을 안 했는데 에밀리오는 불면증에 시달릴 때마다 시를 써. 하지만 부탁인데 녀석한테 시를 읽어 달라고 하지는 마. 녀석은 몇 년 안에 가게를 팔고 브라질로 떠날 생각이거든.」

「밴을 타고.」에밀리오가 말했다.

「왜 시를 읽어 달라고 하면 안 된다는 거야?」

「눈치 못 챘어? 녀석은 캄푸스 형제[65]의 추종자야.」

「그게 누군데?」

카운터 위에 걸린 희미한 모래색 조명 사이로 라우라의 얼굴이 빛났다. 카운터 맞은편에서 에밀리오 웡이 이마를 찡그리며 딱하다는 표정을 지었다. 평생을 바쳐 사랑할 사람을 찾은 것만 같았다. 라우라에게 그렇게 말하고 싶었지만 그녀와 에밀리오는 웃고 있었다. 중국인이 구체시(具體詩)와 시각시(視角詩)의 형태로 여행 일지를 쓰는 것에 대해 이런저런 설명을 늘어놓았다. 어쩌면 라우라가 먼저 그에 관한 질문을 던진 다음 나를 바라보며 자기도 그랬으면 좋겠다고 털어놓았던 것도 같다. 브라질에 가고 싶다는 거야? 밴을 타고 여행하고 싶어? 커피숍 주인이 되었으면 좋겠니? 나도 이런 가게가 하나 있었

---

65 브라질 구체시 운동의 대표적인 작가들인 아롤두 지 캄푸스Haroldo de Campos(1929~2003)와 아우구스투 지 캄푸스Augusto de Campos (1931~) 형제.

으면 좋겠어. 내가 말했다. 라우라의 얼굴이 밝아졌다가 어두워졌다. 조명 때문에 그런 게 아니었다. 그녀의 머리카락은 어쩔 때는 금색이었다가 또 어쩔 때는 갈색이었다. 나를 차분하기 그지없는 눈으로 바라볼 때도 있었지만 유리에 비친 그녀의 눈은 슬로 모션으로 움직이는 화살, 아득히 먼 곳으로 날아가는 매우 서글픈 화살 같았다. 짙고 아름다운 그녀의 눈이 어떻게 그렇게 보일 수 있을까 하고 생각하는 사이에 카운터 위로 한 가문의 연대기가 펼쳐졌다. 광둥의 웡씨 부부, 샌프란시스코와 로스앤젤레스의 웡씨 부부, 티후아나의 웡씨 부부 그리고 당시에 캘리포니아에 정착했던 대다수의 중국인 부부와 달리 남쪽 땅으로 향해 국경을 건넌 후 몇 번의 사업 실패를 겪은 끝에 어쩌다 보니 이라푸아토까지 흘러 들어가 거기에서 임종을 맞이한 웡씨 부부. 라우라는 중간중간 안타까운 마음을 표시하고 놀라서 감탄사를 내뱉는가 하면, 자신의 조부모가 샌프란시코를 떠나기로 한 데는 타당한 이유가 있었다며 요리사와 세탁업자를 관리하는 마피아에게는 자비가 없는 법이고 주방이나 세탁소의 자욱한 연기 속에서 죽음을 맞이하는 건 런던의 안개 속에서 잭더 리퍼에게 살해당하는 것보다 더 끔찍한 일이라는 에밀리오의 말에 고개를 끄덕였고 돼지고기, 뱀 튀김, 딸기구이 요리법에 대한 설명을 들으며 즐거워했다. 그리고 그의 카페가 매우 〈독창적〉이고 훌륭하다는 칭찬과 함께 다음에 꼭 다시 찾아오겠다고 약속했다. 언젠가 그가 정말 브라질로 떠나게 되면 카페를 팔지 말고 자기한테 꼭

임대하라고 부탁하면서 말이다.

「캄푸스 형제 이야기는…… 멍청한 농담이었어. 미안해.」

「괜찮아. 용서할게.」 라우라가 말했다.

우리는 커피를 마저 들이켰다.

에밀리오가 크라프트지에 달콤한 롤빵을 포장해 주었다.

「그럼, 이만 가볼게.」

「에밀리오만 여기 혼자 두고 가려니까 기분이 그러네.」 내가 말했다.

「그럼 우리랑 함께 가면 되잖아?」

「아이고, 그럴 것 없어. 나야 일상인걸. 그런 말 하지 마.」 에밀리오가 말했다.

카페 밖으로 나오자 라우라는 백팔십도로 달라졌다. 조금 전까지의 흥분한 모습은 온데간데없이 사라진 터였다. 우리는 아무 말 없이 길을 되짚어 걸어갔다. 계단을 올라가던 중에 그녀가 말했다.

「미리 경고해 두는데, 레모, 나는 나쁜 사람이야.」

들릴락 말락 한 나지막한 목소리였다. 어두컴컴한 계단 위에서 그녀가 미소를 짓고 있는 듯한 느낌이 들었다.

「그럴 리 없어.」

라우라가 걸음을 멈추었다.

「정말이야. 나는 진짜 나쁜 사람이야. 별것도 아닌 일에 짜증을 내고 다른 사람한테 그 짜증을 풀거든. 이러다 나중에 사람을 죽이거나 미쳐 버릴지 모른다는 생각이 들 때도 있어.」

「농담하지 마.」 나는 이렇게 말하며 그녀의 얼굴에 내 얼굴을 가까이 대고 입을 맞추었다.

라우라에게만큼 누군가에게 키스하고 싶은 마음이 든 적은 없었다.

「거봐. 세사르한테 말하면 그 애가 상처받을 것을 알면서도 네가 나한테 키스해 주기를 원했단 말이야.」

「그 애한테 언제 말할 건데?」

「물론 오늘 밤은 아니지.」

「천만다행이군.」

라우라의 두 눈이 〈이라푸아토의 꽃〉에서 그랬던 것처럼 반짝였다. 나는 계단에 앉아 어지럽고 행복한 기분을 느꼈다. 이전에는 별 의미 없어 보이던 그 계단이 뱀인 듯하면서도 낭떠러지 같은 무언가 특별한 모습으로 변했다.

「난생처음 사랑에 빠진 것 같아.」 나는 소리치듯이 말했다.

「나를 사랑하니?」

「그런 것 같아. 하지만 걱정하지 마. 내가 그렇게 교육을 받고 자란 탓이니까. 나는 진심으로 깊은 사랑에 빠졌어.」

라우라가 서글픈 미소를 머금었다. 그 순간 우리는 피와 살로 된 사람이 아니라 만화 캐릭터였다. 라우라에게 말했다. 지금 우리 모습이 꼭 현실에다가 그대로 옮겨 놓은 만화 캐릭터 같아. 어쩌면 이게 진짜 현실이 아닐지도 모르지.

「헨젤과 그레텔? 백설 공주와 일곱 난쟁이?」 라우라가 물었다.

「모르겠어. 네 가슴을 만져 보면 확실히 알 것 같아.」

「좋아. 만져 봐.」

나는 그녀의 오른쪽 가슴과 왼쪽 가슴을 차례대로 어루만진 다음, 한숨을 내쉬고 머저리처럼 웃었다. 헤헤헤. 아, 이쪽이 계모이고, 이쪽이 계모의 거울이구나.

「너 지금 꼭 브레어 래빗[66] 같아.」 라우라가 내게 키스를 하며 말했다.

계단 끝이 뒤틀리는 것처럼 보였다. 너무 멀어서 우리가 있는 곳까지 불빛이 닿지는 않았지만 위쪽에 조명이 켜져 있었다. 라우라가 무얼 보고 있느냐고 물었다. 나는 점점 커지면서 가까이 다가오는 불빛을 손으로 가리켰다.

「꼭 계단이 기울어지고 있는 것 같아.」 라우라가 말했다.

정말 그랬다. 바로 우리 머리 위에 조명이 있었다.

「네 입술 정말 달콤하다.」 내가 말했다.

「네 입술도. 짭짤해.」

나는 혀로 우리의 입술을 핥았다. 그녀의 입술에서는 허브와 산양유(대체 에밀리오 윙은 카페 콘 레체에 어떤 우유를 넣는 걸까?) 맛이 느껴졌다. 하지만 나는 그런 사실을 그녀에게 말하지 않았다.

「정말 나를 사랑하는 거야?」

「진짜야.」

「대체 왜? 오늘 나는 기분이 별로였어. 우울해서 롤라를 만나러 갔던 거거든. 딱 봐도 티가 나지 않았니?」

66 Br'er Rabbit. 장난기 심한 악동으로 묘사되는 동화 속 토끼 캐릭터.

「문 앞에서 너를 본 순간 나는 사랑에 빠졌어. 그때 너는 심각한 표정이었어.」

「불쌍한 세사르가 파티에 오기 싫어했거든. 하루 종일 그 애를 여기저기 끌고 다녔어. 그 애가 차가 있다는 이유로 말이야.」

「정말 현실적이고 솔직한 아가씨네.」 나는 감탄하며 말했다.

라우라는 흡족한 미소를 지으며 다시 내게 키스를 했다. 우리는 영영 작별할 사람들처럼 서로를 포옹했다.

「여기서 우리가 섹스를 해도 아무도 모를 거야. 이 건물은 참 이상해.」 그녀가 말했다.

「한이 말하기를 이 건물이 나치 군대의 토템이래.」 내가 말했다. 「나는 못 할 것 같아.」

「못 할 것 같다는 게 무슨 뜻이야? 섹스를 못 할 것 같다는 거야?」

「응. 그게 안 설 거야. 나는 발기가 안 돼. 내가 좀 그래.」

「발기 불능이라는 거야?」

「아니, 그런 건 아니야. 아예 발기가 안 되는 건 아닌데, 지금은 힘들 것 같다는 뜻이야. 뭐라고 설명하면 좋을지 모르겠는데, 내게 아주 특별한 순간이랄까. 엄청 흥분이 되기는 하는데, 발기는 안 되는 거지. 자, 한번 만져 봐.」 나는 그녀의 손을 잡아 내 사타구니에 갖다 대었다.

「네 말이 맞네. 발기가 안 됐어.」 라우라가 희미하게 웃으며 말했다. 「젊은 남자가 이러기 쉽지 않은데. 계단 때문에 그런 건가?」

「계단하고는 아무 관계 없어.」

라우라는 내 성기에서 손을 떼지 않았다.

「겁이 나서 그런 거야?」

「약간은 그럴 수도.」

「너 동정은 뗐지?」

무슨 말인지 잘 들리지 않았다. 그녀는 웃음을 참으며 말하는 중이었다. 층계참으로부터 쏟아져 나오는 빛보다 더 환한 웃음.

「대충. 아무튼 이야기하자면 길어. 하지만 한 가지 확실히 말할 수 있는 건 나는 동정을 지킬 생각이 없다는 거야.」 내가 말했다.

「아하.」

그녀는 손을 떼고 잠시 생각에 잠겨 있다가 말을 이었다.

「네 중국인 친구가 맘에 들었어. 이번에는 진지하게 말해 봐. 그 친구도 시인이야?」

「응. 맙소사. 내가 발기를 못 한 것 때문에 신경이 쓰이거나 하지 않았으면 좋겠어.」

「나는 괜찮아.」

「아닌 것 같은데.」

「괜찮다니까, 이 바보야, 정말이야. 네가 나를 사랑한다고 말한 건 신경이 쓰이지만 말이야. 그게 다야. 이제 올라가 보자. 다들 우리한테 무슨 일이 생긴 줄 알 거야.」

지붕에 올라가니 우리가 밖으로 나갈 때처럼 하늘이 우중충했다. 두꺼운 먹장구름이 한쪽으로 밀려가거나 가는 실 같은 자줏빛 구름들이 그 사이를 뚫고 지나갔다. 멀리서 빗소리가 들려왔지만 그 구역에는 비가 한 방울도 떨어지지 않았다. 방으로 들어가기 전에 라우라가 몸을 돌리더니 내 볼에다 키스를 했다. 그녀가 몸을 떼려 했을 때 나는 그녀의 어깨를 붙들었다. 친구들의 목소리가 문밖으로 새어 나왔다. 너와 계속 이야기를 나누고 싶어. 내가 말했다. 아무래도 그 상황에 적절한 말은 아니었던 모양이다. 우리는 완전히 어색한 분위기 속에서 서로를 향해 미소를 지었다. 비나 마구 쏟아졌으면 좋겠다는 생각이 들었다.

「아즈텍 공주라니. 참 재미있단 말이야. 어쩌다 그런 이름이 생각난 거야?」 그녀가 중얼거렸다.

「아까 말했잖아. 나도 잘 모르겠다고.」

우리는 방 안으로 들어갔다. 한이 목청을 돋우며 열변을 토해 내고 있었다. 녀석은 술잔을 들어 올리고 우리에게 인사를 건넸다. 완전히 취한 상태였다. 나는 방바닥에 앉았다. 얼마 지나지 않아 내 손에도 술잔이 들려 있었다.

「정말로 이게 흔히 있는 일이라고 생각하십니까? 그러니까 멕시코에서는 예술가들이 보통 이런 식으로 파티를 벌인다는 거죠? 어딘가 불건전한 구석이 있다는 느낌을 지울 수가 없군요. 무언가 매우 암울한 데가 있습니다.」

「맞아요. 사람들은 술을 마시고 자제력을 잃죠. 그러면 흥이 도를 지나치기도 하죠. 매번 그런 식이에요.」

「그나마 이야기라도 할 사람이 있어서 다행입니다. 저 혼자였다면 벌써 자리를 떴을 거예요.」

「그건 쉽지 않았을걸요? 수상자를 축하하기 위해 마련된 파티에서 주인공이 아무런 말도 없이 자리를 뜬다는 것은 용납되지 않는 일이니까요.」

67 이탈리아 영화감독인 비토리오 타비아니Vittorio Taviani(1929~2018)와 파올로 타비아니Paolo Taviani(1931~) 형제. 이탈리아 시골의 현실을 그린 영화 「파드레 파드로네Padre Padrone」(1977)로 칸 영화제에서 황금종려상을 수상했다.

68 Commando Comics. 영국에서 발행되는 액션 및 어드벤처 만화 잡지. 주로 양차 세계 대전 때 일어난 일화들을 다룬다.

69 Spitfire. 1980년대 후반 마블 코믹스에서 출시된 만화. 주인공 〈스핏파이어〉교수와 대학생들이 강화 전투 장갑복을 입고 정체불명의 테러 조직과 싸우는 이야기를 담고 있다.

「그럴 것 같긴 했습니다.」

「그렇게 꿍한 표정 짓지 마세요, 작가님. 작품에 대해서 더 이야기해 보죠. 이야기의 배경이 왜 하나같이 다 유럽인가요? 진정한 보편성은 특수성과 지역성에 있다는 것을 모르시나요?」

「제발 그런 식의 표현은 접어 두세요. 꼭 타비아니 형제[67]의 잃어버린 동생 같으니까요. 변명으로 하는 말이 아니라 저의 첫 소설인 그 졸작에는 사실 유럽을 배경으로 하는 장면이 하나도 없어요. 물론 추억과 절망을 동시에 불러일으키는, 어린 시절에 읽었던 책들이 계속해서 언급되는 부분은 있습니다. 어렴풋하게 제목이 떠오르는 잡지들…… 『U-2』, 『코만도』,[68] 『스핏파이어』[69]…… 어쩌면 다른 이름이었을 수도 있어요……. 이를 우아초페오의 가르침에 대한 하나의 해석으로 볼 수도 있을 겁니다. 바로 외삽법(外揷法)을 통해 입구가 꽉 막혀 있던 문들이 열리는 거죠……. 이를테면 칠레 콘셉시온에서만 쓰는 남쪽 지방 특유의 표현이…… 하지만 질문을 계속하시죠. 괜히 지루한 이야기를 한 것 같네요.」

「전혀 지루하지 않아요. 온몸이 으스스 떨리네요. 지금 우리가 있는 곳이 숲속의 빈터라고 했죠?」

「테라스로 나가 직접 눈으로 확인하시죠. 아니면 이 창문을 열어도 괜찮고요. 아무도 눈치채지 못할 겁니다.」

「아니에요, 그러지 마세요. 어차피 조금 있다가 작가님과 같이 팔짱을 끼고 나가 맑은 공기를 들이마실 거니까요. 지금은 오히려 몸이 더 안 좋아질 거 같아요. 어떤 주제든 상관없으니 아무 이야기나 해보세요. 이를테면 최근의 멕시코 시에 대한 생각 같은 거요.」

　「제발요. 거듭 말씀드리지만 아무래도 기자님 상태가 좋지 않은 것 같습니다. 이 지저분한 소굴 밖으로 나가 커피라도 한잔하시죠. 이곳은 정액과 애액 냄새가 진동합니다!」

　「맞아요. 그렇지만 늙은이들의 정액과 애액이죠.」

　「늙은 지식인들이라고 해야겠군요.」

　「작품에 대한 이야기를 들려주세요. 이런 식으로 인터뷰를 진행하다가는 직장에서 잘릴 거예요.」

　「여러 곳에서 일자리를 제안받으실 겁니다. 매우 좋은 기자분이시니까요.」

　「감사합니다.」

　「게다가 더없이 헌신적인 기자분이기도 하죠.」

　「감사합니다. 작가님이 괜찮으시다면 다시 본론으로 돌아가죠.」

어슐러 K. 르 귄 작가님께.

작가님께 편지를 한 통 쓴 게 있는데 다행히 아직 보내지 않았네요. 건방진 말투로 밑도 끝도 없이 계속 질문만 퍼부어 대는 편지였지요. 작가님이 쓰신 훌륭한 소설들에 이미 어떤 식으로는 답이 나와 있는데도 말이에요. 저는 열일곱 살이고 칠레에서 태어났지만, 지금은 기막힌 석양이 보이는 멕시코시티의 옥탑방에 살고 있어요. 옥상에는 방이 여러 개 있는데, 사람이 살고 있는 방은 다섯 개예요. 그중 한 방에서 저는 칠레인인 게 의심스러운 동향 친구와 함께 살고 있답니다. 그리고 다른 방(실제로 방이 위치한 순서와 상관없이 편의상 두 번째 방이라 부르기로 하죠)에는 가정부, 식모, 파출부, 부엌데기로도 불리는 가사 도우미 아주머니가 꼬마 아이 넷과 함께 살고 있어요. 세 번째 방에 사는 사람은 건물 주민인 루발카바 선생 집에서 가정부 일을 하는 여자예요. 네 번째 방에는 〈거울〉이라는 별명으로 불리는 할아버지가 살고 계세요. 바깥출입을 거의 안 하시는 분이지만, 그건 저도 마찬가지라 그냥 그런가 보다 하지요. 다섯 번째 방에는 아주 세련되고 곱상하게 생긴 마흔다섯 살의 아주머니가 살고 있는데, 새벽같이 어디론가 사라져서 밤 10시가 넘어서야 집에 돌아오신답니다. 중앙 통로라고 부를 만한 공간에는 활기찬 열대의 분위기를 풍기는 화분들이 양쪽에 늘어서 있고, 크기는 작지만 꽤 편리한 데다 튼튼한 나무 문까지 달려 있는 샤워실 세 개와 화장실 두 개가 있어요. 샤워실은 찬물밖에 안 나와요. 톱밥 보일러를 설치한 샤워실이 하나 있기는 한데, 네 아이를 키우는 아주머니께서 자물쇠를 걸어 놓고 혼자만 사용하시죠. 그렇지만 날씨가 너무 추워서 아예 씻을 수조차 없는 극히 드문 경우를 제외하면 평상시

---

70 Hugo Correa(1926~2008). 칠레의 SF 작가이자 언론인. 라틴 아메리카 최초의 현대적인 SF 작가로 평가받는다.

71 Theodore Sturgeon(1918~1985). 미국 SF 및 판타지 작가이자 평론가. 『인간을 넘어서 *More than Human*』로 국제 환상 문학상을 수상했다. 그의 사후에 업적을 기려 SF의 최고 중단편 소설에 수여하는 〈스터전 기념상〉이 제정되었다.

72 Ray Bradbury(1920~2012). 미국 SF 및 판타지 작가. 연작 단편집인 『화성 연대기 *The Martian Chronicles*』와 책이 금지된 디스토피아를 그린 『화씨 451도 *Fahrenheit 451*』로 유명하다. 아이작 아시모프, 아서 C. 클라크, 로버트 R. 하인라인 등과 함께 20세기 SF의 발전에 크게 기여했다.

73 Raphael Aloysius Lafferty(1914~2002). 미국 SF 및 판타지 작가. 독특한 은유와 서술 구조를 썼으며, 어원학적 재능이 출중했다.

74 Alfred Bester(1913~1987). 미국 SF 작가. 소설에 화려한 시각 효과를 응용한 것으로 유명하다. 1950년대에 발표한 장편 『파괴된 사나이 *The Demolished Man*』와 『타이거! 타이거! *Tiger! Tiger!*』는 뉴웨이브 사조와 사이버펑크의 효시로 꼽힌다.

75 Philip Kindred Dick(1928~1982). 미국의 SF 작가. 초현실적이고 편집증적인 분위기의 작풍으로 유명하다. 1980년대 후반의 사이버펑크 작가들에게 큰 영향을 끼쳤다. 그의 사후에 페이퍼백 단행본으로 출간된 SF 장편을 선정해 매년 수여하는 〈필립 K. 딕 기념상〉이 제정되었다.

에는 크게 문제 될 게 없답니다. 세수는 옥상 가장자리 통로에 있는 세탁용 싱크대에서 해결하죠. 건물은 8층까지 있어요. 제 방은 대로 쪽을 향해 있어서 하나밖에 없는(그렇지만 큰) 창문을 통해 아래를 내려다볼 수 있죠. 그때마다 매번 저렇게 넓고 환한 길이 있다니, 하면서 감탄사를 내뱉곤 합니다. 저는 제 친구와 마찬가지로 갈색 벽돌이 울퉁불퉁하게 튀어나온 맨바닥에 매트리스를 깔고 지내요. 바로 그 매트리스 위에서 편지를 쓰고 먼 훗날에 SF 소설이 될지도 모르는 글의 초고를 끄적거리죠. 솔직히 쉬운 일은 아니에요. 열심히 찾아보고 배우려고 노력하지만 매번 원점으로 돌아오고야 말거든요. 〈안 그래도 쉬운 일이 아닌데 나는 라틴 아메리카에 살고 있어. 안 그래도 쉬운 일이 아닌데 나는 라틴 아메리카 사람이야. 안 그래도 쉬운 일이 아닌데 설상가상으로 나는 칠레에서 태어났어.〉 물론 우고 코레아[70](이름을 들어 보신 적 있으세요?) 같은 작가라면 그런 잘못된 생각부터 뜯어고치라고 하겠지만. 제가 쓰는 편지에 대해 말씀드리자면 전부 다 미국 SF 작가들에게 보내는 거랍니다. 아직 살아 있으리라 짐작되는 제가 좋아하는 작가들이죠. 제임스 팁트리 주니어, 시어도어 스터전,[71] 레이 브래드버리,[72] R. A. 래퍼티,[73] 프리츠 라이버, 앨프리드 베스터.[74] (제게 망자와 교신할 수 있는 능력이 있다면 필립 K. 딕[75]에게 편지를 쓸 텐데 참 아쉽네요.) 저는 제가 보낸 편지의 상당수가 제대로 주인을 찾아가지 못하리라는 걸 알아요. 그렇지만 혼신의 힘으로 기원하며 계속 편지를 보내는 게 저의 〈사명〉

이라고 생각합니다. 작가들의 주소는 SF 팬진을 통해 알
았어요. 심지어 미국 전역에 위치한 여러 팬진에 직접 편
지를 보낸 경우도 많아요. 팬진의 편집자들이 혹시라도
개인적으로 좋아하는 작가가 있으면 그이에게 메시지를
전해 줄 수도 있지 않을까 하는 희망에서 말이죠. 그 외에
출판사나 에이전시(특히 그 유명한 스파이더맨 형제의 에
이전시)에도 여러 통의 편지를 보냈으니 실제로 작가의
집으로 보낸 편지는 얼마 되지도 않겠네요. 이렇게 제가
구구절절 이야기를 늘어놓는 까닭은 이 모든 게 단순한 일
이 아니라는 걸 보여 드리기 위해서예요. 사실은 단순한
일이지만 꼭 그런 것만은 아니라고 항변할 수 있습니다.
아무튼 냉정하게 말씀드리면 제가 하는 일은 아마 평생 만
나지도 못할 사람들에게 계속해서 편지를 쓰는 게 전부예
요. 참 재밌죠. 앤서블[76]이 발명되기 이전에 라디오를 사
용하던 것과 같다고나 할까요, 히히. 수십 년이 지나도록
수수께끼 같은 답장이 오기를 목 놓아 기다리는 것. 하지
만 사실 그런 정도는 아니고 설사 그렇다 해도 괜히 과장
할 필요는 없겠지요. 아, 친애하는 작가님. 사실 메시지를
보내고 세월아 네월아 기다리는 것, 그들을 설득하려고
시도했지만 얼굴도 보지 못했다고 말하는 것, 괴상하지만

76 어슐러 K. 르 귄의 소설 『로캐넌의 세계 Rocannon's World』(1966)
에서 처음 사용된 이후 SF 소설에서 초광속 통신 수단을 의미하는 단어로
사용되었다.
77 Quo Vadis. 1951년 개봉한 미국 영화로 네로 황제 시기의 로마 제
국을 배경으로 한다.
78 Victor Mature(1913~1999). 미국 영화배우. 「삼손과 델릴라
Samson and Delilah」(1949) 등의 영화에 출연했다.

평온한 꿈을 꾸는 것은 제게 위안이 됩니다……. 물론 시간이 지날수록 점점 평온한 꿈이 줄어들고 있죠. 어딘가에서 읽었는데, 미국인들은 열에 한 명꼴로 별이 총총한 하늘에 핵폭탄이 날아가는 꿈을 꾼 적이 있대요. 실제로는 그 비율이 더 높겠지만 많은 이들이 간밤의 악몽을 애써 잊어버리려 하는 것인지도 모르죠. 안타깝게도 라틴아메리카에서는 다른 종류의 악령들이 꿈에 나타납니다. 이곳에서는 스물에 한 명꼴로 아브라함과 이삭이 모리아산으로 올라가는 꿈을 꿉니다. 그리고 열에 한 명꼴로 출애굽 행렬이 요단강을 건너는 꿈을 꾸지요. 마지막으로 다섯에 한 명꼴로 「쿠오 바디스」[77]와 빅터 머추어[78]의 꿈을 꿉니다. 그렇지만 가장 중요한 악몽은 따로 있습니다. 앙케트에 참여한 사람들이 아침의 첫 햇살과 알람 소리와 함께 잊어버리는 바로 그 꿈이죠. 한 사람의 예외도 없이 다들 살면서 한 번쯤은 결정적인 악몽을 꾸었다고 답하지만, 아무도 그 꿈의 내용을 기억하지 못합니다. 어렴풋한 형체와 그림자들, 무슨 뜻인지 알 수 없는 말들 그리고 잠에서 깼을 때 폐가 하나 더 생기거나 밤사이에 폐를 하나 잃어버린 것 같다는 느낌이 우리가 아는 것의 전부지요. 이 이야기는 여기까지 해두죠. 벌써 아침 8시입니다. 간밤에 저희 방에서 즐거운 파티를 벌였는데 지금은 피곤하네요. 방이 아주 엉망진창이에요! 저는 지금 혼자 있어요. 밖에 나가 싱크대에서 이를 닦고 검은 천으로 창문을 가린 다음, 침대에 누워야겠어요. 대체 왜 그렇게 많은 편지를 쓰냐고요? 그냥 귀찮게 굴고 싶은 마음에 그러는 걸 수도 있고…… SF 소설을 너무 많이 읽어서 정신이 이상해진 것일 수도 있고…… 어쩌면 이 편지들이 저의 NAFAL[79] 우주선일 수도 있겠네요……. 어찌 됐든 다른 건 그렇다 치고 작가님께 무한한 감사의 인사를 전합니다.

이만 총총.

한 슈레야

---

79 Nearly As Fast As Light. 아광속의 약어. 어슐러 K. 르 귄의 〈헤인 연대기 *Hainish Cycle*〉에 나온다.

나는 술을 마시려고 애썼다. 딱히 우스갯소리로 내뱉은 게 아닌 말에도 어떻게든 웃으려고 애썼다. 나는 성공을 예언하는 말들이 난무하는 옥탑방과 동떨어진 곳에서 평화롭게 자고 있던 에스트레이타를 깨웠다. 노파는 미소를 지으며 내가 건네주는 차를 마시더니 다시 잠에 곯아떨어졌다. (끔찍한 기분이 들었다.) 나는 깊은 생각에 잠겨 주변을 의식하지 못하는 투명 인간이 된 것처럼 애쓰며 소란 속에서 문학 비평서를 되작였다. 불을 끄고 매트리스 위에 누울 수 있게 다들 집에서 나갔으면 좋겠다는 생각뿐이었다. 어느 순간 하나둘 사람들이 사라지기 시작했다. 한이 옷을 챙겨 입고 호세 아르코와 토렌테 자매와 함께 복도로 나갔다. 곧이어 페페 콜리나도 어디론가 사라졌다. 라우라와 세사르가 사라지기 전까지는 딱히 불안한 마음이 들지 않았다. 세사르는 나보다 더 취한 것 같았다. 우울했다. 꼼짝 말고 가만히 앉아서 기다리는 게 상책이다 싶었다. 우울함은 자연스럽게 곧 절망으로 바뀌었다. 갑자기 넓어진 방 안에 엑토르와 에스트레이

145

타와 나만 남게 되었다. 나중에 들은 말로는 앙헬리카가 토할 것 같다고 해서 그녀를 밖으로 데리고 나가 지붕을 한 바퀴 돌았다고 했다. 살인 사건이 벌어지는 공포 영화에서처럼 산책을 나간 친구들은 함께 오래 머물러 있지 않았다. 한과 앙헬리카는 어느 화장실 칸으로 들어갔고, 호세 아르코와 롤라는 빨랫줄 아래에서 담배를 피웠으며, 페페 콜리나는 담배를 피우고 있던 두 사람에게 합류했다. 얼마나 시간이 흘렀을까. 어느 순간 문이 열리고 하나둘씩 다시 방에 모습을 드러냈다. 마지막 사람이 들어오기 전에 나는 자리에서 벌떡 일어났다. 라우라가 그 사이에 없을 수도 있다는 가능성을 도저히 견딜 수 없었다. 하지만 그녀는 거기에 있었다. 그녀와 눈이 마주치는 순간 나는 우리의 관계가 그날 밤으로 끝나지 않을 것임을 깨달았다. 물론 끝없이 계속될 것만 같았던 밤은 어느 순간 끝을 맞이했다.

아무래도 누군가에게 물어보거나 달력을 확인해 봐야 할 것 같다. 그날이 틀림없이 동지(冬至)였다는 확신이 들 때가 있기 때문이다. 게다가 어쩔 때는 이런 맹세도 할 수 있을 것만 같다. 그날이 보통의 밤처럼 천천히 밝아 오는 새벽에 갑자기 혹은 조금씩 집어삼켜져서 끝나지 않았다고 말이다. 내가 말하는 그 밤 — 한 걸음에 약 백 킬로미터를 가는 장화 차림에 목숨이 아홉 개인 고양이 같은 밤 — 은 찔끔찔끔 사라지거나 떠나갔다. 그리고 마치 거울 놀이처럼 밤의 일부분, 즉 전체가 사라지는 동시에 다시 찾아오거나 계속 지속되었다. 아침 6시 30분에서 불시에 5분 동안 새벽 3시 15분으로 돌아갈 수 있는 아주 멋진 히드라. 그런 기이한 현상이 짜증스러운 사람들도 분명히 있겠지만 어떤 이들에게 그것은 축복이자 사면이요 테이프를 되감는 일이었다.

2

1 Alexander Belyaev(1884~1942). 소련의 SF 작가. 대표작인『물고기 인간*Человек-амфибия*』은 해양 SF의 걸작으로 꼽힌다.

「꿈속에서 러시아 우주 비행사를 봤어…… 이제 그 사람이 누구인지 알 것 같아…….」

「아, 정말?」

「벨랴예프…… 알렉산드르 벨랴예프[1]야…….」

「그런데 대체 웬 러시아 우주 비행사야?」

「어떤 형체가 내가 있는 감방이나 대기실 같은 곳으로 다가오는 게 보여…… 그곳은 잿빛의 푹신푹신하고 좁은 공간이야…… 그 사람과 나 사이에 그물망 같은 게 있어서 그가 걸어오고 있는 방향의 반대편에 있는 바깥 풍경을 어렵지 않게 볼 수 있어…….」

「온몸이 쑤시는군…… 지금 몇 시야?」

「6시, 저녁 6시야.」

「으, 토할 것 같아…… 그런데 침대에서 뭐 하고 있어?」

「한 시간 전에 침대에 누웠어. 연대의 의미로 너랑 생활 리듬을 맞추려고…….」

「진짜? 하하하…… 집에 들어와 보니 누가 업어 가도 모르게 자고 있던데.」

「푹 자다가 깼어. 점심 식사를 만들고 샤워를 한 뒤에 잠깐 작업을 하다가 다시 잤지……. 저 검은색 천 좀 창문에서 떼지 그래? …… 아무튼 들어 봐. 그물망 너머로 공항이 보였어…….」

「그렇구나.」

「공항 뒤쪽으로 평원 끄트머리에 솟아 있는 두 개의 산의 윤곽이 선명히 눈에 들어왔어…… 꿈이 시작될 때는 우리 둘 다 그쪽 방향을 보고 있었는데, 잠시 뒤에 그가 내쪽으로 다가와 미소를 지으며 깍듯이 인사를 했어……. 알렉산드르 벨랴예프였지……. 누구인지 알아?」

「전혀 모르겠어, 한.」

「SF 작가야.」

「그럴 줄 알았어……. 너 톨스토이나 불가코프는 읽어 본 적 있니?」

「딱히…….」

「말해 무엇 하겠니……. 다른 러시아 작가들도 읽어 봐. 그러니까 일반적인 작가들 말이야. 평생 우주선과 외계인에 관한 이야기만 읽을 거야?」

「잔소리는 그만하고 좀 들어 봐. 재미있을걸? 사실 공항은 테니스 코트처럼 생겼고, 두 개의 산은 꼭 지점토로 만든 피라미드 같았어……. 하지만 자세히 보면 사위를 감싸고 있는 뭔가 비현실적인 광채 같은 게 있었어. 벨랴예프는 그게 무엇인지 알았기에 내게 가르쳐 주려 했던 거지……. 우주모 챙에 가려진 그의 눈빛이 그곳에 무형의 존재가 있다는 것을 생생히 전하고 있었어……. 보이지 않는 부대…… 에너지 장…….」

「뭐야…….」

「나는 무슨 뜻인지 전혀 모르겠다고 그에게 말했지. 물리 쪽은 문외한이고, 고등학생 때 시만 썼다고 말이야. 나 자신이 무력하게 느껴져서 울고 싶었어…… 꿈에서 눈물이 날 때는 모든 게 조금씩 어둠에 잠기거나 완전히 새하얗게 변하지……. 그때 그가 처음으로 말을 했어. 분명 그의 입술이 찬찬히 움직이는 게 보였는데, 다른 곳에서 그의 목소리가 왕왕대고 울렸어. 마치 그 작은 방 안에 여러 개의 확성기를 숨겨 놓기라도 한 것처럼 말이야……. 나는 알렉산드르 벨랴예프다, 소비에트 시민이고 미지의 대학의 교수다. 그가 말했지…….」

「미지의 대학이 뭐야?」

「물론 아무도 모르는 대학이야. 앨프리드 베스터의 단편에서 스치듯 언급된 적이 있지. 그렇지만 벨랴예프는, 넌 당연히 모르겠지만, 1884년에 스몰렌스크에서 태어나 1942년 1월에 레닌그라드에서 굶어 죽었어.」

「참 안됐군…….」

「그러더니 벨랴예프는 내게서 등을 돌리고 어디론가 사라졌어……. 평원 위로 엄청난 강풍이 불더니 곧이어 먹구름이 밀려왔어. 하지만 주변의 풍경은 어느 때보다 더 환한 색깔이었지. 죽음의 순간이 이렇겠구나 하는 생각이 들더군. 마치 내가 엽서에 갇혀 있는 상태로 황당무계하게도 그 안의 풍경이 점점 멀어지는 걸 지켜보는 느낌이었지. 그러다 테니스 코트의 네트가 풀렸어. 참으로 기묘한 광경이었어. 갑자기 고리가 풀리더니 네트가 깃 털처럼 떨어졌거든. 앞으로 거기서 테니스를 칠 사람은 없겠다는 확신이 들었지. 그리고 잠에서 깼어. 너 아까 잠 꼬대하더라.」

「아, 진짜?」

「응. 라우라하고는 어때?」

「잘 만나고 있어. 여기는 별일 없었어?」

「개판이었지. 앞으로는 녀석들을 집에 초대하지 말까 봐. 술만 마시면 다들 어찌나 공격적으로 변하던지. 세사 르가 호세 아르코랑 주먹다짐을 했어. 다행히 녀석이 나 를 희생양으로 택하진 않았지.」

「희생양이란 단어는 그런 뜻으로 쓰는 게 아니야, 한. 그 리고 나도 내 몸 하나쯤은 지킬 수 있어……. 누가 이겼어?」

「당연히 우리 친구가 이겼지. 약간의 도움이 있기는 했 지만.」

「설마 우리 불쌍한 세사르한테 다구리를 놓은 건 아니 겠지?」

「정확히 말하면 우리는 녀석이 움직이지 못하게 붙잡고 있었어. 녀석을 직접 때린 건 호세 아르코 한 명뿐이야.」

「이런 비겁한 자식들. 도무지 믿을 수가 없군.」

「헤헤헤.」

「꿈에서 벨랴예프를 봤다는 게 이상할 일도 아니네. 죄 책감에 시달렸던 모양이군.」

「정당방위였다고 해두지. 네 연적은 꽤나 거친 녀석이 야. 아무튼 나라면 몸을 사리겠어. 녀석이 여기서 나가기 전에 큰소리를 치더군. 호세 아르코한테 맞은 것의 몇 배를 너한테 갚아 주겠다고 말이야. 그렇지만 솔직히 말해서 녀석은 몇 대 맞지도 않았어.」

「라우라가 알면 뭐라고 생각할까?」

「녀석이 라우라에 대해 한 말도 있지만 그냥 나 혼자만 알고 있을게. 너는 대체 무슨 생각으로 하필 그 시간에 라우라를 데리고 나간 거야? 세사르는 바싹 독이 올라서 옥상에서 너희 둘을 한참 찾아다녔어. 아마 너희가 어느 화장실에 숨었다고 생각했던 것 같아. 나도 해봐서 알지만 그게 가장 흔한 수법이잖아. 녀석은 너희를 찾지 못한 채 방으로 돌아와서 꼭지가 돌았어. 그런데 둘이 어디 갔었어?」

「차풀테펙까지 걸어가면서 계속 대화를 나누었어. 그런 다음에 함께 아침을 먹고 라우라를 지하철역까지 데려다주었지.」

「거봐. 세사르는 너희가 어디 누추한 호텔에 방이라도 잡았다고 생각했다니까.」

「개자식.」

「다행히도 우리 호세 아르코가 주먹깨나 쓰는 친구더라고. 기술이 정교한 건 아니지만 한 방이 있다고나 할까. 그리고 또 재미난 게 뭔지 알아? 둘이 싸울 때 너의 연적은 이 보잘것없는 네 방에 있는 물건들을 어떻게든 다 때려 부수려고 작정을 한 것 같았어. 반면에 호세 아르코는 자기 얼굴보다 유리잔과 책, 바닥에 흩어져 있는 손가락들을 더 걱정했지.」

「그렇게 남을 먼저 배려하다가 언젠가 죽을지도 몰라.」

「그럴 일은 없기를 바랄 뿐이야……. 아무튼 큰일은 없었어. 앙헬리카랑 나랑 둘이서 그 풀이 죽은 남자 친구를 밖으로 쫓아냈지. 피 한 방울 흘리지 않고 잘 마무리됐어. 에스트레이타는 그 난리에도 꿈쩍없이 자다가 갈 때가 되니까 일어나더라고. 콜리나와 멘도사가 아침에 여는 식당에 같이 가자고 했지만 나는 사양했어. 내가 안 간다고 하니까 멘도사가 그 기회를 틈타 앙헬리카의 허리에 팔을 두르며 퇴장했지. 그때가 아침 7시쯤이었다는 걸 생각하면 음흉한 의도가 있는 행동은 아니었어. 오히려 천사 같은 행동이었다고 할 수 있지. 하지만 사실 내가 신경이 쓰이는 건 그게 아니야. 롤라와 엑토르는 싸움이 벌어지기 전에 자리를 떠났어. 호세 아르코는 한동안 이곳에 더 머물며 나와 함께 난장판이 된 방을 정리했어. 그렇지만 청소는 대충 하고 세사르와 다른 친구들을 놀리며 배꼽이 빠지도록 웃어 댔지. 그러다 결국 녀석이 떠나고 나는 매트리스 위에 누웠어. 잠이 안 오더라고. 그래서 어슐러르 귄에게 편지를 썼지. 오늘 우체국에 가서 부쳐 줄래?」

「그럼. 무슨 이야기를 했는데?」

「꿈과 혁명에 대해서 이야기했어.」

「미지의 대학에 대해서는 별말 안 했어?」

「응…….」

「그녀에게 그 대학이 어디 있는지 아느냐고 물어보지 그래?」

여러 사람의 의견에 따르면 이어진 며칠 혹은 몇 시간
은 지극히 달콤했다. 그때까지 나는 멕시코시티에서 구
경꾼에 불과했고, 겉멋만 잔뜩 든 신참이자 어설픈 스물
한 살짜리 시인이었다. 그러니까 도시는 나를 거들떠보
지도 않았고, 내 꿈은 현학적인 지식과 시답잖은 기교에
국한되어 있었다. (아, 만약 그때 아무 일도 일어나지 않
았거나 한과 호세 아르코가 입단속만 잘했다면 지금 나
는 이 꼴이 되지 않고 라틴 아메리카 문인의 천국에 있었
을 것이다. 그러니까 미국 대학에서 강의를 하거나 아무
리 못해도 이류 출판사에서 원고를 교정하고 있었을 거
라는 뜻이다. 평화로운 안식처여, 무한한 잠재력이여.)
어쨌든 그날들은 달콤했다. 너무도 달콤했다. 한과 호세
아르코는 도무지 있을 법하지 않은 추정치와 통계치를
해석하는 데에 몰두했다. 나는 여전히 구경꾼의 위치에
머물렀지만 한 가지 달라진 점이 있었다. 거리와 사물을
관찰하는 눈이 자신이 바라보는 그 대상으로 변환될 수
있었다. 누군가(샤토브리앙? 교차로의 선지자?)가 드라

이 오르가슴이라고 일컬은 바 있는 그 현상이었다. 아즈텍 공주님의 부르심에 계획이며, 시(詩)며, 주머니 사정이며, 절제 있는 생활이며, 뭐든 다 뒷전으로 밀려났다. (하룻밤 사이에 나를 받아들인) 멕시코시티와 루이스 캐럴를 제외하면 말이다. 우리의 평온한 일상이 순식간에 깨졌다. 한쪽은 데이트 약속으로, 다른 한쪽은 미로와 실꾸리를 푸는 재미로 분주했다. 호세 아르코는 이레네오 카르바할 박사와 만나기로 약속을 잡았다. 페페 콜리나는 그날 밤에 우리에게 『코나수포 문화지』에 대한 이야기를 듣더니 평생을 바쳐 문학계의 난제에 골몰한 레오나르도 디아스라는 시인의 주소를 알려 주었다. 미국으로 보내는 한의 편지는 배로 늘어났다. 꿈속의 라우라는 높은 산을 배경으로 서서 쭈뼛쭈뼛 곤두선 머리카락을 빛내며 전진! 허리케인을 맞이하러 가라! 하고 말했다. 현실의 라우라는 너를 사랑해, 우리는 정말 행복한 한 쌍이 될 거야, 하고 말했다. 그리고 정말 착한 커플이 될 거야. 내가 덧붙였다. 우리는 착하고 관대한 사람이 되어야해, 라우라! 우리는 동정심과 이타심을 가진 사람이 되어야 해! 라우라는 웃었지만 나는 진지했다. 평생 잊지 못할 일이 하나 생각난다. 어느 날 오후에 라우라와 함께 에스컬레이터를 타고 지하철역에서 나오다가 나는 탭 댄스를 추었다. 그게 전부였다. 평생 탭 댄스라고는 시도도 해본 적이 없었는데 동작이 완벽했다. 너 정말 잘하는구나. 라우라가 말했다. 프레드 아스테어[2]를 쏙 빼닮았어. 나는

2 Fred Astaire(1899~1987). 미국의 무용가이자 영화배우.

놀랐다. 어깨를 으쓱하는 순간 눈에 눈물이 고였다.

「뭐가 슬퍼?」

「모르겠어. 하지만 가슴이 찢어지는 것 같아.」 내가 말했다.

「겨우 탭 댄스를 쳤다는 이유로? 에구구, 이리 와, 안아줄게.」

「이렇게 가만히 안고 있자, 괜찮아?」

「그러면 출구로 나가는 사람들을 가로막게 될 거야.」

「그럼 우리도 나가자. 하지만 천천히.」

그리고 메아리가 울렸다. 우리는 착하고 관대한 사람이 되어야 해, 라우라! 우리는 동정심과 이타심을 가진 사람이 되어야 해! 그렇지 않으면 공포의 시선이 우리에게 향할 거야! 라우라는 당연히 웃었고 나도 따라 웃었지만, 내 웃음소리에서는 초조함이 느껴졌다.

한의 경우에는 앞에서도 언급했듯이 녀석이 쓰는 편지의 수가 곱절로 늘어났다. 사실 녀석의 일과는 편지를 쓰고, 호세 아르코와 내가 바리바리 싸 들고 오는 SF 소설을 읽는 게 전부였다. 책은 거의 다 훔친 거였는데, 그 방면에서 도가 튼 호세 아르코와 함께 서점에 가면 딱히 어려운 일도 아니었다. 한이 요구한 작가들과 작품들의 목록을 만족시키는 것은 쉽지 않았다. 스페인어로 번역되지 않은 책들이 대부분이어서 영문학 전문 서점에 가서 훔쳐 와야 했다. 멕시코시티에 그런 서점은 드물었고 그마저도 다들 앨커트래즈 감옥 도서관에나 걸맞을 법한 강도 높은 보안을 갖추고 있었다. 그렇지만 결국 이런저런 우여곡절 끝에 한은 자기가 원하는 모든 책을 얻고야 말았다. 한이 밑줄을 긋고, 노트를 적고, 다시 밑줄을 그은 책들이 곳곳에 무질서하게 쌓여서 아예 방을 돌아다닐 수가 없을 정도였다. 잠이 완전히 깨지 않은 상태로 불을 켜지 않은 채 한밤중에 소변을 보러 나가는 건 위험을 자초하는 일이었다. 전혀 예상치 못한 순간에 버려지 ― E. E. 스미스,[3] 쥐새끼 ― 나 올래프 스테이플던,[4] 또 바위처럼 쌓여 있는 필립 K. 딕의 거의 모든 작품들에 발이 걸려 넘어질 수 있었다. 브라이언 올디스[5]나 스트루가츠키 형제[6]의 책을 다리 사이에 낀 채 악몽에 시달리다 잠에서 깨어나는 경우도 다반사였다. 물론 문제의 책이 어떻게 바로 그 장소까지 오게 되었을까 따져 보는 건 쓸데없는 짓이었다. 솔직히 인정하자면 우리가 침대를 자주 정리하지 않았던 탓도 있을 것이다. (한번은 내가 내 비명에 잠에서 깬 적이 있다고 해도 지나친 과장은 아닐 것이다.

3 Edward Elmer Smith(1890~1965). 미국 SF 작가. 〈렌즈맨Lensman〉 시리즈로 유명하며, 스페이스 오페라 장르를 개척했다.

4 Olaf Stapledon(1886~1950). 영국의 철학자이자 SF 작가. 현대 SF에 큰 영향을 끼쳤으며, 아서 C. 클라크, 브라이언 올디스 등 많은 작가에게 영향을 주었다.

5 Brian Aldiss(1925~2017). 영국 SF 작가. 2000년에 미국 SF 판타지 작가 협회에서 그랜드 마스터로 선정되었으며, 2004년에 SF 명예의 전당에 입성했다.

6 소련 SF 작가인 아르카디 스트루가츠키Arkady Strugatsky(1925~1991)와 보리스 스트루가츠키Boris Strugatsky(1933~2012) 형제. 20세기 러시아 SF의 발전에 큰 영향을 끼쳤다. 러시아 문학의 전통을 SF와 결합시키고 사회 비판을 넣은 반(反)소비에트적 디스토피아 작품들을 주로 썼다.

7 John Varley(1947~). 미국 SF 작가. 스케일 큰 아이디어와 치밀한 과학적 상상력을 적용한 작품들을 썼다.

그때 나는 책을 발로 차고 있었을 뿐만 아니라, 원숭이처럼 발가락으로 종이를 꽉 움켜쥐고 있었다. 엎친 데 덮친 격으로 한쪽 다리에는 아무런 감각이 없었고, 어처구니없게도 발가락은 종이를 갈고리처럼 붙잡고 절대 놓지 않았다.) 그러다 마침내 한은 그 은하계의 쓰레기 더미를 치우기로 결심했다. 어느 날 정오에 녀석이 모든 책을 벽쪽으로 밀어서 차곡차곡 쌓았다. 그런데 대체 어떻게 쌓았는지 꼭 책 더미가 아니라 중앙 광장에 있는 벤치를 보는 듯했다. 가로수와 비둘기는 없었지만 한데 쌓여 있는 훔친 책들에서 광장의 벤치 같은 분위기와 오라가 뿜어져 나왔다. 곧바로 나는 그게 녀석의 의도라는 것을 간파했다.

「대체 어떻게 한 거야?」 나는 놀라서 소리쳤다.

「인내심의 결과지.」 한은 평소와 다르게 잔뜩 흥분한 표정이었고 얼굴의 피부가 훤히 들여다보였다.

「어디서 본 것 같은데……. 맞아, 로스앤헬레스 중앙 광장에 있는 벤치들 같아.」

「오늘의 교훈, 〈포켓판을 절대 무시하지 말 것〉.」

이튿날, 벤치가 사라졌다. 더 정확히 말하면 그 벤치는 오면체 모양으로 빽빽이 쌓아 올린 40센티미터 높이의 모더니즘 탁자로 탈바꿈해 있었다. 다섯 개의 면 중에 두 개의 면에 뚫려 있는 터널이 중앙에서 만나 가장 많은 모서리가 모이는 꼭짓점을 통해 나왔다. 대체 무슨 악취미에서인지 한은 탁자 한가운데에 있는 존 발리[7]의 책 표지 위에 꽃이 담긴 물병을 올려놓았다.

「에스텔라 아주머니의 따님한테 카네이션을 받았어.」

「참 예쁘다, 한, 정말 예뻐…….」

「음, 그래, 나쁘진 않아……. 네가 원하면 식탁으로 사용할 수도 있어. 튼튼해서 괜찮을 거야. 그렇지만 식탁보로 쓸 만한 게 있어야 해. 네가 책에다 음식을 흘리는 건 싫거든.」

「진심으로 하는 말은 아니지? 밥은 진짜 식탁에서 먹자.」

「왜? 한번 만져 봐. 얼마나 튼튼한데. 아주 제대로 만들었다고.」

우리는 얇은 이불을 책 위에 깔고 그 위에서 점심을 먹었다. 저녁을 먹을 때는 호세 아르코도 같이 있었다. 처음에 녀석은 그게 책으로 만든 탁자라는 것을 믿지 못했다. 우리는 이불을 들어 녀석에게 사실을 확인시켜 주어야 했다. 그날 밤 한이 자기 전에 내가 원하면 자기 탁자에서 글을 써도 된다고 말했다. 나는 단호히 거절했다.

잠시 뒤에 내가 물었다. 「너 저기에 앉아 봤어?」

한은 눈을 감은 채 잠이 든 모습이었지만 까랑까랑한 목소리로 답했다.

「아니.」

「벤치가 네 무게를 견디지 못할 거라 생각한 거지?」

「아니, 그런 게 아니야.」

「그럼 왜 안 앉았어, 인마? 왜 나한테 앉으라고 하지 않았어?」

「뭐랄까…… 좀 두려웠어……. 아니, 두려운 게 아니라…… 슬펐어. 마음속 깊은 곳에서 느껴지는 슬픔이랄까.

젠장, 무슨 코리도 가사 같군.」

「아니야, 볼레로 가사 같아……. 하하하……. 잘 자, 한, 좋은 꿈 꿔.」

「잘 자, 레모, 좋은 글 써.」

하지만 그때 두려움을 느낀 건 다름 아닌 나였다. 그건 슬픔이나 불안감이 아니었다. 두려움이었다. 내 입가엔 담배 하나가 매달려 있었고, 스탠드 불만 켜져 있는 방에서 옆에 있는 친구는 곧 코를 골며 완전한 휴식을 취하려는(하느님께서 보우하사) 참이었다. 밖에서는 도시가 빙글빙글 돌고 있었다.

하지만 일출과 함께 두려움이 사라졌다. 아침노을은 창유리와 우리의 그림자를 벽으로 밀면서, 안녕, 겁쟁이 꼬마들, 안녕 안녕, 내가 누군지 알아? 하고 물었다. 당연히 알지. 내가 말했다. 5분 후에 비몽사몽간에 이불을 머리에 뒤집어쓰며 한이 말했다. 그럼, 너는 사흘에 한 번씩 우리를 찾아오기로 약속한 기막힌 아침노을이잖아. 맞아, 맞아. 아침노을이 말했다. 우리는 하품을 하고 차를 끓이고(이 아침노을이란 놈 은근히 귀찮단 말이야) 담배를 피우고 서로의 꿈에 대해 이야기했다. 안녕, 안녕, 야호! 나는 항상 죽음을 무찌르는 멕시코의 아침노을이야.

「그러시겠죠.」한이 비꼬듯이 말했다.

「어련하시겠습니까.」내가 중얼거렸다.

이레네오 카르바할 박사가 머무는 지상의 거처는 프롤
레타리아 동네에 있는 1950년대 건물의 4층에 위치해 있
었다. 그곳에는 아이들이 많았고 ─ 시끄러운 소리로 미
루어 보아 5층에 어린이집이 있는 모양이었다 ─ 호세 아
르코와 내가 『멕시코시티 시 문학 회보』 발행인의 주위
를 둘러싸고 있으리라 믿었던 침묵과 신비로운 분위기는
어디서도 찾아볼 수 없었다. 박사는 푹푹 찌는 날씨에 전
혀 어울리지 않게 정강이까지 내려오는 담배색 잠옷 차
림으로 우리를 맞이했다. 대칭을 이루는 선명한 주름살
이 새겨진 각진 얼굴에 40대인지 60대인지 나이를 가늠
할 수 없는 호리호리한 체형의 사내였다. 소시민 취향으
로 깔끔하게 꾸민 거실과 달리 단정치 못한 그의 셔츠 옷
깃에서는 가난의 냄새가 났다. 그는 우리와 눈을 마주치
지 않고 방바닥이나 팔걸이의자 다리에 시선을 고정한
채 조용히 이야기를 들었다. 호세 아르코가 방문의 목적
을 설명하자, 그는 갑자기 우리와 함께 있는 것 자체가 고
역으로 느껴지는 듯 점점 자주 입술을 깨물었다. 마침내

그가 입을 열었을 때 나는 이제 그만 나가 달라는 소리를 들으리라 생각했다. 하지만 내 예상은 깨끗이 빗나갔다.

「젊은이들.」그가 말했다. 「자네들이 전혀 이상할 것도 없는 현상에 그토록 관심을 가지는 까닭을 도무지 모르겠네.」

「다른 건 다 그렇다 쳐도 멕시코시티에 6백 개가 넘는 문예지가 있다는 게 이상하지 않습니까?」

카르바할 박사가 인자하게 미소를 지었다.

「과장하지 말게. 우리 우발도 선생이 호들갑이 좀 심한 양반이라 내가 제시한 수치를 확대 해석한 모양이군. 6백 개의 문예지? 어디까지를 잡지로 인정하고 어디까지를 문학으로 정의하느냐에 따라 달라지겠지. 그중의 25퍼센트 이상은 종이 몇 장을 복사해 스테이플러를 박아 기껏해야 스무 권, 어떤 경우에는 그보다 더 적은 부수를 제작한 것에 지나지 않네. 문학? 그래, 내가 보기에는 문학이지. 하지만 옥타비오 파스 같은 사람의 입장에서는 문학이 아니네. 낙서, 그림자, 일기, 전화번호부만큼 불가사의한 문장들일 뿐이지. 대학교수의 관점으로는 아득한 항적, 이름 없는 실패의 희미한 반향일 거야. 경찰의 관점으로는 딱히 체제 전복적인 일도 아닐 것이네. 한마디로 어떤 관점에서 보든 문학사에는 명함도 못 내밀 글들이지. 물론 정부 간행물을 놓고 이런 말을 하는 건 아닐세, 하하.」

「그래도 제가 보기에는 이상하달까. 아니, 정정하죠. 꺼림칙한 구석이 있습니다. 돈 우발도 선생께서는 작년에 멕시코시티에서 간행된 잡지가 2백 종을 넘지 않았던 것 같다고 하시더군요.」

「『별천지』에서 그렇게 말씀하셨죠.」 내가 덧붙였다. 「올해 말쯤에는 잡지가 천 종을 넘길 수도 있다고 합니다. 그 정도면 기네스북에 오를 만한 수치입니다.」

「그럴 수도 있겠지.」 카르바할 박사가 어깨를 으쓱했다. 「하지만 그렇다고 쳐도 자네들이 이 일에 흥미를 갖는 이유를 모르겠네…… 기록을 세웠는지 확인하고 싶은 건가? 아니면 희귀한 작품들을 모아 선집을 만들 생각인가? 환상에서 깨어나게. 이 세상에 희귀작이라는 건 없다네. 형편없는 작품과 눈부신 작품이 있을 뿐이지, 희귀한 작품은 없어.」

「징후로서 관심을 갖는 것입니다.」

「무언가에 대한 징후인가?」

호세 아르코는 아무런 대답도 하지 않았다. 녀석이 허리케인에 대해 생각하고 있겠거니 싶었다. 카르바할 박사는 수수께끼 같은 미소를 지으며 자리에서 일어나 방에서 나갔다. 그리고 잡지 몇 권을 들고 돌아왔다.

「복사물, 등사물, 심지어 필사본도 있네. 자칭 고아들을 위한 시 창작 교실 회지, 현대 음악 팬진, 노래 가사, 콰우테모크[8]의 죽음을 주제로 한 시극, 다 군데군데 맞춤법이 틀리고, 다 겸손하게 세계의 중심에 위치한…… 아, 멕시코…….」

우리의 팔걸이의자와 집주인의 원목 의자 사이에 놓인

---

8 Cuauhtémoc(1496~1525). 아즈텍 제국의 마지막 지도자.

책상 위에 흩어져 있는 잡지들은 나치 수용소의 포로들처럼 피골이 상접한 모습이었다. 그러니까 우리가 사진에서 보는 그 포로들의 모습처럼 흑백에 커다랗고 퀭한 눈을 하고 있었다. 눈이 있어, 우리를 보고 있어, 하는 생각이 들었다. 잠시 후에 나는 갑자기 평정심이 사라진 것을 느끼고 애써 차분한 척하며 말했다. 「참 초라해 보이긴 하네요.」 말을 내뱉자마자 바보가 된 듯한 기분이 들었다.

「혁명의 징후입니다.」 호세 아르코의 목소리는 나와 달리 단호하고 확신에 차 있었지만, 나는 녀석이 허세를 부리고 있음을 알 수 있었다.

「참으로 호기로운 청년일세!」 박사가 외쳤다. 「이 종이쪼가리들을 만든 자들이 들으면 환호작약하겠구먼. 내가 보기에는 오히려 어떤 우울함의 징후이네. 자네들에게 이와 유사한 일화를 하나 들려주도록 하겠네. 우리의 상황에 시사하는 바가 크리라는 생각이 드는군. 치아파스 출신의 사제 사비노 구티에레스의 책 『아프리카에서 보낸 10년』에 나오는 내용일세. 구티에레스 신부가 전하는 이야기는 1920년대 당시 벨기에령 콩고였던 킨두 부근의 마을에서 일어났던 일이지. 참고로 신부는 딱 두 번 그 마을을 찾아갔었네. 첫 번째는 프랑스 선교사인 친구 피에르 르클레르를 만나기 위해서였고, 두 번째는 그 친구의 무덤에 헌화를 하기 위해서였지. 두 번 다 짧은 방문이었어. 그사이에 구티에레스 신부는 콩고 남동부에서 시작해 므웨루 호수에 이르기까지 전도 면에서는 특별한 성과를 얻지 못했지만, 구제 불능의 여행자로서 즐거움을 만끽하며 돌아다니다 앙골라에 정착해 여덟 달 넘게 머물렀다네. 그때쯤에 내가 지금 자네들에게 들려주려고 하는 일이 일어났지. 그게 잡지들과 관련된 현상 자체는 아닐지라도 자네들이 그 현상의 배후에 있는 것 같다고 여기는 무언가에 관련이 있으리라고 생각하네. 본격적으로 이야기를 시작하기 전에 미리 알려 두자면 구티에레스 신부는 어지간한 일에는 놀라지 않는 사람이었지. 무슨 까닭에서인지 그가 말을 아끼는 여러 여행과 탐험으로 아프리카에서 몇 년간 뼈가 굵었기 때문일세. 하지만 킨두 근처의 이 마을에는 그의 호기심을 자극하는 무언가가 있었어. 원주민들이 그가 생전 처음 보는 비상한 손재주를 자랑하며 목공예에 탁월한 재능을 보였던 것이지. 어쩌면 그의 이목을 끌었던 것은 그들의 손재주가 아니라 열의에 가득 찬 분위기였을 수도 있네. 어느 감동적인 구절에서 그는 르클레르와 함께 처음이자 마지막으로 마을을 돌아보았던 때를 회상하지. 그들은 로마에서 처음 알게 되었고, 진실하고 진지한 우정으로 맺어진 관계였다네. 비록 둘 사이에 공통점이라고는 거의 없었지만 말일세(사비노 구티에레스는 세상 경험이 풍부하고 박식하고 재기 넘치고 카탕가에 머무는 동안 자신이 번역한 핀다로스 원고를 수정하며 시간을 보낼 법한 사람이지. 르클레르는 인정 많고 쾌활하고 허례허식과는 거리가 먼 사람으로 묘사되고 있다네). 아무튼 마을을 돌아다니며 오두막들을 구경하다가 구티에레스는 집단적인 목공예의 결과물을 보고 감탄을 금치 못하지. 르클레르는 자기에게 질문 공세를 퍼붓는 친구와 다르게 딱히 놀랍지 않다는 반응을 보이네. 사실은 그가 원주민들이 사용하는 여러 공구를 들여온 장본인이었거든. 그는 원주민들이 건강하고 건전한 활동을 하고 있다고 믿기에 구티에레스가 의아해하는 까닭을 이해하지 못하지. 구티에레스는 그런가 보다 하고 그냥 넘어가지만, 그가 마을에서 보내게 될 유일한 밤인 그날 밤에 어떤 꿈을 꾸다네. 의자와 걸상, 찬장, 옷장, 다양한 크기(대부분 작은 크기)의 탁자, 벤치, 개집 또는 인형의 집 그리고 다음과 같이 세 가지로 분류할 수 있는 무수한 물건들이 꿈에 등장하지. 첫째, 엄밀한 의미의 가구. 둘째, 기차, 자동차, 총과 같이 진보된 유럽 문물을 모방한 장난감. 셋째, 구멍이 뚫려 있는 다리미, 톱니가 달려 있는 원반, 거대한 원통 등 예술 작품인지 무엇인지 정체를 알 수 없는 물건들. 이튿날 신부가 떠나기 전에 르클레르가 자기를 싱숭생숭하게 만든 목조품 하나를 그에게 선물로 준다네. 그것은 노란 줄무늬에 허분허분할 정도로 부드러운 검은색 나무를 깎아 만든 10센티미터 크기의 십자가상이었어. 우리의 여행자는 기뻐하며 선물을 받지. 그건 정말 훌륭한 작품이었거든. 두 사제는 애정이 넘치는 인사를 주고받고 조만간 다시 만나기로 약속하며 헤어지네. 몇 달 후에 루안다에 정착한 사비노 구티에레스는 친구로부터 편지를 한 통 받아. 르클레르는 길게 덧붙인 추신에서 목공예에 대한 이야기를 다시 언급하네. 목공예 열풍이 더욱 거세져서 거의 예외 없이 마을 전체에 퍼지게 되었다는 거였지. 농부들은 멍하니 땅을 갈고 목동들은 가축에 흥미를 잃었다는 거야. 르클레르와 간호사로 일하는 두 명의 수녀는 걱정스러워하지. 하지만 편지의 어조는 심각한 것과 거리가 멀어. 오히려 프랑스 사람은 그 일을 우스갯거리로 취급한다네. 심지어 그는 레오폴드빌에서 목공예품을 팔 수 있는 방법에 대해 문의하기도 하지. 결국 그쪽으로 별다른 성과는 없었지만 말일세. 그 이후 사비노 구티에레스는 친구에게 편지를 보낼 때마다 원주민 목수들에 대해 묻네. 반년간은 상황에 큰 변화가 없어. 그러다 르클레르가 보낸 새로운 편지에서 심상치 않은 분위기가 감지되지. 마을을 초토화시킨 목공예 열풍이 주변에까지 전염되는 것같이 보였네. 몇몇 이웃 마을에서 남자들과 여자들과 아이들이 하나뿐인 공용 톱으로 톱질을 하고, 두 개 있는 공용 망치로 망치질을 하고, 얼마 안 되는 못으로 못을 박고, 사포질을 하고, 조립을 하고, 풀칠을 하게 된 거지. 주민들은 도구의 부족을 상상력과 원주민 고유의 기술로 메꾼다네. 광기에 휩싸인 마을에 넘쳐 나도록 헛간과 창고에 완성된 물건들이 쌓이지. 르클레르는 마을 장로들에게 의견을 물어. 그가 얻는 유일한 대답은 주술사들의 진단이야. 마을이 슬픔과 흥분의 바이러스에 사로잡혔다는 거지. 그는 엉겁결에 자신의 영혼에도 마을에 뿌리내린 감정들의 작고 뒤틀린 반영처럼 약간의 슬픔과 흥분이 있다는 것을 깨달으며 놀란다네. 다음에 온 마지막 편지는 짧아. 사비노에 따르면 드 비니[9]의 간명한 문

---

9 Alfred de Vigny(1797~1863). 프랑스 낭만주의 시인.
10 Paul Verlaine(1844~1896). 프랑스 상징주의 시인.

체와 베를렌[10]의 절박한 신앙심으로 쓰인 것이었지(하하, 자네들도 알 수 있듯이 문학 비평가로서 그의 깜냥은 요즘의 서평꾼들과 크게 다르지 않다네). 르클레르가 이제 자신의 주변에서 벌어지는 일에 눈곱만큼도 관심이 없으리라는 것을 짐작할 수 있을 걸세. 마을의 좁은 골목길에는 아무도 사용한 적이 없고 앞으로도 사용할 일이 없는 목공구들이 널브러져 있지. 목공들은 다른 곳에서 온 목공 대표단과 비밀리에 회합을 갖네. 미사에 참여하는 사람은 거의 없어. 혹시 모를 일을 대비해 신부는 수녀들에게 킨두로 대피하라고 지시하지. 그는 십자가상을 깎으며 긴장되고 무료한 나날들을 보낸다네(이 부분에서 그는 구티에레스에게 〈강박적 충동이 그리스도의 모습을 왜곡하기 때문에〉 지난번에 자기가 주었던 십자가상을 버리라고 부탁하고, 〈지금 내가 작업하고 있는 조각〉 또는 〈은에 새긴 안달루시아 그리스도〉를 대신 주겠다고 약속하지). 그는 마을의 상황을 개탄하고 아이들의 미래를 걱정하네. 그리고 수년간의 노고가 물거품으로 돌아간 걸 안타까워하지. 하지만 그는 자신이 무엇을 두려워하는지 혹은 어디에 위협이 도사리고 있는지 정확히 짚어서 이야기하지 않아. 물론 죽음에 대해 이야기하긴 하네. 살해당한 백인 이주민들, 주석 광산에서의 파업 시도. 하지만 그게 전부야. 그의 유일한 관심사는 자신이 살고 있는 마을이고, 그 경계 바깥에서 일어나는 일은 그에게 현실로 느껴지지 않는다고 할 수 있을 걸세. 그는 어떤 식으로든 본인에게 책임이 있다고 느끼고 있다네. 어떻게 보면 그가 대

목수나 마찬가지였다는 점을 염두에 두게나. 이제 그는 10대들의 무리가 자신의 텃밭에 버리고 간 괴상망측한 목재 욕조를 보고도 경악하지 않네. 순식간에 끝이 찾아오지. 수녀들은 마을을 떠나네. 아마 그때 그의 편지를 갖고 갔을 거야. 르클레르는 마을에 혼자 남게 되지. 몇 달 뒤에 구티에레스는 친구가 죽었다는 사실을 알게 된다네. 어느 정도 충격이 가시고 루안다에서 소식을 알아보려 해도 성과가 없자, 우리의 사제는 콩고로 돌아가 자신의 친구가 잠들어 있는 곳을 방문하기 위해 모든 연줄을 동원하지. 결국 그는 자신이 원하는 바를 이루어 낸다네. 이제 남은 걸림돌은 그의 방문에 난색을 표하는 벨기에 당국자들이야. X 마을에서 일어났던 일들은 기밀로 분류되어 있네. 끈질긴 수소문 끝에 구티에레스는 르클레르의 죽음이 우발적인 게 아니었다는 사실을 확인하지. 그의 친구는 원주민 반란이 일어났을 때 살해당한 거야. 그것 말고 공식적인 설명은 모호할 따름이네. 이웃 부족 간에 전투가 벌어졌거나 주술사들이 살육을 선동했을 수도 있다는 거지. 구티에레스는 킨두를 근거지로 삼아 종교인과 거리가 먼 하루하루를 보내지. 마침내 그는 식민지 장교와 의사와 함께 마을을 방문해도 된다는 허가를 얻는다네. 그들은 마을에 도착해서 몇 안 되는 멀쩡한 오두막집과 새로운 진료소, 컴컴한 문틈으로 보이는 생물들 그리고 그들이 숨 쉬는 공기에서 무언가 불길한 기운을 느껴. 세심하게 단장한 묘지에는 엄청나게 많은 새로운 십자가들이 보이지. 구티에레스는 그곳에서 일하던 수녀들이 유럽으로 돌아갔다는 소식을 듣게 되네. 당연히 다들 한때 마을에 유행하던 목공예 열풍을 떠올리기를 꺼리지. 이전의 목공들과 조각가들의 흔적은 어디에도 남아 있지 않아. 맥이 빠진 우리 신부는 홀로 친구의 무덤을 찾아가기로 하지. 그때 그는 르클레르가 버리라고 부탁했던 십자가상이 주머니에 있다는 것을 깨닫네. 그는 조각상을 꺼내 마지막으로 그것을 살펴보지. 낯설고 담담하고 강인한 예수의 모습이야. 어떤 각도에서 보면 꼭 미소를 짓는 것처럼 보이기도 하지. 그는 십자가상을 수풀 위로 내던지네. 그 순간 그는 자신이 혼자가 아니라는 사실을 깨달아. 어디서 소리가 들리는가 싶더니, 나무 뒤에서 어떤 노인이 걸어나와 십자가상이 떨어진 자리를 손으로 더듬고 있는 모습이 보이지. 구티에레스는 공포에 사로잡혀 그 자리에서 몸이 얼어붙는다네. 노인은 잠시 무언가를 찾다가 몸을 일으키더니 그에게 다가오지 않고 거리를 유지한 채 말을 걸어. 자신의 이름은 마탈라 무카디이고 그에게 진실을 이야기해 주겠다고 하지. 르클레르는 백인들에게 살해되었던 것이네. 3백 명의 원주민들도 같은 운명을 맞이했고, 불에 타서 죽지 않은 자들의 뼈에는 아직 백인들의 총에서 나온 총알이 박혀 있을 거라는 말이었지. 하지만 무엇 때문이었나요? 구티에레스가 묻네. 반란 때문이었지. 마을 전체와 광부들이 들고일어났던 거였네. 모든 게 기적처럼 순식간에 벌어진 일이었지. 백인들은 철두철미하게 반란을 제압했네. 여자들과 아이들과 노인들이 목숨을 잃었지. 프랑스 신부와 함께 대피했던 사람들은 선교원 건물에서 죽음을 맞이했고, 마을의 절반이 불에 타고 주변은 출입 통제가 되었다네. 백인들에게는 화기가 있었지. 하지만 원주민들에게는 나무로 만든 소총과 권총이 전부였어. 그들은 왜 르클레르를 죽였나요? 구티에레스가 묻네. 그는 흑인이 르클레르가 목수들의 투쟁에 동조했기 때문이라고 말하리라 예상하지. 하지만 노인의 대답은 단호하네. 우연이라는 거야. 당연히 순식간에 벌어진 살육이었지. 흑인은 한 손으로 자그마한 목조상을 들어 올리네. 마술? 구티에레스는 노인이 등을 돌려 떠나기 전에 물어. 아니오. 흑인이 답하지. 이 옷 때문이오, 마을 사람들이 입던 옷이거든. 우리의 사제는 그가 말하는 〈마을〉이 분노나 꿈을 의미하는 것임을 이해하지. 그들은 더 이상 말없이 헤어진다네. 백인들보다 흑인의 이야기가 더 신빙성이 있다고 여기는 순간부터 구티에레스는 거기서 더 이상 할 일이 없게 되었지. 2년 후에 그는 아프리카를 떠나고, 이어서 영영 유럽을 떠난다네. 그는 고향인 치아파스로 돌아가 세상을 떠날 때까지 회상록과 종교에 관한 에세이를 집필하는 데 몰두하지. 역시 그와 같은 신부인 편집자의 말을 믿는다면 그의 말년은 별다른 특색 없이 평온했어. 내 이야기는 이걸로 끝이라네……」

카르바할 박사는 침묵에 잠겼다. 커튼 틈으로 스며드는 하루의 마지막 햇살에 비친 그의 얼굴은 마구잡이로 피부막을 씌운 해골 같았다. 그렇지만 그의 머리는 강인하고 건강한 인상을 주었다.

「내가 자네들에게 말하려고 하는 바는……」 마침내 그

가 입을 열었다. 「대략 6백 개에 달하는 이 잡지들은 큰 의미가 없다는 것이고…….」

「어차피 일어날 일은 일어난다, 그 말씀이죠?」 호세 아르코가 박사의 말을 가로챘다.

「바로 그거라네, 젊은이. 지식인이 할 수 있는 일이라고는 그저 폭발을 지켜보는 거지. 물론 안전한 거리에서 말일세.」

「제 생각에는…….」 내가 『실낙원과 복낙원』이라는 애매모호한 제목의 네 쪽짜리 잡지를 넘기며 말했다. 「이 잡지들을 만든 사람들도 지식인들인 것 같은데요.」

「불의 예술가들…….」

카르바할 박사가 퉁을 놓았다.

「무용지물, 실업자, 불평분자들의 예술가들이지 지식인들은 아닐세.」

「맞습니다.」 호세 아르코가 말했다. 「오토바이 도둑들이죠.」

카르바할 박사가 흡족한 미소를 지었다. 사실 그는 영화 동호회에 드나들던 네오리얼리스트였던 것이다.

「희생자들이지.」 그가 말했다. 얼굴에는 미소를 짓고 있었지만 소름 끼치는 목소리였다. 「십중팔구 나는 살아서 보지 못할, 알 수 없는 무언가의 꼭두각시들. 어쩌면 그런 것도 아닐 수도 있네. 아무 의미 없는 운명의 장난에 불과한 거지. 미국에서는 젊은이들이 비디오에 빠져 있다고 하더군. 내 나름으로 정확한 정보에 근거해서 하는 말일세. 런던에서는 10대들이 몇 달 동안 팝 스타가 되는 게

임을 한다네. 당연히 그걸로 딱히 얻는 건 없지. 이곳에서
는 익히 예상할 수 있듯 우리는 가장 값싸고 초라한 마약
혹은 취미를 찾는 거라네. 시, 시 잡지. 달리 어쩌겠는가.
이곳은 칸틴플라스[11]와 아구스틴 라라의 땅이 아닌가?」

　나는 그의 생각이 틀린 것 같다고 말하려 했다. 당시에
나는 시가 라틴 아메리카의 문학적 성과를 대변하는 장
르라고 믿었기 때문이다(지금도 그렇게 믿고 있는 것 같
다). 바예호[12]를 깎아내린다거나, 가브리엘라 미스트랄[13]
의 작품에 대한 깊은 이해가 부족하거나, 우이도브로[14]와
르베르디[15]를 혼동하는 것은 나를 역겹고 화나게 만드는
일이었다. 우리네 가난한 나라들의 시야말로 일주일에
한 번씩 내 몸에 빙의하는 급진적인 청년이 지닌 자부심
의 원천 또는 주요한 원천이었다. 하지만 나는 그런 이야
기를 아예 입 밖에 내지 않았다. 대신에 한이 수집한 자료
들에서 읽은 내용을 떠올리고 그걸 바로 우리가 나누던
대화의 주제와 연결시켰다.

　「저는 비디오가 미국인들의 마약이라고 생각하지 않

11　Cantinflas(Mario Moreno, 1911~1993). 멕시코 코미디언이자 영
화배우. 말장난을 사용한 유머로 유명하다.

12　César Vallejo(1892~1938). 페루 시인. 「검은 정령Los Heraldos
Negros」(1919), 「트릴세Trilce」(1922) 등의 작품이 있다.

13　Gabriela Mistral(1889~1957). 칠레 시인. 1945년에 라틴 아메리
카 작가 중 최초로 노벨 문학상을 수상했다.

14　Vicente Huidobro(1893~1948). 칠레 시인. 라틴 아메리카 아방
가르드를 대표하는 작가.

15　Pierre Reverdy(1889~1960). 프랑스 시인.

16　Kriegsspiel. 19세기에 프로이센 군대가 장교들에게 야전 전략을
교육하기 위해 만든 모의 전쟁 게임.

아요. 선생님께서 말씀하시는 게 비디오 게임인지 비디오 촬영인지 모르겠지만요. 하지만 새로운 취미가 인기를 얻고 있다는 걸 확실히 말씀드릴 수 있어요. 바로 전쟁 게임이죠. 전쟁 게임의 범위는 꽤 방대하지만 크게 두 부류로 나눌 수 있습니다. 카운터라고 부르는 마분지 패로 헥스맵에서 하는 보드게임. 그리고 우리가 어릴 때 하던 것과 같은 모의 전투 게임. 물론 그링고들은 그러한 취미를 즐기기 위해 상당한 돈을 지불한다는 차이점이 있죠. 헥스맵을 전장으로 삼는 첫 번째 부류의 게임에서는 플레이어에게 참모 총장의 역할을 부여합니다. 그렇지만 스쿼드 리더 시리즈 같은 전략 게임(앞의 것은 전술 게임이라고 부릅니다)도 있습니다. 그 시리즈에서는 각각의 카운터(백 개 넘게 있습니다)가 대략 열 명 정도의 병사에 해당하죠. 이런 게임들은 한 번 하는 데 다섯 시간 이상 걸리는 게 보통이고, 심지어는 스무 시간 또는 서른 시간을 해야 끝나는 것도 있어요. 19세기에 본격적인 전쟁을 앞두고 커다란 전략 판에 전쟁을 시연했던 독일의 〈크리그슈필〉[16]이나 추상적인 전쟁 게임인 체스에서 유래한 게 아닌가 싶어요. 다른 부류의 게임에서는 마치 연극에서처럼 플레이어 본인이 직접 병사의 역할을 부여받게 되죠. 하루나 주말 동안 군대식 훈련을 받는 식으로 게임이 진행됩니다. 갖가지 무기를 다루는 법을 배우고, 베트남 참전 용사들의 강연에 참석하고, 모의 전투에 참여하고, 심지어 어떤 단체들은 회원들에게 공수 훈련을 제공하기도 하죠. 두 종류의 전쟁 게임 모두 자신들의 시뮬레이션이 역사적인 정확성에 기반한 것이라고 주장합니다. 시뮬레이션 전투는 불특정한 장소가 아니라 과거나 예측 가능한 미래 혹은 완전한 상상 속 미래의 구체적인 장소를 배경으로 합니다. 이를테면 베트남, 이란, 리비아, 쿠바, 콜롬비아, 엘살바도르, 니카라과, 심지어 멕시코도 몇몇 무력 충돌의 무대로 등장하죠. 여기서 주목할 부분이 있습니다. 바로 미국 본토에서도 전투가 벌어지는 경우가 있는데 이때 가상의 적은 항상 흑인이나 치카노 게릴라라는 거죠. 보드게임의 경우에는 대부분 제2차 세계 대전 중에 일어났던 전투를 모델로 하고 있습니다. 그렇지만 근미래의 전쟁을 모델로 하는 게임도 어렵지 않게 찾아볼 수 있어요. 지중해의 모든 생명체를 초토화시키는 미국 6함대에서부터 원자 폭탄 폭격을 포함하여 유럽 전장에 한정된 제3차 세계 대전까지. 하지만 대부분은 명백하게 나치의 상징과 관점에서 진행되는 제2차 세계 대전 게임입니다. 이를테면 게임 회사는 장래의 플레이어가 게임을 잘 진행하고 운이 좋으면 바르바로사 작전[17]이 성공하고, 롬멜[18]의 탱크가 카이로에 진입하고, 아르덴 공세[19]가 명예로운 휴전으로 끝날 것이라고 광고하죠. 보드게

17 제2차 세계 대전 당시 1941년 6월 22일부터 1941년 12월까지 진행된 나치 독일의 소련 침공을 지칭하는 작전명.

18 Erwin Rommel(1891~1944). 독일의 군인. 제2차 세계 대전 때 북아프리카에서 독일 아프리카 군단을 지휘하여 영국군을 상대로 혁혁한 전과를 이끌며 〈사막의 여우〉라는 별명으로 불렸다.

19 제2차 세계 대전 당시 1944년 12월 16일부터 1945년 1월 27일까지 프랑스 북부에서 진행된 연합국과 독일군의 전투.

20 Bobby Fischer(1943~2008). 미국의 체스 선수.

임과 모의 전투 게임을 각각 전문적으로 다루는 잡지가 하나 이상 있고, 두 게임 모두 미국에서만 가능한 저변을 확보하고 있죠. 당연히 보드게임 출판사들은 현재 컴퓨터 전쟁 게임을 개발하고 있어요. 아무튼 제가 보기에는 한창 호황을 누리고 있는 사업입니다.」

「그런데 그런 게임을 즐기는 사람들은 누구인가?」 카르바할 박사가 물었다.

「아, 그 지점이야말로 흥미로운 부분입니다. 언뜻 생각하기에는 살인 미수자나 KKK 단원 같은 사람들만 모의 전투 게임에 등록할 듯싶죠. 그렇지만 실제로는 전문직 종사자와 주부, 여피족, 조깅에 질린 사람들 사이에서 그 게임이 유행이라고 합니다. 반면에 보드게임은 나태한 파시스트, 전쟁사 마니아, 내성적인 10대 소년들, 심지어 전직 체스 플레이어의 관심을 끌고 있죠. 보비 피셔[20]가 2년이 넘도록 게티즈버그 전투 게임을 하고 있다는 이야기도 있어요. 그것도 상대 없이 혼자서 말이에요.」

카르바할 박사가 천사같이 차가운 미소를 지으며 고개를 끄덕였다.

「종잡을 수 없는 세상이군.」 그가 중얼거렸다. 「나는 항상 세밀화 화가들이 악마의 앞잡이라는 느낌이 들었네. 이제껏 평생 악이 본격적인 데뷔에 앞서 작은 무대에서 피루엣을 연습한다고 믿었지. 솔직히 그링고들의 페티시에 비하면 우리네 잡지는 상처받은 짐승에 지나지 않는 것 같네.」

「하지만 살아 있는 짐승이죠.」 호세 아르코가 말했다.

그러더니 녀석이 내게 속삭이듯 물었다. 「어디서 그런 이야기를 다 주워들은 거야?」

나는 한이 수집한 자료들에서 읽은 내용이라고 답했다.

「녀석의 말에 따르면 존 버치 소사이어티[21]는 『용병』[22]을 만든 사람들에 비하면 선량한 노인네들의 양로원이라는 거야. 그 잡지를 만드는 패거리는 직업적인 용병일 뿐 아니라 해프닝으로 알려진 제국주의 행위 예술의 진정한 창시자들이지. 보드게임을 지원하는 회사들에 대해서도 같은 말을 할 수 있을 거야. 이를테면 아발론 힐[23]이 출간하는 잡지가 있는데 시간 날 때 꼭 한번 살펴봐. 『장군』[24]이라고 방구석 만슈타인,[25] 구데리안, 클라이스트[26] 들의 바이블이나 다름없는 잡지지.」

「한이 언젠가 구데리안에 관한 이야기를 했던 것 같아.」

카르바할 박사가 자살 바위처럼 우리를 노려보았다.

「한은 저희의 친구입니다.」 내가 설명했다. 「녀석이 말하기를…… 구데리안의 탱크가 진격하는 걸 몇 번이고 다

21 John Birch Society. 1958년에 창립된 미국의 극우 단체로 반공주의와 작은 정부를 표방한다.

22 *Soldier of Fortune*. 1975년에 미국에서 창간된 월간지로 전 세계에서 일어나는 각종 전쟁과 무력 충돌, 용병 취업에 관한 정보를 제공한다.

23 Avalon Hill. 스쿼드 리더 등의 전쟁 게임과 전략 보드게임을 전문으로 하는 미국의 게임 회사.

24 *The General*. 아발론 힐이 1964~1998년에 펴낸 격월간지로 자사의 전쟁 게임 공략과 역사, 게임 산업에 관한 뉴스들을 다룬다.

25 Erich von Manstein(1887~1973). 독일의 군인. 제2차 세계 대전 당시 독일 국방군 육군 지휘관으로 프랑스 침공을 성공적으로 지휘했다.

26 Paul Ludwig Ewald von Kleist(1881~1954). 독일의 군인. 제2차 세계 대전 때 독일 국방군 장성으로 프랑스 침공과 독소 전쟁에서 활약했다.

시 저지해야 한다고 했어요. 그러니까 20세기 내내 그래야 한다는 뜻이었던 것 같아요. 그게 지금 저희가 하던 얘기와 무슨 상관이 있는지는 모르겠지만요.」

「학살의 미학이로군.」박사가 꿍얼거리더니 자기는 전혀 관심 없는 일이니 마음껏 논쟁을 벌이라는 듯이 손사래를 쳤다.

호세 아르코는 청개구리답게 그 이후로 입을 열지 않았다. 나는 머릿속에 떠오르는 대로 아무 말이나 헛소리를 중얼거렸다. 집주인은 우리가 한 번도 들어 보지 못한 고명한 의사 시인들과 공무원 시인들에 관한 일화를 이야기했다. 참 슬픈 일이야. 나는 불현듯 무언가를 깨닫고 두려움을 느끼면서 생각했다. 언젠가 나는 룸펜 시인들에 대한 이야기를 할 것이고, 내 주변에 있는 문우들은 대체 그 불쌍한 인간들이 누구인가 싶겠지. 그러다 결국 내 친구의 고집스러운 침묵이 신경에 거슬리기 시작했을 때, 나는 열 권을 넘지 않는 범위에서 잡지를 빌려 가도 되느냐고 물었다. 카르바할 박사는 흔쾌히 그렇게 하라고 했다. 「우리 회보에 글을 발표할 생각이 있는가?」나도 모르게 입에서 거짓말이 나왔다. 그럼요. 「그렇다면 꼭 필요한 만큼만 이빨을 까도록 하게.」우리는 서로를 보며 미소를 지었다. 호세 아르코는 잡지를 집어 들기 시작했다.

밖으로 나가자마자 내 친구가 말했다. 「저 불쌍한 양반은 전혀 감을 못 잡고 있어.」

환한 밤이었다. 그 동네의 달은 바람 부는 하늘에 말리려고 내놓은 침대 시트 같았다. 오토바이는 평소처럼 시동이 걸리지 않았다. 우리는 두 블록마다 번갈아 가며 오토바이를 밀었다.

「무슨 뜻인지 자세히 설명해 봐. 나도 감을 못 잡고 있기는 마찬가지니까.」

「누군가를 죽이고 싶은 기분이랄까.」

한참 뒤에 녀석이 덧붙였다. 「팔에 타투를 새기고 싶은 기분이야.」

이제 내가 오토바이를 밀고 있었다.

「어떤 타투?」

「망치와 낫.」 녀석이 꿈을 꾸듯 태평한 목소리로 말했다. 좋아. 나는 생각했다. 그날 밤은 꿈에 잘 어울리는 밤이었고, 우리는 먼 길을 앞두고 있었다. 나는 웃었다.

「아니야. 차라리 이런 문구는 어때? 〈나는 영원히 기억 속에 살리라.〉 괜찮지?」

「젠장. 뭔가 이상하군. 저 머저리의 집을 나오면서 무지 우울하면서도 무지 행복한 기분이 들었어.」

나는 녀석에게 무슨 느낌인지 알 것 같다고 말했다. 녀석이 오토바이를 밀어야 할 차례가 돌아올 때까지 한동안 우리는 침묵을 지켰다.

「멕시코 국기에 망치와 낫이 그려진 타투로 바꿀래.」 녀석이 말했다.

나는 담배에 불을 붙였다. 오토바이를 밀지 않고 그냥 걸어도 되니까 좋았다. 우리는 좁은 골목과 왜소한 나무와 저층 주택이 있는 동네에 들어섰다.

「당장 이 빌어먹을 곳에서 벗어났으면 좋겠어.」 호세

아르코가 말했다. 「오토바이랑 내 멕시코 국기를 들고 말이야.」

「카르바할 박사의 어떤 점이 마음에 안 들었어?」

「해골 같은 얼굴.」 그는 맹목적인 확신을 담아 또박또박 말했다. 「박사는 불쌍한 젊은 시인들의 맥박을 재고 있는 포사다의 해골 같았어.」

「맞아.」 내가 말했다. 「그러니까 갑자기 드는 생각이…….」

「그는 정말 포사다의 해골이었어, 젠장. 온 나라의 맥을 짚으며 춤을 추고 있는.」

문득 호세 아르코의 표현에 일말의 진실이 담겨 있다는 느낌이 들었다. 나는 카르바할 박사의 얼굴, 그의 집 거실, 그 안에 있던 평범한 물건들, 그가 우리를 맞이하고 자리에서 일어나 잡지를 찾으러 가던 모습, 우리가 이야기를 하는 동안 그곳에 없는 다른 무언가를 뚫어지게 응시하고 있었을 수도 있는 그의 눈을 다시 머릿속에 그려 보았다.

「네가 양키들의 게임에 대해 말하고 있을 때 나는 눈치챘지. 박사는 내가 눈치챘다는 것을 눈치채지 못했어.」

「무얼 눈치챘다는 거야?」

「네가 말하는 모든 걸 이미 다 알고 있다는 듯이 우리를 그리고 너를 바라보던 눈빛……. 순간적으로 정말 그럴 거라는 생각이 들더군. 그 개자식이 사실 모든 걸 다 알고 있다고 말이야…….」

무심결에 우리는 걸음을 멈추었다. 갑자기 하늘색이 바뀌었다. 멕시코시티 어딘가에서 비가 내리고 있었다. 천둥이 울리고 번개로 치는 걸로 보아 곧 우리가 있는 곳에도 물 폭탄이 쏟아질 것 같았다. 내 친구는 미소를 지었다. 녀석은 오토바이 안장에 앉은 채 폭우가 퍼붓기를 기다리는 듯했다.

「생각만 해도 소름이 끼치는군.」 내가 말했다.

「그게 뭐 대단한 일이라고. 아무래도 비가 올 것 같네.」

「정말 해골 같은 얼굴이었어. 네 말이 맞아.」 내가 말했다.

「흠, 나중에는 그가 모든 걸 알고 있는 게 아니라 아무것에도 관심이 없다는 생각이 들더군.」

「그럴 수도 있고 아닐 수도 있지.」

「그런 종류의 사람들은 흔히 찾아볼 수 있어. 그들은 스스로를 멕시코 혁명의 자식들이라고 일컫지. 흥미로운 구석이 있는 사람들이지만 사실 그들은 혁명의 자식들이 아니라 그냥 개자식들이야.」

「그럴 수도 있고 아닐 수도 있지.」 나는 칠흑 같은 하늘을 올려다보며 말했다. 「이러다 비를 흠뻑 맞게 생겼어.」

「나는 그들을 혐오하지 않아. 오히려 그들이 고독을 견디는 모습을 보면 놀라울 따름이지.」 호세 아르코가 손바닥을 위로 하고 손을 뻗었다. 「어찌 보면 그들은 아주 극히 왜곡된 방식으로 자신들이 원하던 바를 얻은 거야. 이 나라의 부재하는 아버지가 된 셈이니까. 방금 빗방울이 떨어졌어.」 녀석은 손바닥을 코에 갖다 대고 킁킁거리며 냄새를 맡았다. 마치 비에 하나 이상의 냄새가 있다는 듯 말이다(그런데 실제로 그렇다).

「어떻게 말하면 좋을까…… 이 빌어먹을 오토바이. 이

러다 흠뻑 젖겠어.」

「나는 그렇게 못 해.」

「무얼 못 한다는 거야?」 우리 앞에 주차되어 있는 1950년대식 포드의 어두운 차체에 빗방울이 후드득 떨어졌다. 그때까지 우리는 거기에 차가 있는지도 모르고 있었다. 그것은 텅 빈 거리에 있는 유일한 차였다.

「나는 그렇게 외롭고 과묵하고 나 자신과 나의 운명에 착실하게 살 수 없어. 표현이 좀 그런가?」

「젠장…….」

호세 아르코가 함박웃음을 지었다.

「가자, 이 근처에 친구의 정비소가 있어. 녀석에게 오토바이를 수리할 수 있는지 물어보고 커피나 한잔 얻어 마시자.」

제임스 팁트리 주니어 작가님께.

비는 우리에게 가르침을 줍니다. 지금은 밤이고 비가 내리고 있어요. 도시가 반짝이는 팽이처럼 돌고 있네요. 하지만 다른 데에 비해 빛이 듬성듬성한 어두운 지역들이 보입니다. 마치 깜빡거리는 점들 같아요. 폭우가 쏟아지는 가운데 행복하게 돌아가는 도시에서 점들이 팔딱거리죠. 제가 있는 곳에서 보면 그 점들이 화끈거리는 이마나 시커먼 폐처럼 부어오르는 것 같아요. 비가 자기들에게 빛을 주려고 한다는 것도 모른 채 말이에요. 때로는 점들이 서로 접촉에 성공하는 것처럼 보이기도 합니다. 비가 내리고 천둥이 치는 와중에 어떤 어두운 원이 있는 힘을 다해 다른 어두운 원의 곁을 스치죠. 하지만 거기까지가 다예요. 점들은 곧바로 오그라들어서 원래의 크기로 돌아가 계속 팔딱거리죠. 어쩌면 잠시 서로 스치는 것으로 충분한 건지도 몰라요. 그것으로 메시지만 잘 전달되었다면야 그만이죠. 몇 시간이고 몇 분이고 비가 내리는 동안 그런 장면이 반복됩니다. 오늘은 제가 생각하기에 행복한 밤이에요. 책을 읽고 글을 쓰고 공부도 하고 쿠키를 먹고 차를 마셨죠. 그런 다음 옥상에 나가 바람을 쐬다가 날이 어두워지면서 빗방울이 떨어지기 시작했을 때 우산과 망원경을 들고 옥상의 옥상(그러니까 저희 집 지붕)에 올라갔어요. 그렇게 거의 세 시간이 흘렀을 무렵에 왜인지 기억은 안 나지만 작가님이 떠올랐고, 한참 전에 작가님께 보낸 편지가 생각나더군요(작가님께서 그 편지를 받으셨는지 모르겠네요. 이 편지는 무사히 도착할 수 있도록 스파이더맨 형제의 에이전시로 보낼게요). 참, 그 편지에 대해서 하나 말씀드릴 게 있어요. 수신인의 이름을 앨리스 셸던으로 했다고 해서 괜한 오해를 하시거나 기분이 상하지 않았기를 진심으로 바랍니다. 주제넘게 친근한 척 굴려고 했던 건 절대 아니에요. 사실, 최근에야 작가님의 작품을 접한 수많은 독자들과 달리 저는 제임스 팁트리 주니어가 늦은 나이에 등단한 퇴직자라는 소문이 있던 시절에도 이미 작가님의 초기 작품들을 다 알고 있었거든요. 그때부터 작가님을 좋아했죠. 물론 나중에 제임스 팁트리 주니어가 심리학자 앨리스 셸던의 필명 — 필명이라기보다는 이명이라는 해석도 있더군요 — 이라는 걸 알았을 때 깜짝 놀랐어요. 그러니까 여러 이미지가 중첩되었던 것뿐입니다. 게다가 앨리스 셸던이 더 예쁘고 따뜻한 느낌이 나는 이름이기도 하죠. 그 외에 다른 뜻은 없었어요. (이따금씩 저는 직장에서 은퇴한 팁트리 씨가 애리조나에 있는 작은 집에서 글을 쓰는 모습을 상상하죠. 왜 하필 애리조나냐고요? 글쎄요. 어딘가에서 그런 기사를 읽었던 것도 같아요. 아마 프레드릭 브라운[27]에 관한 이야기였을 거예요. 그는 몇 년 동안 애리조나에 완벽히 고립되어 더할 나위 없는 평정심을 누리며 퇴직자와 다름없는 시간을 보냈죠. 그런데 북미의 SF 작가들보다 퇴직자들하고 편지를 주고받는 게 더 좋지 않을까요? 라틴 아메리카에 대한 적대 정책을 멈출 것을 요구하는 서한을 백악관에 보내라고 그들을 설득할 수 있을까요? 틀림없이 가능한 일이기는 하겠지만 시간을 두고 차분히 더 고민해 보죠.) 비가 그칠 기미가 보이지 않네요. 지붕 위에 올라가 다른 건물들에 있는 어두운 옥탑방들을 망원경으로 지켜보다가 문득 이런 의문이 들었어요. 파라과이 작가가 쓴 SF 소설은 몇 권이나 될까? 언뜻 보기에는 멍청한 질문 같지만 그 순간에 그 질문이 완전히 제 뇌리에 꽂혀 버렸는지 귀에 쏙쏙 들어오는 유행가 가사처럼 자꾸 생각이 나더라고요. 닫혀 있던 멕시코시티의 창문들이 사실은 파라과이였던 걸까요? 제가 망원경으로 관찰하던 폭우와 옥탑방들이 사실은 파라과이의 SF 문학이었던 걸까요? (반경 1킬로미터 이내로 불이 켜져 있는 창문은 거의 보이지 않았어요. 겨우 열 개나 열다섯 개쯤 되었을까. 그마저도 대부분은 인수르헨테스의 번화가였고 불이 켜진 옥탑방은 하나도 없었죠.) 당시에는 그 질문이 섬뜩하게 느껴졌어요. 지금은 딱히 그렇

---

27 Fredric Brown(1906~1972). 미국의 SF·미스터리·판타지 소설 작가. 유머와 반전이 담긴 매우 짧은 형식의 단편 소설로 유명하다.

28 Torre Latinoamericana. 멕시코시티 구시가지에 위치한 182미터 높이의 전망대.

게 느껴지지 않아요. 그렇지만 지금 제가 앉아 있는 곳은 비 내리는 바깥이 아니라 방 안입니다. 모르겠네요. 편지에 멕시코시티의 모습이 담긴 엽서를 한 장 동봉할게요. 라틴 아메리카 타워[28]에서 찍은 사진이죠. 도시의 전경을 한눈에 볼 수 있습니다. 오후 2시쯤의 낮 풍경인데, 사진이 문제인 건지 인쇄가 잘못된 건지 살짝 아쉬운 부분이 하나 있네요. 그건 바로 이미지가 흐릿하다는 겁니다. 오늘 밤에 제가 어둠 속에서 느낀 감정도 그랬어요. 그럼 또 연락드릴게요.

이만 줄입니다.

한 슈레야

오토바이 정비소는 세로 6미터에 가로 3미터 크기의 단칸짜리 가게였다. 정비소 안쪽에는 금방이라도 떨어질 것 같은 문이 하나 있었다. 이 문을 열고 나가면 쓰레기 더미가 쌓여 있는 안마당이 나왔다. 마르가리토 파체코, 일명 마후라는 열일곱 살이 되던 날 어머니 집에서 나와 2년째 그 가게에 살고 있었다. 사실 녀석의 어머니 집은 그곳에서 겨우 세 블록 떨어진 같은 페랄비요 지역에 위치하고 있었다. 녀석은 주로 오토바이를 수리했다. 가끔씩 자동차를 손볼 때도 있었지만 자동차 정비사로는 완전 꽝이었다. 본인도 그걸 잘 알아서 부끄럼 없이 그 사실을 인정했다. 호세 아르코와 내가 혼다를 끌고 정비소에 나타났을 때 녀석은 1년 넘게 자동차를 만져 본 적도 없었다. 녀석은 오토바이 수리 전문이었지만 일거리가 많지 않았다. 돈을 아끼려는 요량에서였는지, 본인이 좋아서

29　Carlos Castaneda(1925~1998). 미국의 인류학자. 메소아메리카 톨텍 문명에서 기원한 샤머니즘 전통을 이어받은 야키 인디언 돈 후안과의 수행을 『돈 후안의 가르침 The Teachings of Don Juan』(1968) 등 여러 권의 책으로 펴냈다.

그랬는지 녀석은 정비소에서 집처럼 생활했다. 그렇지만 눈치 빠른 손님이 아니라면 이를 전혀 알아채지 못했을 것이다. 타이어 더미 뒤에 설치해 놓은 야전용 침대나 자동차, 석유, 발가벗은 여자들이 그려진 낡은 달력들로 에워싸인 책장 말고는 딱히 티가 날 만한 물건도 없었으니 말이다. 화장실은 안마당에 있었다. 샤워는 어머니 집에서 해결했다.

첫인상과 달리 녀석은 마냥 수줍은 소년은 아니었다. 녀석은 윗니가 하나도 없었다. 아마도 그 이유 때문에 처음에는 말을 아꼈던 것 같다. 우리가 무얼 물어보면 정중하게 단답형으로만 대답하고, 우리가 깔깔대고 웃을 때도 수수께끼 같은 미소만 지을 뿐이었으니까. 보통 처음 보는 사람 — 이 경우에는 바로 나 — 이 정말 재미있거나 우스운 이야기를 할 때까지 계속 그런 식이었다. 그런 다음에는 거리낌 없이 입을 벌리고 웃거나 그때그때 떠오르는 대로 만들어 낸 신조어와 은어를 섞어 가며 엄청나게 빠른 스페인어로 말하곤 했다. 녀석은 눈이 엄청나게 컸다. 녀석을 점점 알아 갈수록 그 커다란 눈과 차분한 부조화를 자아내는 병적일 정도로 마른 몸이 특별한 아름다움처럼 느껴졌다. 녀석은 열다섯 살 때 싸우다가 이가 다 부러졌다고 했다. 정비소 일은 바로 그 가게에서 티후아나 출신의 정비사가 일하는 걸 구경하고 돕다가 배운 거였다. 녀석이 묘사한 바에 따르면 그 정비사는 카스타네다[29]의 돈 후안을 쏙 빼닮은 사람이었다. 2년 전쯤 정비사가 세상을 떠나자 그의 아내는 가게 일에서 손을 떼고 일주일도 채 지나지 않아 고향으로 돌아갔다. 마후라는 가게 열쇠를 갖고 있었고, 누군가 그곳을 찾아와 가게의 권리를 주장하거나 월세를 요구하기를 기다렸다. 처음에 녀석은 바닥에서 잠을 자다가 나중에 야전용 침대와 옷을 가져왔다. 몇몇 손님들을 제외하면 한 달 사이에 가게를 찾아온 사람은 훔친 오토바이를 팔고자 하는 어떤 사내뿐이었다. 결국 녀석은 그렇게 장물 거래를 시작하게 되었다.

　내가 녀석을 만났을 때 가게에 있던 오토바이는 딱 두 대, 녀석의 오토바이와 아즈텍 공주였다. 아즈텍 공주가 바로 호세 아르코가 이야기하던 그 베넬리 오토바이였다. 나는 그 오토바이가 마음에 든다고 말했다. 마후라는 그게 꽤 괜찮은 오토바이인데 여전히 가게에 있는 게 이상하다고 말했다. 며칠이 지나서야 나는 녀석이 뜻하는 바를 이해했고 그것이 가게의 기름때와 더러운 마룻바닥 사이에 반쯤 가려진 채 내가 알아보기를 기다리며 눈을 깜빡거리는 운명의 신호였다는 생각이 들었다. 장물 오토바이 장사는 두 사람과의 거래를 통해서만 이루어졌다. 오토바이를 가져오는 사람과 오토바이를 사 가는 사람. 매번 똑같은 사람들이었다. 매번 정해진 시각에 거래가 이루어졌다. 매달 초에 훔친 오토바이가 매물로 들어왔다. 그리고 매달 중반쯤에 돈을 가진 사내가 찾아왔고 오토바이는 가게에서 사라졌다. 아즈텍 공주는 2년 만에 처음으로 그 루틴이 깨진 경우였다. 보름이 지나고 한 달이 넘도록 구매자가 나타나지 않았고, 오토바이는 주인을 만나지 못한 채 예비 부품이나 폐물로 처리될 위험에 처해 있었다.

나는 그날 밤에 바로 오토바이를 구입했다.

거래는 일사천리로 진행되었다. 나는 돈이 없었지만 마후라의 경우에도 딱히 다른 구매자를 찾기 힘든 실정이었다. 나는 급여를 받자마자 일부를 지불하고 나머지는 두 달에 걸쳐 갚겠다고 약속했다. 그러자 녀석이 역으로 더 좋은 조건을 제안했다. 내가 여유가 될 때 여유가 되는 만큼의 돈을 주고 자기가 구입한 가격 그대로 팔 테니 당장 그날 밤에 오토바이를 가져가라는 것이었다. 호세 아르코의 생글거리는 눈빛을 보며 나는 조건을 승낙했다. 나는 면허증도 없었고 심지어 운전을 할 줄도 몰랐지만, 내 운과 내가 엿보았다고 생각한 징후들을 맹목적으로 믿었다. 너한테 전화만 있으면 완벽할 텐데. 내가 말했다.

「전화? 바랄 걸 바라야지. 여기에 전기가 들어온다는 것 자체가 기적이야.」

녀석이 가게를 말하는 건지 동네를 말하는 건지 나는 묻지 않았다. 호세 아르코는 물을 끓이고 네스카페를 세 잔 탔다. 마후라가 벽에 걸려 있는 비닐봉지에서 차갑게 식은 케사디야를 꺼내 뜨거운 접시에 올려놓고 데웠다. 딱딱하게 굳었지만 맛있어 보였다. 음식을 데우는 사이에 녀석이 오토바이에 페인트칠을 해 줄 테니 조만간 다시 찾아오라고 말했다.

「나는 지금 그대로가 좋아.」 내가 말했다.

「훔친 오토바이는 그런 식으로 하는 게 좋아. 보통 그렇게 많이 하거든.」

「이 케사디야 엄청 맛있다.」 호세 아르코가 말했다. 「어머니가 만드신 거야?」

마후라가 고개를 끄덕였다. 그러더니 잠시 후 도리질을 하며 도저히 믿을 수가 없다는 투로 말했다. 「대체 왜 저 문구를 지울 생각을 못 했을까? 이제야 그걸 깨닫다니.」

「무슨 문구?」

「아즈텍 공주에 적혀 있는 거 말이야. 이건 훔친 오토바이요, 하고 동네방네 다 알리는 꼴이잖아.」

「멋있는 문구야. 심지어 글자를 금속으로 새겼어.」

「왜 진작 긁어내지 않았을까.」

「나는 지금 이대로가 좋아. 떼지 않고 그대로 놔둘 거야.」 내가 말했다.

바깥은 비가 그칠 기세가 아니었다. 강한 바람이 불 때마다 가게가 통째로 뽑힐 듯이 흔들렸고, 웃음소리에 이어지는 짧고 굵은 비명 같은 거친 쇳소리와 함께 문이 삐걱거렸다. 꼭 누군가 죽도록 얻어맞는 소리 같군. 호세 아르코가 중얼거렸다. 우리는 갑자기 심각한 얼굴이 되어 폭풍과 각자의 머릿속에 떠오르는 생각에 온 신경을 집중했다. 마치 가게라는 사이 공간과 우리가 서로 주고받을 수도 있었던 대화가 존재하지 않는 것처럼 말이다. 바람이 뒷마당에 있는 빈 깡통과 종이를 휩쓸고 지나갔다.

소리가 들릴 때마다 마후라는 천장을 올려다보았다. 때때로 녀석은 네스카페 잔을 손에 든 채 가게 안을 오가며 먼지로 뒤덮인 벽에 붙은 광고를 읽거나 읽는 척했다. 그렇지만 불안한 기색은 전혀 없었다. 오히려 그 반대였다. 하지만 그것은 겉으로만 평온하게 느껴지는 일종의 기만적인 평온함이었다. 그러니까 차갑거나 무감각한 초연함이 아니라 자신을 괴롭히는 고통에서 막 벗어난 기독교인의 초연함이었다. 심하게 구타를 당하거나 실컷 욕정을 채운 육체에서 느껴지는 초연함.

「세상은 참 아름다워, 그치?」 마후라가 말했다.

새벽 5시가 되어서야 우리는 밖으로 나왔다. 한동안 두 친구는 오토바이 운전에 대한 이론적인 기초를 내게 가르쳐 주었다. 녀석들의 말에 따르면 자동차를 무서워하지 말고 액셀과 브레이크와 클러치만 밟을 줄 알면 끝이었다. 변속은 어떻게 하는 거야? 그것도 중요하지. 균형을 유지하도록 노력해. 중간중간 신호등을 꼭 확인하고. 비는 걱정할 필요 없어.

나는 뒷마당으로 나가 날씨를 확인했다. 이전보다는 빗줄기가 많이 가늘어진 터였다. 호세 아르코에게 우리가 밖에 나갔을 때 다시 폭우가 쏟아지면 어떻게 하느냐고 물었다. 녀석은 대답이 없었다. 마후라는 혼다를 정비한 다음에 자기가 쓴 시를 들어 보겠느냐고 물었다(이 말을 할 때 마후라의 모습은 흡사 교황을 알현한 시골 신부 같았다. 녀석은 모든 비평을 기꺼이 받아들였고, 자신이 쓴 글을 절대 변호하지 않았다). 녀석이 그날 읽어 준 대여섯 편의 시 중에서 내 맘에 꼭 드는 게 하나 있었다. 그의 여자 친구 루피타와 멀리서 건축 현장을 지켜보는 그의 어머니에 관한 내용이었다. 나머지는 팝 스타일의 시와 노래 가사, 발라드였다. 호세 아르코는 그 시들을 좋아했지만 나는 별로였다. 가게를 나오면서 호세 아르코가 말했다. 내가 마후라가 만들어 낸 최고의 이야기를 들려줄게.

「무슨 이야기인데?」

「어떻게 꼬마 조르주 페렉[30]이 파리의 후미진 동네에서 이시도르 이주[31]와 알타고르[32] 사이에 일어날 뻔했던 목숨을 건 결투를 막았느냐 하는 이야기야.」

「그냥 내가 읽을래.」

「글로 쓴 게 아니라 말로 한 이야기야.」

마후라는 얼굴을 붉히며 미소를 짓고 걸레로 손을 닦은 다음, 마지막 네스카페 한 잔을 위해 물을 끓였다.

문득 내가 공포에 질려 겁을 먹고 있다는 것을 깨달았다. 경찰서에 끌려가는 것에서부터 온몸의 뼈가 부서진 채 병원에 누워 있는 것까지 온갖 최악의 상황들이 머릿속에 그려졌다. 우리는 커피를 마셨다. 나는 조용히 마지막 주의 사항에 귀를 기울였다. 밖으로 나왔을 때 어두운 거리에는 인적이 느껴지지 않았다. 호세 아르코가 말없이 내 오토바이에 올라타 시동을 걸었다. 배기구가 으르렁거리는 소리에 절로 몸서리가 쳐졌다. 곧이어 녀석은 자기 오토바이에 올라탔다. 우리는 엔진을 시험하며 골목 끝까지 오토바이를 몰았다. 그리고 오토바이를 돌려 마

---

30 Georges Perec(1936~1982). 프랑스 소설가. 실험적인 창작 집단 울리포OuLiPo를 대표하는 작가이다.

31 Isidore Isou(1925~2007). 루마니아 태생의 프랑스 작가. 아방가르드 문학 운동인 레트리즘Lettrisme의 창시자이다. 의미론적 차원을 배제하고 오직 음성적 요소를 활용하는 시학을 주창했다.

32 Altagor(André Vernier, 1915~1992). 프랑스 시인. 시의 순수한 음성적 요소에 집중하는 메타시Métapoésie를 주창했다.

후라가 기다리고 있는 곳으로 돌아왔다. 그러는 동안 나는 계속 호세 아르코의 뒤를 따라갔다.

「완전히 새 오토바이로 만들어 줬구먼.」 호세 아르코가 말했다.

나는 아무 말 없이 시동이 꺼지지 않도록 하는 데 온 정신을 집중했다. 조심히 다니고 조만간 또 와. 마후라가 말했다. 당연하지. 호세 아르코가 말했다. 기분이 어때, 레모? 무서워서 지릴 것 같아. 내가 말했다. 이상했다. 우리의 목소리가 나지막하게 들렸고, 오토바이 소리도 멀리서 들려오는 듯했다. 반면에 잠들어 있는 거리의 소음은 내 귀에서 증폭되었다. 고양이들, 아침을 깨우는 새들, 하수관에 흐르는 물, 어딘가에 있는 문, 이웃집 남자의 코고는 소리.

「괜찮아, 금방 적응될 거야. 나란히 붙어서 천천히 가자.」

「알았어.」 내가 말했다.

「또 보자, 마후라.」

「안녕.」

우리는 마치 자전거를 타듯이 느릿느릿 돌아 동네를 빠져나왔다. 호세 아르코가 여러 번 내게 괜찮으냐고 물었다. 곧 우리는 마후라가 사는 동네의 한적한 거리들을 뒤로하고 드넓은 대로에 들어섰다.

「나한테 가까이 붙어 있어.」 호세 아르코가 말했다.

오토바이 두 대가 대로를 따라 질주했다. 몸속에서 누가 나를 발로 차는 듯한 느낌이 들었다. 손에 땀이 배어서 핸들을 놓칠까 봐 겁이 났다. 여러 번 브레이크를 밟고 싶었지만 꾹 참았다. 그렇게 하면 아즈텍 공주를 길바닥에 내버린 채 지하철을 타고 집에 갈 거라는 확신이 들었기 때문이다. 처음에는 순식간에 깨져 버린 침묵으로 가득한, 끝없이 펼쳐진 아스팔트 도로와 나와 앞서거니 뒤서거니 하며 달리던 내 친구와 혼다의 흐릿한 윤곽밖에 눈에 들어오지 않았다. 그러다가 마치 사막 한가운데에 커튼이 열린 것처럼 지평선 위로 어떤 거대한 형체가 모습을 드러냈다. 아득히 먼 곳에 있는 그 형체는 얇은 비의 장막 사이로 깜빡이거나 세상에 존재하는 모든 회색 계통의 색조로 끊임없이 변하는 듯했다. 대체 저게 뭐야? 나는 머릿속으로 비명을 질렀다. 죽음의 거북이? 거대한 딱정벌레? 언뜻 보기에 언덕만큼 커다란 크기의 그것은 위족이나 증기 쿠션 같은 것에 밀려 우리를 향해 직선으로 다가오고 있었다. 오토바이에 앉아 있는 내 위치에서 보기에는 움직이는 속도와 방향이 일정했다. 굳이 호세 아르코에게 물어보지 않아도 우리가 어디를 향해 가고 있는지 알 수 있었다.

「라 비야!」[33] 녀석이 검지로 고질라를 가리켰다.

「라 비야, 라 비야!」 나는 행복에 겨워 외쳤다.

그제야 나는 차들이 우리 옆을 지나가고 있다는 걸 깨달았다. 모퉁이마다 스모그에 부식되고 가려진 신호등들이 깜빡거리고 있었다. 흐릿한 형체들이 담배까지 피우

---

33 La Villa. 정식 명칭은 과달루페 성모 마리아 바실리카Basílica de Nuestra Señora de Guadalupe. 라틴 아메리카에서 가장 중요한 로마 가톨릭교회 성지 순례지다.

며 인도를 따라 움직이는 게 보였다. 유람선처럼 조명을 환하게 켠 버스들이 노동자들을 일터로 옮기고 있었다. 대로 한가운데에서 술이나 마약에 취한 어떤 10대 청년이 고래고래 악을 쓰다가 무릎을 꿇고는 무표정한 얼굴로 지나가는 차들을 지켜보았다. 막 문을 연 카페에서 란체라 노랫가락이 들려왔다.

우리는 바실리카 광장 근처에 오토바이를 세우고 잠시 숨을 돌리며, 나의 생애 첫 오토바이 운전이 어땠는지 이야기를 나누었다. 나는 호세 아르코에게 방금 전에 바실리카를 괴물로 착각했었노라고 말했다. 또는 고체 형태로 우리를 향해 다가오는 원자 폭탄인 줄 알았다고. 우리가 아니라 도심을 향해 다가오는 거였겠지. 그럴 수도. 내가 말했다. 그래도 어쨌든 우리가 그 길목에 있는 거였잖아. 네가 무사해서 다행이야. 아즈텍 공주는 말을 잘 들어? 내 말대로 괜찮은 오토바이지?

이유는 모르겠지만 구름들 사이에 뚫린 구멍을 통해 대기가 우리를 향해 덮쳐 오는 것 같았다. 나는 담배에 불을 붙이고 그렇다고 답했다.

「아무튼 그건 원자 폭탄이 아니었어.」호세 아르코가 내 오토바이를 흘낏 쳐다보며 중얼거렸다. 「어머니 중의 어머니이자 최고의 애인인 과달루페 성모의 성(城)이었지.」

「맞아.」나는 희미하게 번지는 동살을 지켜보며 말했다. 「성모님 덕분에 사고를 피할 수 있었어.」

「무슨 소리야, 인마. 나랑 마후라 덕분이지. 훌륭한 선생님들한테 운전을 배웠잖아.」

나는 주머니를 더듬어서 동전을 찾았다.

「잠깐만 기다려. 전화 한 통 하고 올게.」

「그래.」

나는 근처에서 공중전화 부스를 발견하고 라우라에게 전화를 걸었다. 한참 신호가 간 후에 그녀의 어머니가 전화를 받았다. 나는 이른 아침에 죄송하다고 양해를 구하고 혹시 괜찮다면 라우라를 바꿔 주실 수 있느냐고 물었다. 아무래도 급한 용무인 것 같아서요. 나는 시치미를 떼며 말했다. 딱히 피곤하지는 않았지만 당장이라도 내 매트리스 위에 누울 수만 있다면 여한이 없을 것 같았다. 거리는 조명으로 밝았고, 옆쪽에서 택시 기사들이 축구 이야기를 하고 있었다. 한 사람은 아메리카 팬이었고, 다른 사람은 과달라하라 팬이었다. 라우라가 수화기를 들었을 때 나는 그녀의 어머니와 다시 통화하는 것처럼 똑같이 양해를 구하고 그녀를 사랑한다고 말했다.

「어떻게 설명해야 할지 모르겠지만 너를 정말 사랑해.」 라우라가 말했다. 「전화해 줘서 너무 좋아.」

「그냥 너를 사랑한다는 말을 하고 싶었어.」

「좋아. 정말 좋다.」 라우라가 말했다.

전화를 끊고 나는 오토바이를 세워 둔 곳으로 돌아갔다.

「문제없는 거지? 출발할까?」

「응. 출발!」 내가 말했다.

「집까지 갈 수 있을 것 같아?」

---

34 Speedy Gonzales. 워너브라더스에서 제작한 단편 애니메이션 시리즈 〈루니 툰Looney Toones〉에 등장하는 멕시코 캥거루쥐.

「그럼, 당연하지.」

「어쨌든 내가 함께 가줄게.」

「굳이 그럴 필요 없어. 너도 피곤할 텐데.」

「피곤? 천만의 말씀. 참, 그리고 너한테 아직 이시도르 이주와 알타고르 이야기를 안 해줬잖아.」

「대체 그게 무슨 이야기인데?」

「마후라가 들려줬다는 이야기 말이야, 인마. 정신 차리라고.」

우리는 여유 있게 도심을 향해 나아갔다. 시원한 공기 덕분에 머릿속이 맑아졌다. 오토바이를 타고 가며 이제 막 깨어나기 시작한 거리와 창문을 바라보니 기분이 좋았다. 날이 새도록 밤을 즐긴 사람들이 집이나 어딘가로 차를 타고 떠났다. 노동자들은 자가용을 끌고 직장에 가거나, 북적북적한 미니버스에 올라타거나, 그들을 직장에 데려다줄 버스를 기다리고 있었다. 도시의 기하학적 풍경은 물론 그 색깔마저 섬세한 선과 활력으로 가득한 잠정적인 밑그림처럼 보였다. 시선을 집중하고 내면에 잠재된 광기를 일깨우면 섬광처럼 번뜩이는 슬픔을 느낄 수 있었다. 아무 이유 없이 혹은 어떤 비밀스러운 이유 때문에 멕시코시티의 심장부를 잽싸게 지나가는 스피디 곤살레스[34] 같은. 그것은 우울한 슬픔이 아니라 어디에 있는지 모를 찬란한 삶을 갈구하는 파괴적이고 역설적인 슬픔이었다.

「참으로 기묘한 이야기야.」 호세 아르코가 큰 목소리로 말했다. 「너에 대한 모욕일 수도 있으니 이주랑 알타고르가 누구인지 아느냐고 묻지 않을게.」

「실컷 모욕하셔. 전혀 모르겠으니까.」

「정말? 빌어먹을 라틴 아메리카의 젊은 지식인들!」호세 아르코가 웃었다.

「음, 이주는 프랑스인이야.」내가 소리쳤다. 「비주얼 시를 쓰는 걸로 알고 있어.」

「땡이올시다.」

이어서 녀석이 무슨 뜻인지 모를 말을 중얼거렸고 — 루마니아어였다 — 우리는 닭장 차 옆을 지나치고, 또 다른 닭장 차 옆을 지나치고, 연이어 여러 대의 닭장 차 옆을 지나쳤다. 단체 배달 차량이었다. 어린 암탉들이 닭장의 창살 틈으로 머리를 내밀고 도살장에 끌려가는 10대들처럼 울부짖었다. 우리 엄마 암탉은 어디 있어요? 어린 암탉들이 말하는 것 같았다. 내 달걀은 어디 갔어요? 맙소사, 저 차와 충돌하고 싶지 않아, 하고 나는 생각했다. 〈라 살루드 양계장〉. 호세 아르코의 혼다가 내 오토바이에 바싹 붙었다.

「이주는 레트리즘의 아버지고 알타고르는 메타시의 아버지야!」

「멋지군!」

「그리고 두 사람은 불구대천의 원수지.」

우리는 빨간불을 보고 정지했다.

「대체 마후라는 어디서 그런 것들을 주워 읽는지 모르겠어. 고등학교 1학년 이후로 학교를 다닌 적도 없는데

---

35 Johnny Hallyday(1943~2017). 프랑스의 로큰롤 가수.

말이야.」

파란불.

「그러는 너는 어디서 그들의 작품을 읽었는데?」

아즈텍 공주는 바로 움직이지 않았다. 오토바이가 덜컹거리며 앞으로 나아갔다.

「나는 〈리브레리아 프란세사〉에 가거든! 얼간이들이 옥타비오 파스의 강연을 들으려고 줄을 서고 있는 사이에 나는 몇 시간에 걸쳐 서점을 구석구석 훑어보지. 나로 말할 것 같으면 19세기의 신사라고!」

「그런데 거기서 마후라와 마주친 적은 없고?」

「단 한 번도!」

시속 백 킬로가 넘게 달리는 무스탕 소리에 묻혀 호세 아르코의 마지막 말이 들리지 않았다. 나중에 나는 마후라가 가는 유일한 서점이 〈리브레리아 델 소타노〉이고, 그것도 가끔 들른다는 것을 알게 될 터였다. 이주와 알타고르, 조르주 페렉이 등장하는 이야기는 매우 간단했다. 제2차 세계 대전이 끝난 직후 아직 배급표가 있던 시절의 파리. 이주와 알타고르는 어느 전설적인 카페에서 우연히 마주친다. 이주는 테라스의 오른쪽 끝에 앉아 있고, 알타고르는 테라스의 왼쪽 끝에 앉아 있다고 하자. 그렇지만 두 사람은 서로의 존재를 의식하고 있다. 가운데 테이블은 미국 관광객들, 유명한 화가들, 사르트르, 카뮈, 시몬 드 보부아르, 영화배우들 그리고 조니 알리데[35]가 차지하고 있다.

「조니 알리데가 그 자리에 있었다고?」

「응, 마후라 그 자식이 그런 식이지 뭐.」

따라서 우리의 두 음성 시인들은 철저한 무명인의 신세가 된다. 베로나의 두 가문보다 더 앙숙인 레트리즘의 아버지와 메타시의 아버지가 그곳에 있다는 사실을 아는 건 오직 그 두 사람뿐이다.

「마후라에 따르면 두 사람은 야심 찬 젊은이들이었어! 헛되고 또 헛되도다!」

「빌어먹을 마후라!」

그들은 침울한 얼굴로 파스티스를 들이켜고 그날 밤의 유일한 양식이 될 샌드위치를 우걱우걱 삼킨다. 그런 뒤에 한 사람은 메타언어로 다른 사람은 레트리즘 속어로 계산서를 달라고 요구하더니, 잠시 뒤에 음식값을 지불하지 못하겠다고 버틴다. 그들의 목적은 가운데 테이블에 앉아 있는 사람들의 주의를 끄는 것뿐 아니라 종업원들이 그들이 각자 말한 언어로 그들에게 말을 걸게끔 만드는 것이다. 얼마 지나지 않아 욕설이 오고 가기 시작한다. 종업원들은 손님들의 시선이 쏠리지 않도록 나지막한 목소리로 그들에게 욕을 한다. 이주는 종업원들을 무식한 노예들로 취급하고 알타고르를 조롱한다. 알타고르는 맞은편 테라스 끝에서 종업원들의 옹졸함을 한탄하고 이주를 향해 주먹을 흔든다.

「개자식들!」

「하하하.」

---

36 Maquis. 제2차 세계 대전 중 프랑스의 중남부 산악 지대를 중심으로 독일에 맞서 싸운 무장 게릴라 단체.

「히히히.」

「마후라의 영웅들이지!」

식당 주인이자 마키스[36]의 격렬한 게릴라였던 가스통의 등장으로 실랑이는 마무리된다. 가스통은 공포의 대상으로 악명이 자자한 사람이다. 유감스럽게도 두 시인은 돈을 지불하고 설상가상으로 자신들이 가운데 테이블의 저명인사들 앞에서 웃음가마리가 되었다는 사실을 깨닫는다. 자존심이 바닥까지 떨어진 상태로 이주와 알타고르는 카페 밖으로 나간다. 그리고 바로 가게 앞의 거리에서 목숨을 건 결투를 벌이기로 약속한다(그들은 공히 비통한 심정으로 자기들이 함께 있기에 파리는 너무 좁은 곳이라고 생각한다). 시간은 바로 그날 아침, 장소는 에펠탑 근처의 샹드마르스다. 바로 이 대목에서 조르주 페렉이 등장한다.

「조르주 페렉이 누군지는 알아?」

「알아. 그렇지만 그가 쓴 작품은 하나도 읽어 보지 못했어.」

「최고의 작가 중 하나지.」 호세 아르코가 매우 심각한 어조로 말했다. 우리의 오토바이는 인도 쪽으로 바짝 붙은 채 시속 20킬로미터로 달리고 있었다.

「마치 집으로 돌아가는 야간 교대 근무자 같군.」 내가 말했다.

「뭐 대충 그런 셈이지.」 호세 아르코가 말했다.

마후라에 따르면 페렉은 새벽같이 잠에서 깨는 아이다. 그는 아침에 일어나자마자 조부모 집을 슬그머니 빠져나와 자전거를 타고 날씨에 상관없이 도시를 돌아다닌다. 문제의 그날 아침에 그는 자전거 페달을 밟으며 샹드마르스 주변을 달리고 있다. 아니나 다를까 그가 거기서 처음 마주친 사람은 바로 알타고르다. 알타고르는 벤치에 앉아 용기를 얻기 위해 자신의 시를 암송하는 중이다. 꼬마 페렉은 그의 옆에 멈춰 서서 귀를 기울인다. 이런 소리가 들린다. 순스 이토그미레 에시노르신스 이바그투르 오네오르 갈리레 아 에카테랄로스네.[37] 너랑 나랑 마후라가 10년 전에 메리 포핀스가 「수퍼칼리프래질리스틱엑스피알리도셔스」[38]를 부르는 걸 직접 들었다면 그것과 느낌이 비슷했을 거야. 마후라에 따르면 어린 나이에 비해 극도로 공손하고 현학적이었던 꼬마 페렉은 굳이 흥분을 감출 생각 없이 열정적으로 박수를 치기 시작한다. 여기에 시선을 빼앗긴 알타고르는 그를 바라보며 묻는다. 베리아카 에 토메?[39]

「아, 아, 아, 마후라 이 자식 농담이 심한걸.」

투미세 아림스,[40] 하고 아이가 대답하자 알타고르의 모든 다짐이 한순간에 무너진다. 아이의 존재가 온갖 난관에 맞서 계속 정진하라고 말하는 신호 또는 전조처럼 느껴진다. 그는 자리에서 일어나 옷에 묻은 먼지를 털고 마

37 Sunx itogmire ésinorsinx ibagtour onéor galire a ékateralosné.

38 Supercalifragilisticexpialidocious. 뮤지컬 영화 「메리 포핀스Mary Poppins」(1964)에 등장하는 노래 제목. 〈super+cali+fragilistic+expiali+docious〉의 합성어로 말로 다 표현할 수 없는 기쁨을 의미한다.

39 Veriaka e tomé?

40 Tumissé Arimx.

41 Echoum mortine flas flas echoum mortine zam zam.

치 운명을 알현한 듯이 아이에게 절을 하고 집으로 돌아가 잠을 청한다. 잠시 뒤에 아이는 이시도르 이주와 마주치고 방금 전과 비슷한 일이 일어난다. 어쩌면 이주는 아이에게 아무 말도 하지 않았을 것이다. 어쩌면 자전거를 타고 샹드마르스 주위를 돌면서 에슘 모르티네 플라스 플라스 에슘 모르티네 잠 잠[41]을 부르는 아이를 보는 것만으로 충분했을 것이다. 한참 시간이 지난 후에 조르주 페렉은 『나는 기억한다 *Je me souviens*』를 쓰면서 어찌된 까닭에서인지 이 일화를 쏙 빼놓았다.

「페렉의 작품은 스페인어로 번역된 게 없고, 마후라는 프랑스어를 할 줄 몰라. 아침을 먹으면서 그 수수께끼의 답을 한번 찾아봐.」

싯누런 빛이 멕시코시티를 온통 물들이고 있었다. 우리는 목적지에 도착했다. 아침 식사보다 잠이 절실했다. 가능하다면 라우라와 함께 자고 싶었다. 나는 호세 아르코에게 지난 며칠간 그보다 더한 일들을 겪었노라고 말했다.

「마후라의 우주는 그런 이야기들로 가득 차 있어. 녀석이 그 독립 잡지 중에 하나를 만든 사람이 아닐까 싶어.」

「나중에 물어보자.」 내가 말했다.

나는 오토바이를 1층 층계참에 세워 두었다. 내심 누군가 훔쳐 가기를 바란 건지도 모르겠다. 그리고 한 번에 두 칸씩 계단을 올라갔다.

잠에서 깨자마자 한의 상기된 얼굴과 델리카도를 피우고 있는 앙헬리카 토렌테의 그리스 조각상 같은 옆얼굴이 보이더니 곧이어 무언가를 기대하는 듯한 라우라의 차분한 미소가 눈에 들어왔다. 매우 가늘고 검은 아크 방전 같은 게 세 사람 사이에 연결된 것 같았는데 아직 잠에서 덜 깬 눈 때문에 생겨난 착시 현상 같았다. 마지막으로, 이불을 코까지 잡아당기는 사이에 열려 있는 문과 복도에서 마구 흔들리고 있는 식물들, 한 손에는 두루마리 휴지를 들고 다른 손에는 요란하게 울리는 트랜지스터라디오를 든 채 멀어져 가고 있는 어떤 입주자의 딸이 보였다. 앙헬리카 토렌테는 한 시간째 그곳에 있었다. 그 시간 내내 그녀는 한과 말싸움을 벌이는 중이었다. 물론 애초에 그녀가 찾아온 목적은 사랑을 속삭이기 위한 것이었다. 하지만 어쩌다 보니 일이 틀어져서 두 사람은 고통스럽고 고

42 18세기 중엽 영국의 가구 제작자 토머스 치펀데일Thomas Chippendale이 만든 독특한 가구 양식.
43 Lucha libre. 멕시코 프로 레슬링. 화려한 가면과 현란한 공중 동작이 특징이다.

집스럽게 실랑이를 벌이게 되었다. 둘 사이에 계속 오고 간 고성도 나를 잠에서 깨우기에는 역부족이었다. SF 소설 책으로 만든 탁자가 논쟁의 발단이었다. 한은 치펜데일[42] 가구 수집가처럼 한껏 자랑스러워하며 그녀에게 탁자를 보여 주었다. 앙헬리카는 경악과 혐오의 표정으로 탁자를 자세히 살펴보더니, 그것이 문학 전반과 특히 SF 소설에 대한 모욕이라고 단언했다. 「책은 언제든 읽고 참조할 수 있도록 책장에 깔끔히 정리해 놓아야 하는 법이야. 이렇게 메카노 부품이나 장난감용 벽돌처럼 다루어서는 안 되는 거라고!」 한은 포위당한 도시의 주민들이 책장을 씹어 먹으며 굶주림을 이겨 낸 경우가 여럿 있었다고 반박했다. 1942년 세바스토폴에서는 어떤 젊은 작가 지망생이 프루스트의 『잃어버린 시간을 찾아서』의 프랑스어 원문을 잔뜩 삼켰다는 것이었다. 한이 생각하기에 SF 소설은 책장 겸 탁자 같은 우연한 형태의 책장에 가장 잘 어울리는 장르로, 그런 식으로 쓰인다고 해서 책의 내용이나 모험담의 가치가 훼손되는 것은 아니었다. 앙헬리카에 따르면 그건 어리석기 짝이 없고 실용적인 것과 거리가 먼 생각이었다. 탁자는 그 위에서 음식을 먹고 그 위에다 양념을 흘리고 열받을 때 그 위에 나이프를 꽂기 위해 존재하는 것이었다. 맙소사! 한이 넌더리가 난다는 듯 손사래를 치며 답했다. 그건 전혀 맥락에 맞지 않는 이야기잖아! 너는 아예 이해를 못 했구나? 식탁보가 있잖아!

　그러고 나서 두 사람의 다툼은 말로 그치지 않고 행동으로 옮겨 갈 뻔했다. 순식간에 그들은 루차 리브레[43]를 한판 붙을 태세로 서로에게 달려들었다. 복면 대 장발의 대결은 두 사람이 한의 매트리스 위에 엉켜서 서로 다리를 밀착하고, 등과 어깨에 팔을 두르고, 손으로 몸을 할퀴고, 청바지가 무릎까지 내려온 채 끝나거나 절정을 맞이할 수도 있었다. 하지만 그런 일은 일어나지 않았다. 단지 서로를 향해 몇 번 잽을 날리다 팔뚝을 몇 번 때리고 점점 숨이 가빠지며 매섭게 서로를 노려보았을 뿐이다. 그러다 라우라가 도착하자 논쟁은 김이 빠지고, 결국 흐지부지되고 말았다. 라우라는 탁자에 별 관심을 보이지 않았다. 「층계참에 오토바이가 있는 걸 봤어.」 그녀가 신탁을 전하듯이 말했다. 「내가 장담하건대 레모 거야.」

「아니야, 아니야, 아니야.」 한이 한숨을 내쉬었다. 「절대 그럴 리 없어. 내 친애하는 친구가 탈 줄 아는 건 자전거밖에 없거든.」

「내기할래?」

라우라는 그런 식이었다. 무언가에 대해 확신이 들면 목에 칼이 들어와도 절대로 자기 의견을 굽히지 않았다. 다행히도 그녀가 확신을 갖는 일은 드물었다. 하지만 그녀의 확신은 매의 부리처럼 날카로웠다.

「그렇지만, 자기야. 어떻게 어제까지만 해도 없던 오토바이가 하루아침에 생기겠어.」 한이 말했다.

「틀림없이 레모의 오토바이야.」

「다만……」 한이 미심쩍다는 듯이 말했다. 「훔친 오토바이일 가능성은 있지. 그렇다고 해도 탈 줄도 모르는 걸 무엇 하러 훔쳤겠어.」

순간적으로 한의 머릿속에 내가 오토바이를 사고 계약서를 비롯한 온갖 서류에 서명하는 장면이 마치 비명처럼 스쳐 지나갔다. 녀석이 나중에 내게 털어놓은 바에 따르면 그런 가능성을 상상하는 것만으로도 등골이 오싹해졌다고 한다. 왜냐하면 그건 녀석이 결코 받아들일 수 없는 상황을 인정해야만 하는 것이었기 때문이다. 바로 우리가 경제적으로 궁지에 몰릴 수도 있다는 사실 말이다. 만약 그 오토바이가 내 것이라면(그게 사실일 가능성이 점점 커지고 있었다) 우리는 최소한 5년 동안 빚에 허덕이게 될 터였다. 설상가상으로 내가 금전적인 지원을 필요로 한다는 것은 곧 녀석이 일거리를 찾아야 함을 뜻했다.

　「맙소사, 그게 사실이 아니길 빌어.」그가 말했다.

　「참 멋있는 오토바이야.」라우라가 말했다.

　「맞아. 아까 올라올 때 층계참에 오토바이가 있었던 것 같아.」앙헬리카가 말했다. 「그렇지만 내가 보기에는 별로던데. 낡고 후진 오토바이였어.」

　「어디가 후졌다는 거야?」라우라가 물었다.

　「내가 보기에는 그랬어. 이상한 스티커와 판박이가 덕지덕지 붙어 있는 낡은 오토바이였어.」

　「네가 제대로 살펴보지 않아서 그래. 그 오토바이에는 무언가 특별한 게 있어. 그리고 스티커가 덕지덕지 붙어 있지도 않아. 사실 금박으로 매우 독창적인 글귀가 하나 새겨져 있을 뿐이야. 〈아즈텍 공주〉라고…… 그게 오토바이 이름인 것 같아.」

　「오토바이에 이름이 있다고?」

「참 관찰력이 뛰어난 아가씨들이야.」한이 말했다.

「아니, 오토바이에 이름을 붙인다는 것 자체가 촌스러운데 거기다 〈아즈텍 공주〉라니. 크크크.」앙헬리카가 말했다.

「아니야. 레모 거일 리가 없어.」한이 말했다. 「그런데 라우라 너 대단하다. 몇 시간 동안 그 오토바이를 관찰한 거야?」

라우라는 웃더니 그렇다고 말했다. 층계참에 있는 그 흉측하고 낡아 빠진 기계한테서 눈을 뗄 수 없었다는 것이었다. 무슨 이유에서인지 오토바이에서 슬픔이 느껴지고 눈물이 흐를 것 같았다고 말이다. 「개소리 집어치워.」앙헬리카가 말했다. 그 순간 나는 잠에서 깼다.

나는 조심스럽게 옷을 입는 섬세한 작업을 시행하기 시작했다. 두 여자아이는 이미 한의 알몸을 본 적이 있기 때문에 내가 일어날 때 눈을 감거나 벽으로 고개를 돌리는 건 예의가 아니라고 생각한 듯했다. 나는 그들에게 아무 말도 하지 않은 채 이불 안에서 바지를 입고 할 수 있는 데까지 몸을 가렸다.

「그 오토바이 내 거야.」

「거봐, 내가 뭐랬어?」라우라가 말했다.

---

44 Lone Ranger. 검은 복면을 쓰고 악당들을 무찌르는 카우보이 캐릭터. 론 레인저는 버팔로의 공격으로 위험에 처한 말 실버를 구해 주고, 실버는 이에 대한 보답으로 초원을 떠나 론 레인저를 따라가게 된다.

45 Red Ryder. 동명의 웨스턴 만화의 주인공인 카우보이 캐릭터.

46 Hopalong Cassidy. 거친 욕설과 무례한 행동을 일삼는 카우보이 캐릭터.

「페랄비요에 사는 야생적인 시인한테서 샀어. 돈이 생길 때마다 조금씩 갚기로 했지.」

「한마디로 평생 못 갚을 거라는 뜻이네.」한이 말했다.

「더 열심히 일할 거야. 모든 문학 공모전과 창작 경연 대회에 작품을 보낼 거야. 1년 안에 이름을 알리고 말단 공무원과 비슷한 수준의 돈을 벌 거야. 물론 그 전에 면허도 없이 출처 불명의 오토바이를 타다가 감방 신세를 지지 않으면 말이야.」

「장물이군.」한이 말했다.

「맞아. 당연한 거 아니겠어? 하지만 내가 훔친 건 아니야! 운명의 장난으로 내 손에 들어오게 된 거지. 론 레인저[44]가 말 경매장에서 실버를 사는 장면을 상상할 수 있어? 절대 아니지. 론 레인저는 평원에서 실버를 만났어. 그들은 서로 만나자마자 바로 의기투합했지. 레드 라이더[45]도 마찬가지야. 호펄롱 캐시디[46] 같은 진상이나 매년 새로운 말을 사는 거야.」

「그런데 너는 오토바이를 탈 줄도 모르잖아.」

「어젯밤에 배웠어. 별로 어렵지 않아. 따지고 보면 다 정신력에 달린 거야. 면허증, 경찰, 신호등, 자동차 운전자에 대한 공포 같은 게 진짜로 어려운 부분이지. 그런 것만 다 잊으면 30분 만에 오토바이 타는 법을 배울 수 있어.」

「맞아.」앙헬리카가 말했다. 「음주 운전을 하는 사람들이 운에 목숨을 맡기는 것과 같은 이치지. 무슨 일이 일어날 거라고 두려워하지만 않으면 결국 아무 일도 일어나지 않아.」

「대부분의 사고는 술에 취한 운전자들 잘못이야.」 한이 중얼거렸다.

「아니야. 반쯤 취한 사람들이 문제지. 그건 완전히 다른 거라고. 반쯤 취한 사람들은 실수를 하면 어쩌나 잔뜩 겁을 집어먹고, 결국 실수를 저지르게 되지. 완전히 취한 사람들은 보통 딴생각을 하기 마련이야. 뭐, 사실, 완전히 취한 사람들은 운전대를 잡는 일이 드물지. 바로 침대에 기어 들어가니까.」

우리는 한동안 내 오토바이와, 멕시코시티 같은 대도시에서 내가 오토바이를 탈 때 겪을 수 있는 위험한 상황들을 화제로 대화를 이어 나갔다. 모두가(나만 빼고) 동의한 오토바이의 장점 중 하나는 내가 교통 체증으로 빚어진 차량 행렬을 빠르게 빠져나와 모든 약속 장소와 미래의 직장에 제시간에 도착할 수 있으리라는 것이었다. 그렇지만 얘는 취직을 하지 않을 거야. 라우라가 의미심장한 미소를 지으며 말했다. 시를 써서 모든 공모전에서 입상할 테니까. 맞아, 그런 일에 오토바이는 필요 없지. 내가 말했다. 글을 쓰다 막히면 오토바이를 타면서 머리를 식힐 수도 있을 거야. 공모전? 무슨 공모전? 한이 기대에 부풀어서 물었다. 전부 다. 앙헬리카가 말했다. 오토바이를 타고 우체국에 가면 되겠다. 원고 뭉치가 날아가지 않도록 그 위에 앉아 운전하면 될 거야. 맞아, 딱 어울려. 내가 말했다. 단점 가운데 하나는 기름값이었다. 하지만 기름값이 대충 얼마쯤 하는지 알고 있는 사람은 아무도 없었다.

그렇게 이야기를 나누다 한과 앙헬리카가 밖으로 나갔다. 나는 라우라와 나 사이에 무슨 일이 생기리라는 것을 깨달았다. 둘이 어디 가는 거야? 내가 물었다. 항상 한이 하루에 한 번이라도 밖에 나가기를 바라는 입장이었지만, 이번만큼은 녀석이 그냥 집에 있었으면 좋겠다는 생각이 들었다. 둘이 서로를 부둥켜안은 모습이 행복해 보였다. 한은 앙헬리카의 허리에 팔을 둘렀고, 앙헬리카는 내 친구의 머리를 손으로 쓰다듬고 있었다. 그 장면을 보고 있자니 섬뜩했다.

「층계참에 가보게.」 한이 말했다. 「네 오토바이 좀 구경하고 기분 내키면 〈이라푸아토의 꽃〉에 가려고.」

「늦지는 마.」 내가 말했다.

방 안에 둘만 남게 되자 순식간에 무거운 침묵이 콘크리트 공처럼 내려앉았다. 라우라는 한의 매트리스 위에 앉았고, 나는 창밖으로 시선을 돌렸다. 라우라가 자리에서 일어나 창가로 다가왔다. 나는 내 매트리스 위에 앉았다. 나는 더듬거리며 오토바이에 대한 이야기를 하고 〈이라푸아토의 꽃〉에 가서 커피나 마시겠느냐고 물었다. 라우라는 말없이 미소를 지었다. 의심의 여지가 없었다. 그녀는 내가 평생 보았던 여자 중에서 가장 미인이었다. 그리고 가장 직설적인 여자였다.

「어젯밤에 나랑 자고 싶다고 했잖아. 하고 싶어 죽을 것 같다고. 그런데 왜 그러는 거야?」

「안 한 지 너무 오래되어서 그래.」 나는 중얼거리듯 말했다. 「정말 미치도록 하고 싶은데 안 한 지 너무 오래됐어. 그리고 설명하기 좀 곤란하지만 내가 지금 부상병이라서 말이야.」

라우라가 웃더니 무슨 일인지 말해 보라고 재촉했다. 시간이 지날수록 조금씩 기분이 나아졌다. 나는 우선 두 사람분의 차를 끓이고 날씨에 관한 쓸데없는 말을 늘어놓다가, 얼마 전에 여러 번 집요하게 양쪽 불알에 발길질을 당한 일이 있었다고 털어놓았다. 칠레에서 얻은 훈장 같은 것인데, 그 이후로 다시는 발기가 되지 않을 거라는 생각에 사로잡혔다고 말이다. 그건 공쿠르 형제를 추종하는 젊은이에게서 나올 법한 뻔한 반응이었다. 나는 사실 발기가 아예 안 되는 건 아니라고 시인했다. 그렇지만 혼자 있을 때만 된다고 설명을 덧붙였다.

「그런데 왜 하필이면 거기를 발로 차인 거야?」

「아, 누가 알겠어. 한과 나는 눈에 불을 켜고 보리스라는 친구를 찾아 돌아다니는 중이었어. 그렇지만 녀석을 찾기는커녕 우리만 된통 당하고 말았지.」

「그럼 한도……?」

「맞아. 둘 다 맞았어. 서로 질세라 비명을 질러 댔지.」

「그런데 한은 정상적으로 발기가 되던걸.」 라우라가 말했다. 「내가 확인했어.」

아, 라우라가 그렇게 예쁘고 끔찍해 보일 수가 없었다. 한순간 나는 질투와 분노의 물결에 휩싸였다. 위선적인 색마 녀석이 언제 내 여자 친구를 낚아챘던 것일까? 나는 쌀쌀맞게 미소를 지으며 말했다.

「진짜?」

우리 집에서 파티를 하던 날 밤에 한과 앙헬리카가 섹스를 했다고 라우라가 말했다. 그때 내가 엄청나게 술에 취했거나 약에 취했거나 우울했거나, 로페스 벨라르데의 작품에 심취해 있었던 모양이다. 아무튼 분명한 건 나는 그 사실을 전혀 모르고 있었다는 것이다. 앙헬리카가 토할 것 같다고 하자, 그녀의 언니와 한이 그녀를 화장실로 데려갔다. 사실 방 안은 숨을 쉬기 힘들 정도로 갑갑했다. 빨래를 널어 두는 닭장들 중 한 곳에서 라우라는 롤라 토렌테, 호세 아르코, 페페 콜리나와 마주쳤다. 앙헬리카와 한은 어디론가 사라지고 없었다. 세사르는 얼근하게 취해서 집에 가고 싶어 했다. 녀석은 애원조로 부탁하며 토할 것 같다고 으름장을 놓았지만 아무 소용이 없었다. 불쌍한 세사르. 라우라는 아예 녀석의 말을 들은 척도 하지 않았다. 들통과 물이 든 양동이와 빈 세제 통이 쌓여 있는 구석에서 세사르는 라우라와 섹스를 하려고 했지만, 라우라는 베란다에 몸을 기댄 채 거리만 바라보았다. 녀석은 욕정을 채울 수 없었다. 라우라는 몽롱한 상태로 옥상 주변을 여러 번 돌다가(마치 손에 촛불을 들고 자기와 결혼할 왕자의 성을 둘러보는 공주처럼 말이다!) 어느 순간 한이 생글거리며 변소라고 부르던 곳에 이르렀다. 거기서 발길을 멈추고 머뭇거리는 찰나, 변소 한 곳에서 숨죽인 소리가 들려왔다. 그녀는 앙헬리카가 겉보기보다 상태가 좋지 않구나, 하는 생각이 들어서 무슨 일인지 확인하기 위해 다가갔다. 그런데 이게 웬일. 한이 발목까지 바지를 내리고 왼손 손가락으로 성냥을 든 채 변기에 앉아 있었다. 앙헬리카는 그 위에 걸터앉아 발기한 성기에 방아를 찧고 있었다. 성냥불에 손가락 끝이 그을릴 때마다 한은 성냥개비를 버리고 다른 성냥에 불을 붙였다. 라우라는 슬그머니 다른 친구들이 모여 있는 곳으로 돌아갔다. 이튿날 앙헬리카는 약간의 세부적인 묘사를 더해 라우라에게 이미 그녀가 알고 있는 사실에 대해 이야기해주었다.

「휴! 천만다행이군.」

「뭐가 천만다행이야? 네 영혼의 단짝이 그렇게 얻어맞고도 아직 물건이 멀쩡하다는 거?」

「저질이야. 나는 〈네〉가 한이랑 잔 줄 알았단 말이야.」

「아니야, 나는 세사르랑 비누가 있는 곳으로 다시 갔어. 참 아늑한 장소야. 낮에 밝을 때 한번 구경시켜 줄래? 거기서 걔한테 나에게 〈삽입〉하라고 시켰어. 하마터면 난간 아래로 떨어질 뻔했지. 번갯불에 콩 구워 먹듯이 순식간에 끝났어. 세사르는 술에 잔뜩 취해서 우울한 상태였지. 나는 네 생각을 하고 있었어. 기분이 매우 좋았어. 속으로 웃음을 멈출 수 없었던 것 같아.」

「왜 나한테 말 안 했어? 그날 아침에 우리는 몇 시간 넘게 대화를 나누었잖아…….」

「그건 너랑 아무 상관 없는 일이잖아. 게다가 나는 피곤했고 너랑 있는 게 좋았어. 굳이 거기서 다툴 이유가 있었을까?」

「나는 너랑 다투지 않았을 거야. 그 자리에서 울음을 터뜨렸겠지. 젠장.」

「바보. 그건 작별 인사 같은 거였어. 우리 사이는 끝났다고 이미 마음의 정리를 했던 것 같아. 불쌍한 세사르.」 그녀는 짓궂게 한숨을 내쉬었다. 「그리고 걔가 아니라 걔 거시기한테 작별 인사를 한 거야. 20센티미터짜리 자지. 내가 우리 엄마 줄자로 직접 재봤거든.」

「으악. 줄자를 들고 나한테 가까이 올 생각은 하지도 마.」

「안 할게. 약속할게.」

필립 호세 파머 작가님께.

　　전쟁을 막을 수 있는 건 섹스 또는 종교입니다. 여러 정
황으로 보아 — 참으로 흉흉한 시국입니다 — 시민들이
택할 수 있는 다른 대안은 없는 것 같습니다. 일단 종교는
제쳐 두죠. 그럼 섹스가 남습니다. 이를 좋은 쪽으로 활용
하는 방안을 강구해 보죠. 첫 번째 질문. 당신이 개인으로
서 할 수 있는 일 그리고 미국 SF 작가들이 단체로서 할
수 있는 일에는 어떤 게 있을까요? 제가 제안하는 바는
빠른 시일 내에 협회를 구성해 집중적이고 조직적인 활
동을 전개하라는 것입니다. 그리고 협회 활동의 첫걸음
으로 기반을 다진다는 의미에서 선집을 한 권 만듭니다.
육체적인 관계와 미래를 주제로 삼아 누구보다 의욕적이

　　47　Joanna Russ(1937~2011). 미국의 SF 작가이자 페미니스트 비평
가. 소설인 『여자 사람 *The Female Man*』(1975), 논픽션인 『여성의 글쓰기
를 억압하는 법 *How to Suppress Women's Writing*』(1983)으로 유명하다.
　　48　Anne Inez McCaffrey(1926~2011). 미국의 SF 작가. 사이언스
판타지의 대가로, 대표작은 〈퍼언 연대기 Dragonriders of Pern〉 시리즈다.
2005년에 미국 SF 판타지 작가 협회에 의해 그랜드 마스터로 선정되었고,
2006년에 SF 명예의 전당에 입성했다.

고 급진적인 글을 쓴 열 명 또는 스무 명의 작가를 선정해서 말입니다(어느 작가를 선택하는가는 전적으로 협회의 재량이지만 조애나 러스[47]와 앤 매캐프리[48]의 글은 반드시 포함되었으면 하는 게 저의 조심스러운 바람입니다. 그 이유에 대해서는 다른 편지에서 자세히 설명드릴 기회가 있을 겁니다). 〈우주의 아메리칸 오르가슴〉이나 〈눈부신 미래〉 정도의 제목이 적당할 이 선집은 독자들이 쾌락에 온전히 집중할 수 있도록 초점을 맞추어야 하고, 과거, 그러니까 우리 시대로의 플래시백을 자주 사용하여 성역 없는 사랑의 땅에 도달하기까지 필요했던 노력과 평화의 여정을 기록해야 합니다. 각각의 단편에는 라틴 아메리카 사람과 북아메리카 사람의 성행위(그게 아니면 열정적이고 헌신적인 동지애)를 다룬 장면이 한 번 이상 등장해야 합니다. 예를 들어 보죠. 〈피델 카스트로〉 우주선의 선장이자 전설적인 우주 비행사인 잭 히긴스가 콜롬비아 출신의 항공 엔지니어 글로리아 디아스와 함께 흥미로운 육체적·정신적 교류를 나누는 장면. BM101 소행성에 난파당한 데메트리오 아길라르와 제니퍼 브라운이 10년 동안 카마수트라를 수련하는 장면. 해피엔드로 끝나는 이야기들. 매혹적이고 극렬한 행복에 이바지하는 처절한 사회주의 리얼리즘. 우주선마다 다양한 인종의 항해사가 섞여 있고, 우주선마다 과도한 성행위가 난무합니다! 더불어 협회는 섹스에 무관심하거나 문체, 윤리, 상품성, 개인적인 취향, 플롯, 미학, 철학 등을 이유로 섹스를 다루지 않는 다른 미국 SF 작가들에게 연락을 취해야 합니다.

우리가 〈지금〉 적극적인 행동을 취했을 경우 미래의 라틴 아메리카와 미국 시민들이 즐기게 될 광란의 섹스에 관해 쓰는 게 얼마나 중요한 일인가를 깨닫게 만들어야 하는 것이죠. 그들이 이러한 제안을 단칼에 거절한다면 최소한 백악관에 적대 행위를 중단할 것을 요청하는 성명서라도 쓰라고 설득을 시도해야 합니다. 아니면 워싱턴의 주교들과 함께 기도라도 하라고 말입니다. 평화를 간구하는 기도를. 하지만 그건 만약을 대비한 차선책이니 당분간은 비밀로 해두죠. 끝으로 작가님을 정말 존경하고 있다는 말씀을 덧붙이고 싶네요. 작가님이 쓰신 소설을 게걸스럽게 읽고 있어요. 저는 열일곱 살이고 아마 언젠가는 멋진 SF 소설을 쓸 겁니다. 일주일 전에 저는 동정을 잃었답니다.

이만 총총.

한 슈레야, 일명 로베르토 볼라뇨

멕시코 신언

라우라와 나는 그날 오후에 섹스를 하지 않았다. 물론 시도는 해봤지만 잘되지 않았다. 어쨌든 당시에 나는 그렇게 생각했다. 지금은 잘 모르겠다. 어쩌면 우리가 한 게 섹스였을 수도 있다. 아무튼 라우라는 그렇게 말하며 나를 공중목욕탕의 세계에 입문시켰다. 그날 이후로 오랫동안 공중목욕탕은 내게 쾌락과 유희를 의미하는 곳이 될 터였다.

처음에 갔던 곳이 단연 최고였다. 그곳은 힘나시오 목테수마라는 이름의 목욕탕이었다. 로비에는 어떤 무명 예술가가 그린 벽화가 있었다. 목 아래까지 탕에 몸을 담그고 있는 아즈텍 황제의 모습이 보였다. 탕의 구석에서 웃는 얼굴로 몸을 씻는 남자들과 여자들도 있었다. 그들은 군주의 바로 옆에 있었지만 훨씬 작은 크기로 그려져 있었다. 다들 무사태평하게 여유를 즐기는 가운데 왕 혼자 벽화 밖을 노려보고 있었다. 실제로 있지도 않을 구경꾼을 찾아내려는 듯 회동그랗게 뜨고 있는 검은 눈에서 나는 종종 공포를 엿보았던 것 같다. 탕 안의 물은 녹색이었

다. 돌바닥은 회색이었다. 배경에는 산맥과 먹장구름이
보였다.

　힘나시오 목테수마를 관리하던 친구는 고아였다. 녀석
은 자신이 고아라는 점을 주로 대화의 화제로 삼았다. 서
너 번 정도 그곳을 방문했을 때 우리는 친구가 되었다. 녀
석은 기껏해야 열여덟 살쯤 된 어린 친구였다. 차를 사려
고 최대한 저축을 하고 있었는데 그래 봐야 얼마 되지 않
는 팁을 모으는 게 전부였다. 라우라에 따르면 녀석은 약
간 지능이 떨어지는 친구라 했다. 나는 녀석이 마음에 들
었다. 어느 공중목욕탕에서나 종종 싸움이 벌어질 때가
있었다. 하지만 그 목욕탕에서는 한 번도 그런 광경을 본
적이 없었고, 그런 일이 있었다고 들은 적도 없었다. 손님
들이 어떤 알 수 없는 기제에 길들여져서 관리하는 친구
의 지시를 그대로 따르고 존중했던 것이다. 사실 그 목욕
탕은 손님이 붐비는 편이 아니었다. 그것도 참 어떻게 설
명하기가 곤란한 부분이다. 그곳은 깨끗하고 시설도 비
교적 최신식이었을 뿐 아니라, 룸서비스를 주문하고 사
우나를 즐길 수 있는 개인 욕실까지 갖춰져 있고 결정적
으로 가격도 저렴했기 때문이다.

　바로 그 목욕탕에 있는 10번 방에서 나는 처음으로 라
우라의 나체를 보았다. 그때 나는 고작 미소를 지으며 그
녀의 어깨를 만지고 어떤 꼭지를 돌려야 증기가 나오는지
모르겠다고 말했을 뿐이다. 개인 욕실은 아마 별실이라고
부르는 편이 더 정확할 텐데, 유리문을 사이에 두고 두 개
의 작은 방을 연결해 놓은 것이었다. 보통 첫 번째 방에는

소파, 그러니까 정신 분석과 유곽을 연상시키는 낡은 소파와 접이식 탁자 그리고 옷걸이가 있었다. 두 번째 방이 바로 사우나였다. 그곳에는 냉수와 온수가 나오는 샤워기가 딸려 있고, 타일을 벽에 붙여 만든 의자 아래에 증기관이 숨겨져 있었다.

한 방에서 다른 방으로 건너갈 때는 묘한 느낌이 있었다. 특히 서로의 모습이 보이지 않을 정도로 사우나 방에 김이 자욱할 때는 말이다. 문을 열고 모든 게 선명히 보이는 소파 방으로 들어가면, 우리가 지나온 자리로 마치 꿈의 필라멘트처럼 수증기 구름이 뭉게뭉게 피어나다가 금세 사라졌다. 손을 잡고 거기에 누워서 몸을 식히는 동안 우리는 온 신경을 집중해 힘나시오 안에서 들리는 희미한 소리에 귀를 기울였다. 침묵에 휩싸인 채 뼈가 시릴 정도로 몸이 차가워질 때까지 기다리다 보면 바닥과 벽에서 나오는 웅웅거리는 소리와 건물의 보이지 않는 곳에서 전력을 공급하는 보일러 소리, 온수관에서 갸르릉 하는 고양이 소리가 들렸다.

「언젠가 이곳을 샅샅이 둘러볼 거야.」라우라가 말했다.

라우라는 공중목욕탕에 다녀 본 경험이 나보다 많았다. 당연히 그럴 수밖에 없었다. 나는 그런 업소에 한 번도 들어가 본 적이 없었으니까. 그렇지만 그녀는 목욕탕에 대해 하나도 아는 게 없다고 주장했다. 그러니까 딱히 잘 안다고 할 정도는 아니라는 뜻이었다. 세사르와 함께 몇 번 갔고, 세사르와 사귀기 이전에는 그녀가 매번 얼버무리면서 언급하던 자기와 두 배 정도 나이 차이가 나는 어떤 남자와 갔던 게 전부라고 했다. 다 합해서 겨우 열 번쯤 갔는데 어김없이 장소는 힘나시오 목테수마였다.

우리는 사랑과 유희가 결합된 순수한 열정에 사로잡혀서 그때쯤이면 이미 내가 능숙하게 몰던 베넬리를 타고 멕시코시티의 모든 목욕탕을 돌아보기로 마음먹었다. 결국 그렇게 하지는 못했다. 사실 더 많은 곳을 방문할수록 우리 앞에 공중목욕탕이라는 어둡고 거대한 무대의 심연이 펼쳐지는 듯했다. 다른 도시들의 숨겨진 얼굴이 극장, 공원, 제방, 해변, 미로, 교회, 유곽, 술집, 싸구려 영화관, 낡은 건물, 심지어 슈퍼마켓 같은 장소라면 멕시코시티의 숨겨진 얼굴은 합법적이고 반불법적이고 비합법적으로 운영되는 공중목욕탕의 거대한 망이었다.

처음에 우리가 택한 전략은 단순했다. 나는 힘나시오 목테수마의 관리자에게 저렴한 목욕탕의 주소를 몇 군데 알려 달라고 부탁했다. 녀석은 내게 다섯 개의 명함을 주고 종이에 열 곳 남짓한 업소의 주소를 적어 주었다. 그 목욕탕들이 우리가 처음 찾아간 곳들이었다. 한 곳에서 시작해 수없이 많은 가지들이 뻗어 나갔다. 업소마다 운영 시간도 제각각이었다. 어떤 곳들은 아침 10시에 가서 점심 먹을 때쯤 나왔다. 대체로 그런 곳들은 밝고 허름한 업소였고, 때때로 10대들의 웃음소리와 갈 곳 없는 외로운 사내들이 쿨럭쿨럭 기침을 하다가 괜찮아지면 볼레로를 부르는 소리가 들리곤 했다. 그곳의 표어는 림보, 죽은 아이의 감겨진 눈 같았다. 별로 청결한 업소들은 아니었는데, 어쩌면 정오가 지나 청소를 하는지도 몰랐다. 다른 곳들은 오후 4시나 5시쯤 가서 해가 질 때까지 있었다(보통 이런 경우가 많았다). 그 시간대의 목욕탕은 영원한 황혼을 즐기고 — 혹은 견디고 — 있는 듯했다. 그러니까 인공적인 황혼이랄까. 돌이나 야자수 그리고 무엇보다 캥거루 주머니와 흡사한 그것은 처음에는 쾌적하게 느껴지지만 갈수록 묘비처럼 사람을 짓눌렀다. 목욕통이 가장 붐비는 시간은 저녁 7시, 7시 반, 8시였다. 목욕탕 입구 옆의 보도에서 젊은 사내들이 보초를 서며 야구와 유행가 이야기를 했다. 홀에서는 공장이나 가게에서 갓 퇴근한 일꾼들의 저급한 농담이 울려 퍼졌다. 로비에서는 철새 같은 늙은 게이들이 의자에 앉아서 시간을 때우는 백수들과 접수처 직원들의 이름과 별명을 부르며 인사를 건넸다. 복도를 돌아다니면서 무례한 호기심을 한 줌씩 혹은 한 꼬집씩 충족하는 것은 대단히 유익한 경험이었다. 운이 좋으면 산사태나 지진으로 인한 균열처럼 살짝 또는 훤히 열린 문을 통해 그림처럼 생생한 장면을 구경할 수 있었다. 증기 속에서 허우적대는 벌거벗은 사내들의 무리. 샤워기의 미로에서 재규어처럼 헤매는 10대 청년들. 운동선수와 보디빌더와 외톨이들의 별것 아닌데도 위협적인 동작들. 옷걸이에 걸려 있는 나병 환자의 옷들. 사우나의 나무 문에 기대 룰루 음료수를 마시며 미소 짓는 늙은이들…….

목욕탕에서 친구를 사귀기는 어렵지 않았고, 우리에게도 금방 친구가 생겼다. 홀을 지나다 몇 번 마주친 커플들은 서로 의무적으로 인사를 주고받았다. 그건 일종의 이

성애자들 간의 연대에서 비롯된 예절이었다. 많은 공중목욕탕에서 여성들은 절대적인 소수였고, 폭행과 성추행에 관한 괴담들을 심심치 않게 들을 수 있었다. 물론 솔직히 말하자면 그런 이야기들은 전혀 신빙성이 없었다. 그런 식의 우정은 술집에서 맥주나 술을 한잔 같이하는 선에서 끝났다. 목욕탕에서는 서로 인사나 건네고, 기껏해야 옆에 있는 별실을 이용하는 정도였다. 먼저 목욕을 끝낸 커플이 다른 커플의 별실에 노크를 하고, 상대 쪽에서 문을 열기도 전에 X라는 식당에서 기다리겠다고 알린다. 그러면 두 번째 커플이 목욕탕에서 나와 식당으로 찾아가서 함께 술을 몇 잔 마시고, 다음을 기약하며 헤어지는 게 전부였다. 커플 중에 여자나 남자가 속 이야기를 털어놓을 때도 있었다. 특히 기혼자일 경우에 그랬는데, 대체로 그건 일방적인 토로에 가까웠다. 한 커플이 그동안 살아온 이야기를 들려주면 다른 커플은 사랑이 다 그런 거지, 인생이 다 그런 거지, 팔자가 그런 걸 어쩌겠어, 아이들이 다 그렇지, 하고 맞장구를 칠뿐이었다. 훈훈하지만 지루했다.

이와는 좀 다른 부류의 골치 아픈 친구들은 별실에 직접 들어오는 사람들이었다. 그들은 첫 번째 부류의 친구들만큼 지루할 때도 있었지만 훨씬 더 위험했다. 그들은 불쑥 찾아와서 수상쩍게 똑똑 문을 두드리고 무작정 들어가도 되느냐고 물었다. 대체로 혼자인 경우는 드물었다. 남자 둘과 여자 하나, 또는 남자 셋, 그렇게 세 명씩 짝을 이루어 다녔다. 그들은 보통 신빙성이 없거나 황당하기 그지없는 이유를 내세웠다. 단체 샤워장에서는 금지된 마리화나를 피우고 싶다거나 어떤 물건을 팔고 싶다는 식이었다. 라우라는 그들을 항상 안으로 들였다. 나는 처음 몇 번은 잔뜩 긴장해서 타일 바닥에 피투성이가 되어 쓰러질 때까지 싸울 각오를 했다. 응당 그들이 우리의 돈을 훔치거나 라우라는 물론 나까지 강간하러 왔다는 생각이 들면서 신경이 잔뜩 곤두섰다. 불청객들도 어떻게 그걸 알았는지 불가피한 상황이나 예의에 어긋나는 경우가 아니면 절대 내게 말을 걸지 않았다. 모든 제안과 거래와 속삭임은 라우라를 향한 것이었다. 그들에게 문을 열어 준 사람도, 그들에게 대체 원하는 게 뭐냐고 물은 사람도, 그들을 좁은 소파 방에 들인 사람도 바로 그녀였으니까(나는 사우나 방에서 한 명씩 세 사람이 자리에 앉는 소리를 들었다. 순식간에 신비의 장소로 변한 옆방과 사우나 방을 갈라놓은 유리문 사이로 거의 미동도 없는 라우라의 등이 보였다). 그러다 결국 나는 몸을 일으켜 허리에 수건을 두르고 소파 방으로 들어갔다. 한 남자와 두 소년 혹은 한 남자와 한 소년과 한 소녀가 나를 보고 머뭇머뭇 인사를 건넸다. 어이없게도 그들은 애초에 우리 둘이 아니라 라우라를 만나기 위해 찾아온 듯했다. 마치 거기에 그녀가 혼자 있을 것을 예상하기라도 한 듯이 말이다. 그들은 소파에 앉아서 까만 눈으로 그녀의 동작 하나하나를 유심히 지켜보며 자동적으로 마리화나를 말았다. 그들이 나누는 대화는 내가 모르는 암호로 이루어져 있는 것 같았다. 어쨌든 분명한 건 내가 친구들과 사용하던 젊은이들의 은어는 아니었다. 솔직히 지금은 거의 기억도 나지 않지만 그보다 훨씬 살가운 느낌의 은어였고, 각각의 단어와 문장이 매장과 구덩이를 연상시키는 구석이 있었다(라우라가 있을 때 한은 그것이 완전무결한 구덩이의 기이한 일면 중에 하나인 공중 구덩이일 수도 있다고 말했다. 그럴 수도 있고, 아닐 수도 있다). 아무튼 나도 어떻게든 대화에 끼려고 노력했다. 쉽지 않았지만 내 나름으로는 최선을 다했다. 때때로 그들은 마약과 함께 술병을 꺼냈다. 술은 공짜가 아니었지만 우리는 돈을 내지 않았다. 그들은 별실을 돌아다니며 마리화나와 위스키, 거북이 알을 팔았다. 관리자나 청소부들은 그들을 달갑게 여기지 않았고, 눈에 띄는 족족 매정하게 쫓아냈다. 그래서 그들한테는 누군가가 자기들을 안으로 들여보내 주는 게 그토록 중요했던 것이다. 또한 그들은 목욕탕에서 공연을 하거나 고객의 원룸에서 진행되는 사적 공연을 주선했다. 사실 그들이 돈을 버는 건 바로 그 공연을 통해서였다. 이 유랑 극단들의 레퍼토리는 빈약하거나 극도로 다양했지만, 기본적인 구성은 항상 똑같았다. 보통 나이 든 남자는 소파에 앉아 있었고(아마 생각에 잠겨 있었을 것이다) 소년과 소녀 또는 두 소년이 관객들을 따라 사우나 방으로 들어갔다. 대체로 공연은 길어야 30분 혹은 45분을 넘기지 않았고, 관객들이 참여하는 경우도 혹은 참여하지 않는 경우도 있었다. 정해진 시간이 다 되면 소파에 있던 남자가 문을 열고 문을 열자마자 바로 옆방에서 스며들어 오는 증기 때문에 쿨럭거리면서도 고명하신 관객들에게 공연이 끝났음을 알렸다. 앙코르 공연은 겨우 10분 남짓이었지만 가격이 더 비쌌다. 소년들은 잽싸게 샤워를 마치고 남자가 건네주는 옷을 아직 축축한 피부 위에 걸쳤다. 시르죽은 얼굴을 하고 있지만 장사 수완이 뛰어난 우리 예술 감독님은 마지막에 잊지 않고 자신의 바구니나 가방에서 별미를 꺼내 만족한 고객들에게 제공했다. 작은 종이컵에 담긴 위스키, 전문가의 손으로 만 마리화나 그리고 엄지손가락에 달린 거대한 손톱으로 껍질을 벗긴 다음 컵에 담아 그 위에 레몬 즙과 칠리 파우더를 뿌린 거북이 알.

우리가 있는 별실에서는 상황이 조금 달랐다. 그들은 나지막한 목소리로 대화를 나누고 마리화나를 피웠다. 그리고 가끔씩 시계를 확인하며 얼굴에 땀방울이 송골송골 맺힐 때까지 시간을 때웠다. 때로는 서로의 몸을 만지거나 몸이 닿게 되는 경우도 있었다. 소파 하나에 여러 명이 앉아 있어야 했기에 어찌 보면 불가피한 일이었다. 팔과 다리가 자꾸 스치는 느낌이 고통스러워지는 순간도 있었다. 하지만 그것은 성기에서 느껴지는 고통이 아니라 돌이킬 수 없는 무엇 또는 불가능의 나라를 떠도는 —순례하는 — 하나뿐인 작은 희망에서 비롯된 고통이었다. 안면 있는 사람들이 찾아올 때면 라우라는 그들에게 옷을 벗고 함께 사우나 방에 들어가자고 권했다. 하지만 그들이 그러한 제안을 받아들이는 경우는 드물었다. 그들은 그저 마리화나를 피우고 술을 마시며 이야기를 듣고 싶었던 것뿐이다. 한마디로 휴식을 원했던 것이다. 그들은 잠시 쉬다가 가방을 챙겨서 밖으로 나갔다. 그리고 같은 날 저녁에 두세 번 정도 다시 우리를 찾아와 매번 똑같이 있다가 떠나기 일쑤였다. 라우라는 기분이 좋은 날에는 그들을 안으로 들였다. 기분이 좋지 않은 날에는 문에다 대고 꺼지라는 말조차 하지 않았다. 한두 번 소동이 벌어졌던 적도 있지만 대체로 그들과의 관계는 원만했다. 때때로 나는 그들이 라우라를 알기 한참 전부터 그녀를 좋아하고 있던 게 아닐까 하는 생각이 든다.

어느 날 밤에 그들(이번에는 노인과 두 소년을 포함한 삼인조였다)을 데려온 노인이 우리에게 공연을 보여 주겠다고 제안했다. 우리는 한 번도 공연을 본 적이 없었다. 얼마입니까? 내가 물었다. 무료일세. 라우라는 그들에게 안으로 들어오라고 말했다. 사우나 방은 차가웠다. 라우라는 수건을 벗고 증기관 꼭지를 틀었다. 바닥에서 증기가 모락모락 피어오르기 시작했다. 마치 나치 목욕탕의 가스실에 있는 것 같은 느낌이 들었다. 까무잡잡한 피부의 빼빼 마른 두 소년을 앞세운 채 말도 못 하게 더러운 팬티를 입고 들어오는 늙은 뚱쟁이를 보는 순간 그런 느낌은 더 강해졌다. 라우라는 웃었다. 소년들은 방 한가운데에 서서 살짝 기죽은 얼굴로 그녀를 쳐다보았다. 곧 그들도 따라 웃었다. 노인은 지저분한 속옷을 그대로 입은 채 라우라와 나 사이에 자리를 잡고 앉았다. 보기만 할 건가, 아니면 같이 할 건가? 보기만 할 겁니다. 내가 말했다.

「두고 보죠.」 말장난하기 좋아하는 라우라가 말했다.

소년들은 마치 명령에 복종하듯이 무릎을 꿇고 서로의

성기에 비누칠을 하기 시작했다. 훈련을 통해 익힌 그들의 기계적인 동작에서 권태가 느껴졌고, 미세하게 이어지는 숨죽인 떨림에서 라우라를 의식하고 있는 티가 났다. 1분이 지났다. 방에 다시 증기가 자욱했다. 배우들은 처음의 자세를 그대로 유지하고 있었지만, 어쩐지 얼어붙은 듯한 모습이었다. 그들은 서로를 마주 보고 예술적이다 싶을 만큼 기괴하게 무릎을 꿇은 채 왼손으로 상대방에게 자위를 해주고 오른손으로는 몸의 균형을 잡고 있었다. 흡사 새를 떠올리게 하는 모습이었다. 금속으로 만든 모형 새. 놈들이 피곤한가 보군, 제대로 발기가 되지 않아. 노인이 말했다. 아닌 게 아니라 비누칠한 자지는 수줍게 하늘로 향해 있었다. 잘 좀 세워 봐라, 애들아. 노인이 다그쳤다. 라우라가 다시 웃었다. 그쪽이 자꾸 웃어서 집중이 안 되잖아요. 한 소년이 말했다. 라우라는 자리에서 일어나 그들의 옆을 지나가 벽에 몸을 기댔다. 이제 피곤한 배우들은 그녀와 나 사이에 위치하게 되었다. 내 안의 어딘가에서 시간이 균열되는 듯한 느낌이 들었다. 노인이 무언가를 중얼거렸다. 나는 그를 쳐다보았다. 노인은 두 눈을 감은 채 잠든 것 같았다. 오랫동안 눈을 붙이지 못했어요. 한 소년이 자기 친구의 자지를 손에서 놓으며 말했다. 라우라는 녀석에게 미소를 지었다. 내 옆에 있는 노인이 코를 골기 시작했다. 소년들은 안도의 미소를 지으며 이전보다 편한 자세를 취했다. 그들의 뼈마디가 우두둑거리는 소리가 들렸다. 라우라는 엉덩이가 타일에 닿을 때까지 벽에서 미끄러져 내려왔다. 너 엄청 말랐구

나. 그녀가 한 소년에게 말했다. 저요? 저 사람이랑 당신도 마찬가지예요. 소년이 답했다. 증기가 윙윙거리는 소리 때문에 나직한 목소리로 주고받는 그들의 대화가 잘 들리지 않았다. 벽에 등을 댄 채 무릎을 굽히고 있는 라우라의 몸이 땀으로 뒤덮였다. 그녀의 코와 목을 타고 가슴골로 흘러내린 땀방울이 음모에 송골송골 맺혀 있다가 뜨거운 타일 바닥 위로 떨어졌다. 우리는 녹고 있어. 나는 중얼거렸다. 문득 슬픔이 몰려왔다. 라우라가 고개를 끄덕였다. 깨물어 주고 싶을 만큼 귀여웠다. 우리는 지금 어디에 있는 걸까, 하는 생각이 들었다. 나는 손등으로 눈썹을 훔쳤다. 땀방울이 자꾸 눈 안으로 들어와 앞이 보이지 않았다. 한 소년이 한숨을 내쉬었다. 졸려 죽겠어요. 그가 말했다. 그럼 자. 라우라가 말했다. 이상했다. 빛이 점점 흐릿해지며 사라지는 듯한 느낌이 들었다. 이러다 기절하는 게 아닐까 걱정되었다. 자욱한 증기 때문에 주변이 점점 어두운 색조로 변해 가는 게 아닐까 싶었다(마치 창문이 없는 공간에서 일몰을 지켜보는 것 같았다). 위스키랑 마리화나는 같이 하면 안 돼. 라우라가 내 생각을 읽은 듯이 말했다.

「걱정하지 마, 내 사랑 레모, 별일 아니야.」

그러더니 그녀가 다시 미소를 지었다. 그건 장난스럽게 놀리는 듯한 미소가 아니라 아름다움과 고통의 느낌 사이에서 갈팡질팡하는 극한의 미소였다. 하지만 이때의 아름다움과 고통은 맹랑하기 그지없는 난쟁이들, 요리조리 피해 다니는 난쟁이들처럼 극도로 작은 아름다움과 고통이었다.

「진정해, 내 사랑. 증기 때문이야.」

라우라의 말이라면 팥으로 메주를 쑨다 해도 곧이들을 것 같은 소년들은 연신 고개를 끄덕였다. 그러다 그중 한 소년이 타일 바닥에 드러눕더니 팔베개를 하고 잠을 청했다. 나는 자리에서 일어나 노인을 깨우지 않도록 조심조심 라우라에게 다가갔다. 그리고 그녀의 옆에 쭈그리고 앉아 축축하고 향기로운 머리카락에 얼굴을 파묻었다. 라우라가 손가락으로 내 어깨를 어루만지는 게 느껴졌다. 나는 곧 라우라가 장난을 치고 있다는 것을 깨달았다. 워낙 살살 만져서 눈치채기 어려웠지만 그것은 일종의 놀이였다. 소지에 이어서 약지가 내 어깨를 스치더니 서로 입을 맞추며 인사를 나누었다. 그러다 엄지가 나타나자 약지와 소지는 팔을 타고 아래로 도망쳤다. 엄지는 어깨를 독차지한 채 그 위에서 잠이 들었고, 손톱이 살을 파고들던 것으로 보아 주변에 자라는 채소도 뜯어먹었던 것 같다. 그러다 소지와 약지가 중지와 검지를 대동하고 나타나 힘을 합쳐 엄지를 쫓아냈다. 엄지는 귀 뒤에 숨어서 자신이 쫓겨난 영문도 모른 채 난폭한 손가락들을 훔쳐보았다. 다른 손가락들은 어깨에서 춤을 추고 술을 마시고 사랑을 나누다가 완전히 취해 균형을 잃고 등 아래로 곤두박질쳤다. 그 사고를 틈타 라우라는 나를 껴안고 내 입술에 그녀의 입술을 가볍게 문질렀다. 네 개의 손가락들은 만신창이가 된 채 등골에 매달려 다시 위로 올라왔다. 어느새 귀에 정을 붙인 엄지는 다른 데로 떠날 생각 없이 제자리에서 그 모습을 지켜보았다. 우리는 얼굴을 맞댄 채 소리 없이 웃었다. 너한테서 빛이 나. 내가 속삭였다. 네 얼굴에서 빛이 나. 네 눈도. 네 젖꼭지도. 너도 마찬가지야. 라우라가 말했다. 살짝 창백한 것 같지만 아무튼 빛이 나. 땀이랑 증기가 섞여서 그래. 소년은 말없이 우리를 지켜보았다. 저 남자를 진심으로 사랑해요? 그가 물었다. 크고 검은 눈이었다. 나는 라우라 옆에 꼭 붙어서 바닥에 앉았다. 응. 그녀가 말했다. 저 남자는 당신을 미친 듯이 사랑하나 봐요. 남자애가 말했다. 라우라가 웃었다. 맞아. 내가 말했다. 당연히 그래야죠. 소년이 말했다. 맞아, 당연히 그래야지. 내가 말했다. 증기가 땀이랑 섞이면 무슨 맛인지 알아요? 그 사람 고유의 체취가 어떤가에 따라 다르지 않겠어? 소년은 눈을 그대로 뜬 채 관자놀이가 타일 바닥에 닿도록 자기 친구 옆에 모로 누웠다. 어느 틈엔가 녀석의 물건이 단단해져 있었다. 녀석의 무릎이 라우라의 다리에 닿았다. 녀석이 눈을 몇 번 끔벅이더니 말했다. 가볍게 한판 할래요? 그쪽이 괜찮다면요. 라우라는 아무 대답이 없었다. 소년은 마치 혼잣말을 하는 것 같았다. 증기랑 땀이 섞이면 무슨 맛인지 알아요? 실제로 무슨 맛인지? 무슨 맛인데? 열기 때문에 온몸이 나른해졌다. 노인의 몸이 점점 미끄러져서 완전히 벤치에 누운 자세가 되었다. 잠든 소년은 몸을 잔뜩 웅크린 채 우리에게 말을 거는 소년의 허리에 한쪽 팔을 두르고 있었다. 라우라가 자리에서 일어나 한동안 우리를 내려다보았다. 그녀가 샤워기를 틀고 곤히 잠든 사람들이 갑작스레 봉변을 당할

지도 모르겠다는 생각이 들었다. 덥네. 그녀가 말했다. 견디기 힘들 정도야. 너희들(삼인조를 일컫는 것이었다)이 여기 없었다면 나는 바에 음료수를 주문했을 거야. 주문해도 괜찮아. 내가 말했다. 안으로 들어오지 않을 거야, 문 앞에서 받으면 되잖아. 아니, 그런 말이 아니야. 라우라가 말했다. 사실 나도 내가 원하는 게 뭔지 모르겠어. 증기를 끌까? 아니. 소년이 고개를 비스듬히 젖히고 내 다리를 쳐다보았다. 너랑 하고 싶어 하는 거 같아. 라우라가 말했다. 내가 미처 입을 열기도 전에 소년이 입술을 거의 움직이지도 않고 짧게 아니라고 말했다. 농담이야. 라우라가 말했다. 그러더니 그녀는 소년 옆에 무릎을 꿇고 한 손으로 녀석의 엉덩이를 쓰다듬었다. 나는 소년의 땀방울이 라우라의 몸으로 옮겨 가고, 라우라의 땀방울이 소년의 몸으로 옮겨 가는 것을 지켜보았다. 전광석화같이 내 눈앞을 스치고 지나간 심란한 광경이었다. 그녀의 기다란 손가락과 소년의 엉덩이가 똑같이 번들거렸다. 많이 피곤하겠구나. 저 노친네가 미쳤지, 대체 무슨 생각으로 너희한테 여기서 섹스를 하라고 시키는 거야?

「우리한테 볼거리를 제공하는 거잖아.」내가 그녀에게 상기시켜 주었다.

라우라는 내 말을 듣고 있지 않았다. 그녀의 손이 소년의 엉덩이 위로 미끄러졌다. 저분 잘못이 아니에요. 소년이 속삭였다. 저 불쌍한 영감은 침대를 잊고 산 지 오래됐거든요. 그리고 깨끗한 속옷을 입는 것도 말이지. 라우라가 미소를 지으며 덧붙였다. 레모처럼 아예 안 입는 게 나을 거야. 맞아. 내가 말했다. 그게 더 편해. 덜 갑갑하긴 하겠죠. 소년이 말했다. 그렇지만 깨끗한 흰 속옷을 입으면 기분이 째져요. 너무 꽉 끼지 않을 정도로 딱 붙는 거로요. 라우라와 나는 웃음을 터뜨렸다. 소년이 가볍게 핀잔을 놓았다. 웃지 마요, 진지하게 말한 거예요. 녀석의 눈이 가물가물했다. 비에 젖은 시멘트 같은 회색 눈. 라우라가 두 손으로 녀석의 물건을 잡고 잡아당겼다. 증기를 끌까? 내가 말하는 게 들렸다. 하지만 어렴풋이 들리는 아득한 목소리였다. 그럼 너희 매니저는 대체 어디에서 자는데? 라우라가 물었다. 소년은 어깨를 으쓱했다. 살짝 아파요. 녀석이 속삭였다. 나는 한 손으로 라우라의 발목을 잡고 다른 손으로 눈에 들어오는 땀을 닦았다. 소년은 몸을 일으켜 앉은 자세를 하고 자기 친구를 깨우지 않도록 조심조심 움직여 라우라에게 키스를 했다. 나는 그들을 더 잘 볼 수 있도록 고개를 숙였다. 소년의 두꺼운 입술이 라우라의 입술을 쪽쪽 빨았다. 굳게 닫힌 라우라의 입술에 희미한 미소가 번졌다. 나는 눈을 반쯤 감았다. 그녀가 그렇게 평화롭게 웃는 모습은 처음이었다. 갑자기 그녀가 증기에 휩싸여 사라졌다. 내 것이 아닌 듯한 낯선 공포가 느껴졌다. 증기가 라우라를 죽일지도 모른다는 두려움이었을까? 두 사람의 입술이 떨어졌을 때 소년은 노인이 어디에서 자는지 모르겠다고 말했다. 녀석은 한 손을 자기 목에 갖다 대고 목을 베는 시늉을 했다. 그런 다음에 녀석은 라우라의 목을 쓰다듬고 그녀를 자기 쪽으로 가까이 당겼다. 라우라의 유연한 몸은 새로운 자세에 금세 적응했다. 그녀는 상체를 앞으로 내밀고 소년의 가슴에 젖이 닿거나 살짝 눌린 채 증기 틈으로 보이는 벽에 시선을 고정하고 있었다. 증기로 완전히 뒤덮이거나 반쯤 가려진 그들의 몸이 은빛으로 물들거나 꿈과 비슷한 무언가에 푹 잠겼다. 결국 그녀가 완전히 시야에서 사라졌다. 처음에는 그림자 위에 겹쳐 있는 그림자가 눈에 들어오더니, 곧 아무것도 보이지 않았다. 금방이라도 방이 폭발할 것 같았다. 잠시 기다려 보았지만 달라지는 건 없었다. 오히려 증기가 더 자욱해지는 듯한 느낌이었다 (노인과 다른 소년이 어떻게 계속 자고 있을 수 있는지 의아했다). 나는 한 손을 뻗었다. 소년의 몸으로 보이는 무언가를 향해 굽어 있는 라우라의 등에 손이 닿았다. 나는 자리에서 일어나 벽을 따라 앞으로 두 걸음을 옮겼다. 라우라가 나를 부르는 소리가 들렸다. 레모, 레모……. 왜 그래? 내가 물었다. 질식할 것 같아. 나는 앞쪽으로 걸어갈 때와는 달리 거침없이 걸음을 되짚어 갔다. 그리고 몸을 숙여 그녀가 있으리라고 짐작되는 곳을 손으로 더듬었다. 뜨거운 타일 바닥밖에 만져지지 않았다. 내가 꿈을 꾸고 있거나 미쳐 가고 있다는 생각이 들었다. 라우라? 옆쪽에서 소년의 목소리가 들렸다. 땀이랑 섞이면 증기의 맛이 달라진다는 건 누구나 알 수 있죠. 나는 다시 몸을 일으켰다. 이번에는 걸리적거리는 사람이 있으면 냅다 발로 걷어찰 작정이었지만 꾹 참았다. 증기를 꺼줄래? 어딘가에서 라우라의 목소리가 들려왔다. 나는 비틀거리며 간신히 벤치까지 걸어갔다. 증기관 꼭지를 찾기 위해 허리를 숙이자 노인의 코 고는 소리가 귓속을 후볐다. 아직 살아 있군, 하고 생각하며 나는 증기를 껐다. 처음에는 아무런 변화가 없었다. 그러다 사람들의 윤곽이 다시 눈에 들어오기 전에 누군가 문을 열고 사우나 방 밖으로 나갔다. 나는 기다렸다. 누군지는 모르겠지만 옆방에 있는 사람은 꽤 시끄럽게 법석을 떨었다. 라우라. 나는 나지막하게 그녀를 불렀다. 아무런 대답이 없었다. 마침내 노인이 보였다. 그는 여전히 잠들어 있었다. 바닥에 두 배우가 누워 있었다. 한 친구는 아기처럼 몸을 웅크리고 있었고, 다른 친구는 대자로 뻗은 자세였다. 불면증에 시달리던 소년은 진짜로 잠이 든 것 같았다. 나는 그들의 몸 위로 넘어갔다. 소파 방에 갔더니 라우라는 벌써 옷을 챙겨 입은 뒤였다. 그녀는 아무 말 없이 내 옷을 던져 주었다. 무슨 일 있어? 내가 물었다. 가자. 라우라가 답했다.

이후에도 우리는 그 삼인조와 몇 번 더 마주쳤다. 한 번은 같은 목욕탕이었고, 다른 때는 라우라가 지옥의 목욕탕이라고 부르던 아스카포살코에 있는 목욕탕이었다. 하지만 우리의 관계는 예전 같지 않았다. 기껏해야 담배를 함께 피우고 헤어졌을 뿐이다.

꽤 오랫동안 우리는 그 업소들을 뻔질나게 드나들었다. 다른 장소에서 사랑을 나눌 수도 있었을 테지만, 공중목욕탕 순례에는 묘하게 우리를 자석처럼 끌어당기는 무언가가 있었다. 당연히 크고 작은 사고들이 끊이지 않고 일어났다. 복도에서 미친 듯이 날뛰는 남자들, 강간 시도, 불시 단속 등. 하지만 우리는 기지와 행운 덕분에 그런 일들을 별 탈 없이 잘 넘길 수 있었다. 기지를 발휘한 건 라우라였다. 행운이 되어 주었던 건 목욕탕 이용자들의 연대 의식이었다. 이제는 내 머릿속에서 라우라의 미소 짓는 얼굴과 뒤죽박죽된 그 모든 목욕탕들에서 우리는 서로에 대한 애정을 확인하며 사랑을 키워 갔다. 그중에서도 역시 최고의 목욕탕은 힘나시오 목테수마였고, 우리는 항상 그곳을 다시 찾아갔다. 아마도 우리가 처음으로 사랑을 나눈 곳이었기 때문이리라. 최악의 목욕탕은 카사스 알레만에 있는 어떤 업소였다. 〈방황하는 네덜란드인〉이라는 이름에 걸맞게 그곳은 시체 보관소와 흡사한 곳이었다. 위생의 죽음, 프롤레타리아의 죽음, 육체의 죽음이라는 3막으로 이루어진 시체 보관소. 그렇지만 욕망의 죽음은 아니었다.

  그 시절을 떠올리면 아직도 잊을 수 없는 두 가지 기억이 있다. 첫 번째는 벌거벗은 라우라가 점점 자욱해지는 증기에 파묻혀 완전히 사라질 때까지 이어지는 연속적인 이미지들이다(벤치에 앉아 있는 라우라, 내 품에 안겨 있는 라우라, 샤워기 밑에 있는 라우라, 소파에 누워 있는 라우라, 무언가를 생각하고 있는 라우라). 끝. 화면이 서서히 밝아진다. 두 번째는 힘나시오 목테수마의 벽화이다. 무슨 생각을 하는지 알 수 없는 목테수마의 두 눈. 욕탕의 수면 위에 둥둥 떠 있는 목테수마의 목. 웃고 떠들면서 황제의 시선이 향해 있는 무언가를 애써 무시하는 신하들(어쩌면 신하들이 아닐지도 모른다). 배경에 어우러져 있는 새 떼와 구름들. 욕탕 주변에 깔려 있는 돌바닥의 색깔. 그건 공중목욕탕을 순례하는 동안 내가 본 가장 우울한 색깔이었다. 그나마 가장 비슷한 것을 찾자면 복도에 있던 노동자들의 몇몇 시선에 담겨 있던 색깔이랄까. 지금은 기억에서 사라졌지만 분명 그때 그 자리에 있었던 사람들.

블라네스, 1984

옮긴이의 말
SF 독자 볼라뇨의 젊은 시절

    2016년에 기존의 아나그라마 출판사에서 알파과라 출판사로 볼라뇨 작품의 출판권이 넘어간 뒤 처음 출간된 책인 『SF의 유령』은 『팽 선생』, 『아이스링크』, 『안트베르펜』, 『제3제국』 등과 더불어 작가의 초기작에 해당하는 소설이다. 작품의 끝부분에 집필 장소와 연도를 알려주는 〈블라네스, 1984〉라는 문구가 있지만 작가가 친구에게 보낸 편지를 보면 그 이후로도 여러 해 동안 이 소설을 마무리 짓기 위해 애쓴 흔적이 보인다. 따라서 사후에 출간된 다른 소설들과 마찬가지로 『SF의 유령』도 엄밀히 말해 볼라뇨의 의도에 따라 완결된 작품이라 보기는 어렵다. 하지만 이 짧은 소설에는 나중에 작가의 대표작들에서 본격적으로 다뤄지는 인물들과 테마들이 담겨 있다. 또한 제목에 혹해 본격적인 SF 소설을 기대하며 이 책을 집어 들었을 SF 마니아들은 살짝 실망할 수도 있겠지만 SF 독자로서 볼라뇨의 초상을 엿볼 수 있는 작품이기도 하다.

『SF의 유령』은 피노체트 쿠데타 이후 칠레를 떠나 멕시코로 이주한 두 인물, 레모와 한을 중심으로 하는 서로 다른 두 계열의 이야기로 구성되어 있다. 볼라뇨의 기존 작품에 친숙한 독자라면 레모가 화자로 등장하는 부분에서 『야만스러운 탐정들』을 자연스레 떠올릴 것이다. 레모가 창작 교실에서 만나는 호세 아르코와 호세 아르코의 친구들은 울리세스 리마와 내장 사실주의 멤버들을 연상시킨다. 인물뿐만 아니라 이야기의 배경이 되는 장소나 일화도 유사한 게 많다. 카페 아바나와 카페 키토, 레모와 라우라의 공중목욕탕 순례와 가르시아 마데로와 로사우라의 공중목욕탕 순례 등. 결정적으로 『SF의 유령』과 『야만스러운 탐정들』은 작가 지망생인 남성 주인공이 문학 모임에서 만난 친구들과 무언가를 추적하고 청춘의 통과 의례를 거치며 성에 눈뜨는 과정을 그려 내고 있다. 다만 이 소설에서는 1920년대 멕시코 아방가르드 문학 운동이 아니라 1970년대 초 멕시코에서 창작 교실과 문예지가 융성한 현상에 초점이 맞춰져 있을 뿐이다. 작품에 묘사되는 것과 같이 1970년대 초 멕시코에서는 창작 교실을 비롯한 소규모 그룹 활동이 붐을 이루었다. 1960년대부터 젊은이들 사이에 록 음악을 비롯한 새로운 문화가 유행하며 히피와 유사한 〈온다Onda〉라는 이름의 반문화 현상이 생겨났다. 문학에서는 『엘 코르노 엠플루마도 *El corno emplumado*』(1962~1969) 같은 잡지를 통해 비트 세대의 작품이 소개되면서 새로운 세대의 작가들에게 큰 영향을 끼쳤다. 볼라뇨 또한 잭 케루악의 시집『멕시코시티 블루스 *Mexico City Blues*』를 번역하려고 시도하는 등 비트 세대의 유산을 적극적으로 수용했다. 그렇지만 볼라뇨가 특히 주목한 것은 1960년대 중반부터 1970년대 초반까지 중남미에서 생겨난 아방가르드 문학 운동이었다. 볼라뇨는 〈오라 세로〉 같은 새로운 아방가르드 문학 운동이 중남미 문학을 쇄신하고 사회를 변혁할 수 있는가 하는 의문을 던졌다. 이러한 의문은 1920년대의 중남미 아방가르드 문학, 특히 멕시코 문학계에서 철저히 무시당한 아방가르드 운동인 〈에스트리덴티스모 Estridentismo〉 작가들에 대한 관심으로 이어졌다. 볼라뇨가 에스트리덴티스모 작가들을 직접 찾아가 인터뷰한 내용은 멕시코 잡지『플루랄 *Plural*』에 발표되었고 나중에『야만스러운 탐정들』의 중심축을 이루는 테마로 발전한다.

『야만스러운 탐정들』에서 벨라노와 리마가 내장 사실주의의 창시자인 세사레아 티나헤로의 흔적을 쫓아 아마데오 살바티에라를 방문하듯이 레모와 호세 아르코는 카르바할 박사를 찾아간다. 창작 교실과 문예지가 융성하는 현상을 혁명이라는 허리케인의 징후로 보는 호세 아르코와 달리 카르바할 박사는 그것이 우울함의 징후라는 진단을 내린다. 작품에 직접적으로 언급되지는 않지만 이러한 진단은 1968년 멕시코의 틀라텔롤코 학살과 1970년대에 여러 중남미 국가에 들어선 친미 독재 정권에 의해 새로운 사회에 대한 청년들의 욕망이 좌절당한 시대적 분위기를 환기한다. 카르바할 박사와의 인터뷰는 구티에레스 신부가 전하는 한 편의 우화 같은 이야기를 통해 그러한 현상의 원인을 찾는 일은 무의미하다는 식의 결론에 이르는 것처럼 보인다. 하지만 바로 이어지는 레모의 전쟁 게임에 대한 설명은 나치와 제2차 세계 대전, 미국과 관련된 세계 역사가 어떤 식으로든 멕시코에서 현재 일어나는 일들에 영향을 끼쳤으리라는 것을 암시한다. 이는 전쟁 게임을 축으로 하여 진행되는 한의 SF 작품과 연결되는 부분이기도 하다.

인터뷰와 편지의 형식을 빌려 전개되는 한의 이야기는 레모가 화자로 등장하는 부분보다 분량이나 완성도 면에서는 떨어지나 여러모로 눈길을 끄는 부분이 많다. 문학상을 수상한 한은 기자와의 인터뷰에서 자신이 쓴 SF 소설의 줄거리를 묘사한다. 한의 이야기만으로 전체적인 모습을 파악하기는 어렵지만 그의 소설은 칠레에 있는 감자 아카데미라는 미지의 대학에서 보리스라는 인물이 전쟁 게임을 플레이하고 아카데미의 관리자가 보리스의 게임을 바탕으로 『중남미의 패러독스』라는 역사책을 해석하는 내용으로 보인다. SF 소설 마니아라면 〈미지의 대학〉이라는 표현을 단서로 앨프리드 베스터의 단편 「모하메드를 죽인 사람들」을 떠올릴 것이다. 실제로 한의 소설은 「모하메드를 죽인 사람들」과 필립 K. 딕의 『높은 성의 사내 The Man in the High Castle』를 혼란스럽게 섞어 놓은 것처럼 보인다. 제2차 세계 대전을 배경으로 하는 전쟁 게임을 리플레이하는 보리스의 모습은 주인공이 현재를 바꾸기 위해 여러 번 과거로 돌아가 과거의 일들에 개입하는 베스터의 단편을 연상시키고, 『중남미의 패러독스』라는 역사책을 해석하는 관리자의 모습은 『주역』과 『메뚜기는 무겁게 짓누른다』라는 대체 역사서를 참고하여 현실을 해석하는 『높은 성의 사내』의 인물들과 중첩된다.

SF 저변이 열악한 중남미에서 SF 작가를 꿈꾸는 한은 미국 SF 작가들에게 편지를 보내 자신이 느끼는 막막함을 호소한다. 열등감을 이겨 내고 세계 문학과 동등한 입장에서 대화하고 싶은 열망이 느껴지는 이 편지들에서 한은 미소 냉전 체제하에서 고통받고 있는 중남미의 현실을 환기한다. 그런 면에서 궁극적으로 한의 소설은 SF적인 상상력을 동원해 나치와 제2차 세계 대전부터 현재의 중남미까지 이어지는 역사를 다루려 한 게 아닐까 추측해볼 수 있다. 나치와 제2차 세계 대전은 『아메리카의 나치 문학』부터 유작인 『2666』까지 볼라뇨가 평생 집착한 테마 중 하나였다. 과거 유럽의 역사와 현재 중남미의 역사를 연결하는 한의 소설은 제2차 세계 대전 시기의 유럽부터 신자유주의 체제하의 멕시코까지 이어지는 『2666』의 구성을 떠올리게 한다. 한의 소설의 주인공인 보리스가 혹시 『2666』에서 20세기의 전쟁과 범죄의 현장을 목격하는 인물인 아르킴볼디의 원형은 아닐까? 국내에는 소개되지 않았지만 『2666』의 쌍둥이 소설인 『진짜 경찰의 역경』에는 아르킴볼디의 작품 목록이 소개된 챕터가 있다. 그런데 흥미롭게도 『SF의 유령』이라는 제목의 작품이 거기에 아르킴볼디의 희곡 중 하나로 포함되어 있다.

　『야만스러운 탐정들』 2부에 등장하는 펠리페 밀러는 내장 사실주의자 멤버들 중에 SF 소설을 즐겨 읽는 사람은 벨라노밖에 없었다고 말한다. 펠리페 밀러의 증언을 뒷받침하듯 실제로 2013년에 바르셀로나에서 열린 볼라뇨 전시회에서 작가가 소장하고 있던 SF 작품과 잡지 들이 다수 공개되기도 했다. 그러나 볼라뇨의 작품에서 간헐적인 언급을 제외하면 SF 소설과의 직접적인 연관성을 찾기는 쉽지 않다. 『2666』 5부에 등장하는 SF 작가 에프라임 이바노프 같은 경우를 그나마 가장 참고할 만한 예로 들 수 있을까. 하지만 볼라뇨는 여러 인터뷰와 에세이를 통해 SF 작가들에 대한 관심을 지속적으로 드러냈다. 그중에서도 특히 볼라뇨가 좋아하던 작가들은 제임스 팁트리 주니어(앨리스 셸던)와 필립 K. 딕이었다. 『안트베르펜』 서문에는 작품을 집필하는 동안 제임스 팁트리 주니어를 읽고 있었다는 구절이 나오고, 『부적』에서 아욱실리오 라쿠투레는 〈앨리스 셸던은 2017년에 대중적인 작가가 될 거야〉라는 예언을 남긴다. 볼라뇨는 『괄호 치고』에 포함된 한 에세이에서 필립 K. 딕이 〈20세기 최고의 미국 작가 열 명 중 하나〉이며 〈1962년에 출간된 『높은 성의 사내』는 현대 미국 소설에 혁명을 가져왔다〉

고 평가한다. 그런 면에서 『SF의 유령』은 SF에 대한 볼라뇨의 관심을 직접적으로 확인할 수 있는 의미 있는 작품이라고 할 수 있다. 제임스 팁트리 주니어와 필립 K. 딕의 작품을 바탕으로 볼라뇨의 소설을 읽어 내는 건 흥미로운 작업이 될 수도 있지 않을까. 이를테면 제임스 팁트리 주니어의 단편 「나사파리 구제법」과 『2666』 4부를 함께 읽는 식으로 말이다. 이 책의 출간을 계기로 SF 소설의 관점에서 볼라뇨의 작품 세계를 해석하는 참신한 독서가 이루어지기를 기대해 본다.

박세형

로베르토 볼라뇨 연보

1953년 출생 4월 28일 칠레의 산티아고에서 로베르토 볼라뇨 아발로스 태어남. 아버지 레온 볼라뇨는 아마추어 권투 선수이자 트럭 운전사였고, 어머니 빅토리아 아발로스는 수학 선생님이었음. 볼라뇨는 어린 시절 읽기 장애가 있었는데, 어머니는 시를 좋아하는 어린 아들이 좌절하지 않도록 용기를 북돋워 주었음. 볼라뇨는 가족과 함께 발파라이소, 킬푸에, 비냐델마르, 로스앙헬레스 등 칠레의 여러 도시에서 유년기를 보냈으며, 그중 로스앙헬레스에 가장 오래 거주하였음.

1968~1973년 15~20세 가족과 함께 멕시코의 멕시코시티로 이주함. 학교에 입학했으나 중퇴했고, 다시는 교실에 발을 들여놓지 않겠다고 굳게 결심함. 1968년 10월 멕시코시티 올림픽 개막 며칠 후, 이 도시를 뒤흔든 학생 소요와 경찰의 무력 진압 현장을 목격함. 이는 수백만의 학생이 학살되거나 투옥되었던 10월 2일 틀라텔롤코 대학살에 뒤따라 벌어진 사건이었음. 이러한 일련의 사태는 이후 볼라뇨의 작품, 특히 『야만스러운 탐정들*Los detectives salvajes*』과 『부적*Amuleto*』의 소재가 됨. 15세부터 시를 쓰기 시작했으며, 독서에 푹 빠져 생활함. 그는 서점 진열대에서 책을 훔쳐 읽으며 지식을 습득했고, 훗날 서점 직원들이 자기 손에 닿지 않는 곳에 몇몇 책을 꽂아 놓아 읽을 수 없었다고 원망하기도 함. 그는 자신이 독학을 한 것이 아니라〈모든 것을 책에서 배웠다〉고 말함. 사춘기 말과 성년 초기를 멕시코에서 보냄. 이때를 멕시코에서 보낸 제1시기라고 할 수 있음.

1973년 20세 8월 아옌데 대통령의 사회주의 정부를 전복하려는 피노체트의 쿠데타(9월 11일)가 발발하기 전에 사회주의 건설에 참여하기 위해 칠레로 돌아와 아옌데의 사회주의 혁명을 지지하는 좌파 진영에 가담함. 쿠데타가 일어나자 콘셉시온 근처에서 체포되어 투옥되었으나, 마침 어릴 적 친구였던 간수의 도움으로 8일 만에 석방됨. 이 행적은 순전히 볼라뇨 자신의 진술에 의거한 것으로, 볼라뇨는 이 극적인 사건을 여러 작품에 다양한 형태로 서술하였음.

1974~1977년 21~24세 멕시코로 돌아와 아방가르드 문학 운동인 〈인프라레알리스모infrarrealismo〉를 주창함. 〈인프라레알리스모〉는 프랑스 다다이즘과 미국 비트 제너레이션의 영향을 받은 시 문학 운동으로, 볼라뇨가 친구인 시인 마리오 산티아고와 함께 결성하였으며 멕시코 시단의 기득권 세력을 비판하며 가난과 위험, 거리의 삶과 일상 언어에 눈을 돌리자고 주장한 반항적 운동임. 문학 기자와 교사로 일했으나 무엇보다도 시를 읽고 쓰는 데 집중함.

1975년 22세 시인 브루노 몬타네와 함께 시집 『높이 나는 참새들 Gorriones cogiendo altura』 출간.

1976년 23세 일곱 명의 다른 〈인프라레알리스모〉 시인들과 함께 산체스 산치스 출판사에서 시집 『뜨거운 새Pájaro de calor』 출간. 그리고 같은 해 첫 단독 시집인 『사랑을 다시 만들어 내기 Reinventar el amor』 출간. 이 시집은 한 편의 장시를 9개의 장으로 나누어 실은 얇은 책으로, 후안 파스코에가 지도하는 타예르 마르틴 페스카도르 시 아틀리에에서 출간되었음. 북아메리카 미술가 칼라 리피의 판화를 표지 그림으로 쓴 이 책은 225부만 인쇄하였음. 이때를 멕시코에서 보낸 제2시기라 할 수 있음.

1977년 24세 유럽으로 이주. 파리를 비롯해 유럽 여러 나라의 도시들을 여행한 후 스스로 〈세상에서 가장 아름다운 도시〉라고 경탄한 바르셀로나에 정착함. 이후 접시 닦이, 바텐더, 외판원, 캠핑장 야간 경비원, 쓰레기 청소부, 부두 노동자 등 온갖 직업에 종사하며 생계를 유지함. 그러면서도 계속 시를 씀.

1979년 <u>26세</u> 11인 공동 시집인『불의 무지개 아래 벌거벗은 소년들*Muchachos desnudos bajo el arcoiris de fuego*』출간.

1980년 <u>27세</u> 시를 계속 쓰면서 본격적으로 소설 집필에 전념하기 시작함.

1982년 <u>29세</u> 카탈루냐 출신의 여덟 살 연하의 여성 카롤리나 로페스와 결혼.

1984년 <u>31세</u> 안토니 가르시아 포르타와 함께 쓴 소설『모리슨의 제자가 조이스의 광신자에게 하는 충고*Consejos de un discípulo de Morrison a un fanático de Joyce*』를 출간, 스페인의 암비토 리테라리오 소설상 수상.

1986년 <u>33세</u> 카탈루냐 북동부 코스타브라바의 지로나 근처의 블라네스라는 바닷가 소도시로 이사. 볼라뇨는 죽을 때까지 이 도시에서 살았음.

1990년 <u>37세</u> 아들 라우타로 태어남. 1990년대 초부터 볼라뇨는 자신의 시와 소설 들을 스페인의 다양한 지역 문학상에 출품하기 시작함. 그는 문학상을 받아 생계에 보탬이 되고 자신의 작품이 출판되기를 희망하였음.

1992년 <u>39세</u> 시집『미지의 대학의 조각들*Fragmentos de la universidad desconocida*』이 출간 전 라파엘 모랄레스 시(詩) 문학상 수상. 치명적인 간 질환을 진단받음.

1993년 <u>40세</u> 소설『아이스링크*La pista de hielo*』출간, 스페인의 알칼라데에나레스시(市) 중편 소설상을 수상. 시집『미지의 대학의 조각들』출간. 볼라뇨는 이때부터 본격적으로 문학계의 인정을 받기 시작함. 이때부터 그는 오직 글쓰기로만 생활비를 벌게 됨.

1994년 <u>41세</u> 소설『코끼리들의 오솔길*La senda de los elefantes*』출간, 스페인의 펠릭스 우라바옌 중편 소설상 수상. 시집『낭만적인 개들*Los perros románticos*』이 출간 전 스페인의 이룬시(市) 문학상과 산세바스티안시(市) 쿠차 문학상을 수상함.

1995년 <u>42세</u> 시집『낭만적인 개들』출간. 소설 쓰기에 몰두하여 명성을 얻어 가면서도 볼라뇨는 기본적으로 자신을 시인이라고 칭하며 시작을 꾸준히 계속함.

1996년 43세 가공의 작가들에 대한 가짜 백과사전 형식의 소설 『아메리카의 나치 문학*La literatura nazi en América*』과 『먼 별 *Estrella distante*』 출간. 이해부터 볼라뇨는 바르셀로나의 아나그라마 출판사와 인연을 맺고 대부분의 작품을 이곳에서 출간하기 시작함.

1997년 44세 단편집 『전화*Llamadas telefónicas*』 출간, 칠레의 산티아고시(市)상 수상. 이 소설집 맨 앞에 수록된 단편 소설 「센시니*Sensini*」도 같은 해 따로 단행본으로 출간됨. 그의 대표작 중 하나로 꼽히는 방대한 분량의 장편 소설 『야만스러운 탐정들*Los detectives salvajes*』이 출간 전에 스페인의 권위 있는 문학상인 에랄데 소설상을 수상함.

1998년 45세 『야만스러운 탐정들』 출간. 이 소설은 동시대를 그려낸 한 편의 대서사시와 같은 장편 소설로서, 철학적·문학적 성찰과 스릴러적인 요소, 패스티시, 자서전의 성격이 혼재하는 작품임. 볼라뇨 자신의 분신이라 할 수 있는 인물 아르투로 벨라노와, 볼라뇨의 친구로서 함께 인프라레알리스모 운동을 이끌었던 마리오 산티아고를 모델로 한 울리세스 리마가 주인공으로 등장함(울리세스 리마는 이후 다른 작품에도 등장하는 인물임). 『파울라』지로부터 소설 심사 위원 위촉을 받아 25년 만에 칠레를 방문함.

1999년 46세 『야만스러운 탐정들』로 〈라틴 아메리카의 노벨 문학상〉이라 불리는 베네수엘라의 로물로 가예고스상 수상. 소설 『부적*Amuleto*』과 『코끼리들의 오솔길』의 개정판인 『팽 선생 *Monsieur Pain*』 출간. 오라 에스트라다는 『부적』을 엄청난 걸작으로 평가함.

2000년 47세 소설 『칠레의 밤*Nocturno de Chile*』과 시집 『셋 *Tres*』 출간. 볼라뇨는 자신의 짧은 소설 가운데 가장 완벽한 작품으로 『칠레의 밤』을 꼽음. 스페인의 주요 일간지인 『엘 파이스*El País*』와 『엘 문도*El Mundo*』에 칼럼 게재.

2001년 <u>48세</u> 단편집『살인 창녀들*Putas asesinas*』출간. 볼라뇨가 등장인물로 나오는 하비에르 세르카스의 소설『살라미나의 병사들*Soldados de Salamina*』도 출간됨. 이 소설에서 볼라뇨는 주인공이 소설을 완성하도록 도와주는 인물로 등장함. 2003년 영화로도 제작된 이 작품의 성공으로 볼라뇨는 스페인에서 유명해짐.

2002년 <u>49세</u> 실험적인 소설『안트베르펜*Amberes*』과『짧은 룸펜 소설*Una novelita lumpen*』출간.

2003년 <u>50세</u> 사망하기 몇 주 전 세비야에서 열린 라틴 아메리카 작가 대회에 참가하여 만장일치로 새로운 라틴 아메리카 문학의 대변자로 추앙됨. 장편소설『2666』집필에 매달리다가, 7월 15일 바르셀로나의 바예데에브론 병원에서 아내 카롤리나와 아들 라우타로, 딸 알렉산드라를 남긴 채 간 부전으로 숨을 거둠. 단편집『참을 수 없는 가우초 *El gaucho insufrible*』사후 출간.『2666』이 출간되기 전에 바르셀로나시(市)상을 수상함.

2004년 『참을 수 없는 가우초』가 칠레의 알타소르 소설상 수상. 필생의 역작『2666』출간, 스페인의 살람보상 수상. 1천 페이지가 넘는 분량의 이 작품은 볼라뇨가 죽을 때까지 손에서 놓지 않고 매달린 소설로, 그의 가장 야심적인 작품임. 처음에는 작가의 뜻에 따라 1년 간격으로 5년에 걸쳐 5부작으로 출판하려 했으나, 결국 1권의 〈메가 소설〉로 출간됨.『2666』은 북멕시코의 시우다드 후아레스시에서 3백 명 이상의 여인이 연쇄 살해된 미해결 실제 사건을 주요 모티프로 삼아 산타테레사라는 도시를 배경으로 재구성한 작품임.

2005년 『2666』이 칠레의 알타소르 소설상, 칠레의 산티아고시(市) 문학상 수상. 칼럼과 연설문, 인터뷰 등을 모은『괄호 치고 *Entre paréntesis*』출간.

2006년 칠레 문화 예술 위원회가 로베르토 볼라뇨 청년 문학상을 제정함. 볼라뇨의 인터뷰를 모은『볼라뇨가 말하는 볼라뇨 *Bolaño por sí mismo*』출간.

2007년 단편 소설과 다른 글들을 모은『악의 비밀*El secreto del*

mal』과 시집『미지의 대학*La universidad desconocida*』출간. 『야만스러운 탐정들』영어판 출간,『뉴욕 타임스』선정 〈2007년 최고의 책〉으로 꼽힘.『먼 별』이 2007년 콜롬비아 잡지『세마나』에서 선정한 〈25년간 출간된 스페인어권 100대 소설〉 중 14위에 오름.『2666』을 바탕으로 만든 동명의 연극이 알렉스 리골라의 연출로 스페인에서 상연됨.

2008년 『2666』의 영어판 출간, 평단과 독자 모두에게 호평을 받으며 대단한 인기를 누림. 전미 서평가 연맹상 수상.『뉴욕 타임스』와『타임』선정 〈2008년 최고의 책〉으로 꼽힘.

2009년 『2666』이『타임스 리터러리 서플러먼트』,『스펙테이터』, 『텔레그래프』,『인디펜던트 온 선데이』,『샌프란시스코 크로니클』,『NRC 한델스블라트』등 세계 각국의 유력지에서 〈2009년 최고의 책〉에 선정되었으며『가디언』에서는 〈2000년대 최고의 책 50권〉으로 꼽힘. 스페인 유력지『라 반과르디아』에서 선정한 〈2000년대 최고의 소설 50권〉 중『2666』이 1위로 꼽힘.

2010년 소설『제3제국*El Tercer Reich*』출간. 카탈루냐의 지로나 시(市) 당국이 거리 하나를 로베르토 볼라뇨 거리로 명명함.

2011년 소설『진짜 경찰의 무미건조함*Los sinsabores del verdadero policía*』출간.

2013년 『짧은 룸펜 소설』을 바탕으로 만든 영화「미래*Il futuro*」 (알리시아 셰르손 감독)가 칠레, 이탈리아, 독일, 스페인 등에서 개봉되어 로테르담 국제 영화제 KNF상 수상.『참을 수 없는 가우초』를 바탕으로 만든 연극「쥐들의 경찰*El policía de las ratas*」이 역시 리골라의 연출로 스페인에서 상연됨.

2014년 『모리슨의 제자가 조이스의 광신자에게 하는 충고』를 바탕으로 만든 동명의 연극이 펠릭스 폰스의 연출로 스페인에서 상연됨.

2016년 소설『SF의 유령*El espíritu de la ciencia-ficción*』출간.

2017년 세 편의 중편 소설을 모은『카우보이의 묘지*Sepulcros de*

vaqueros』 출간.

2018년 칠레 로스앙헬레스의 콘셉시온 대학교 캠퍼스에 청년 볼라뇨의 동상이 세워짐.

옮긴이 **박세형** 1981년 충남 홍성에서 태어나 서울대학교 서어서문학과를 졸업하고 동 대학원 석사 과정을 수료했다. 옮긴 책으로 로베르토 볼라뇨의 『전화』, 『살인 창녀들』, 『아이스링크』 등이 있다.

감수 **최용준** 대전에서 태어나 서울대학교 천문학과를 졸업했으며, 미국 미시간 대학교에서 이온 추진 엔진에 대한 연구로 항공 우주 공학 박사 학위를 받았다. 헨리 페트로스키의 『이 세상을 다시 만들자』로 제17회 과학 기술 도서상 번역 부문을 수상했다. 시공사의 〈그리폰 북스〉, 열린책들의 〈경계 소설선〉, 샘터사의 〈외국 소설선〉을 기획했다.

SF의 유령

발행일　**2022년 5월 5일 초판 1쇄**

지은이　**로베르토 볼라뇨**
옮긴이　**박세형**
발행인　**홍예빈·홍유진**
발행처　**주식회사 열린책들**

경기도 파주시 문발로 253 파주출판도시
전화 031-955-4000　팩스 031-955-4004
www.openbooks.co.kr

Copyright (C) 주식회사 열린책들, 2022, *Printed in Korea*.
ISBN 978-89-329-2250-8 03870

로베르토 볼라뇨의 소설

칠레의 밤 임종을 앞둔 칠레의 보수적 사제이자 문학 비평가인 세바스티안 우루티아 라크루아의 속죄의 독백.

부적 우루과이 여인 아욱실리오 라쿠투레가 1968년 멕시코 군대의 국립자치 대학교 점거 당시 13일간 화장실에 숨어 지냈던 이야기를 시작으로 들려주는 흥미로운 회고담.

먼 별 연기로 하늘에 시를 쓰는 비행기 조종사이자 피노체트 치하 칠레의 살인 청부업자였던 카를로스 비더와 칠레의 암울한 나날에 관한 강렬한 이야기.

전화 볼라뇨의 첫 번째 단편집. 시인, 작가, 탐정, 군인, 낙제한 학생, 러시아 여자 육상 선수, 미국의 전직 포르노 배우, 그리고 수수께끼 같은 인물들이 등장하는 14편의 이야기.

야만스러운 탐정들 〈라틴 아메리카의 노벨상〉이라 불리는 로물로 가예고스상 수상작. 현대의 두 돈키호테, 우울한 멕시코인 울리세스 리마와 불안한 칠레인 아르투로 벨라노가 만난 3개 대륙 8개 국가 15개 도시 40명의 화자가 들려주는 방대한 증언.

2666 볼라뇨의 최대 야심작이자 죽을 때까지 손에서 놓지 않은 일생의 역작. 5부에 걸쳐 80년이란 시간과 두 개 대륙, 3백 명의 희생자들을 두루 관통하는 묵시록적인 백과사전과 같은 소설.

팽 선생 은퇴 후 조용히 살고 있던 피에르 팽. 멈추지 않는 딸꾹질로 입원한 페루 시인 세사르 바예호의 치료를 부탁받은 후 이상하게도 꿈 같은 사건들이 일어나기 시작한다.

아이스링크 스페인 어느 해변 휴양지의 여름, 칠레의 작가 겸 사업가와 멕시코 출신 불법 노동자, 카탈루냐의 공무원 등 세 남자가 풀어놓는 세 가지 각기 다른 이야기.

살인 창녀들 두 번째 단편집. 세계 곳곳에서 방황하는 이들, 광기, 절망, 고독에 관한 13편의 이야기. 이 책에서 시는 폭력을 만나고, 포르노그래피는 종교를 만나며 축구는 흑마술을 만난다.

안트베르펜 볼라뇨의 무의식 세계와 비관적 서정성으로 들어가는 비밀스러운 서문과 같은 작품. 55편의 짧은 글과 한 편의 후기로 이루어진 실험적인 문학적 퍼즐이다.

참을 수 없는 가우초 5편의 단편과 2편의 에세이 모음집. 참을 수 없는 가우초, 불을 뱉는 사람, 비열한 경찰관 등에 관한 이야기와 문학과 용기에 관한 아이러니한 단상이 실려 있다.

제3제국 코스타 브라바의 독일인 여행자와 수수께끼의 남미인 사이에 벌어지는 이야기. 〈제3제국〉은 전쟁 게임의 이름이다.

악의 비밀 스스로를 언제나 시인으로 생각했던 볼라뇨의 대표 시집. 고단한 삶 속에서도 문학에 병적으로 사로잡힌 청년 볼라뇨의 서정적 일기이자 문학을 향한 분투의 기록.

낭만적인 개들 미완의 이야기들마저 시적인 여운을 남기며 독자들을 비밀스러운 매혹으로 초대하는, 지극히 볼라뇨적인 미학의 단편들.